JN194992

# 谷崎潤一郎のディスクール

## 近代読者への接近

日高佳紀
Yoshiki Hidaka

鼎書房

# 谷崎潤一郎のディスクール　近代読者への接近

## 目次

# 凡例

・谷崎潤一郎の著作・書簡の本文引用は、原則として『谷崎潤一郎全集』全三十巻（中央公論社、一九八一・五〜一九八三・一一）に拠った。但し、初出テクストなど全集本文と異なるテクストが必要な場合は、掲載メディアの本文に拠った。
・作品の初出情報は、原則として本文の最初の箇所のみに記し、以後は発表年のみ記した。
・資料の引用に際しては、作品名、記事名等は「 」に、単行本、新聞・雑誌名、古典文献、および絵画・映画など他メディアの題名等は『 』に統一した。また、雑誌・紀要等の巻号については、新聞および月刊誌は省略した。
・本文中の年次については、戦前までは元号を用い、各章ごとに冒頭の箇所のみ西暦年を（ ）で補った。戦後は西暦で統一した。
・引用文中の旧漢字は原則として新漢字に改めた。ふりがな、傍点等は適宜省略した。
・引用文中の傍線・傍点については、特記のない限り、傍線は引用者により、傍点は原文による。また、引用を略した部分については、（…）で示した。

# 序章　谷崎文学をディスクールとして読むために

## 1　ディスクールと読者

本書の試みは、谷崎潤一郎（一八八六～一九六五）の大正期から昭和戦前期の文学実践を対象に、読む行為を通して、テクストを複数の意味がせめぎ合う場の様態として素描することを目的としている。谷崎が自らの作品の読者に対していかなるアプローチを試みたのか考察し、そこで浮かび上がる近代の一側面を捉えることを企図している。

したがって、一人の作家が創作した作品を扱うものの、作家の個人史的な側面を捉えるタイプの研究とは異なっている。ここで目指すのは、文学テクストの言葉を、読書行為において出会う発話過程のただなかの現象、あるいは、運動として検討することである。その理論的な方向性を示すために、扱う言葉を〝言説〟すなわち〝ディスクール〟として見据えたい。

ディスクールとは、言葉を社会的な発話として捉える姿勢を言い表した術語である。しかし、今日、ディスクールの意味はさまざまな文脈において用いられ、それぞれの意味の間で、ずれやすれ違い、あるいはまた、矛盾を引き起こすことも珍しくない。

もともとディスクールは言語学において「文」の上位概念として措定されたものであり、言語を談話態としてみることを指す。例えばエミール・バンヴェニストはディスクールを発話状況の徴に満ちたものと捉え、「出来事自身がみずから物語るかのような」非人称的叙述である〈歴史叙述《イストワール》〉と対置させた。[1]

こうした発想に対し、ミシェル・フーコーはテクストを権力行使の場と捉え、言語を歴史的・社会的な刻印を帯びたものとして扱った。言語すなわちディスクールは、制度・権力と結びつき、現実を反映するとともに現実をつくりだすものであり、ある特定のイデオロギー性を負った秩序として立ち現れるというのだ。[2] したがって、発話者を歴史的主体に還元した場合は、そこに色濃く歴史性が浮かび上がるであろうし、また、そのイデオロギー的側面に注目した場合、それは政治批評的な色合いを強く持つことは避けられない。とりわけ一人の発話主体をその名において捉えようとするとき、そうした問題は不可避と言わざるを得ないのである。

一方、ジェラール・ジュネットをはじめとする物語論は、物語を構成する他の要素（物語内容、物語行為）と区別するために、言語表象の形式面に着目して、それを物語言説すなわちディスクールとして捉える。[3] 先に挙げた言語学的な意味や歴史社会学的意味、また、政治思想的な意味合いとは異なった立場と方向性をもつものとなる。しかし、この場合、分析する水準をディスクールに設定したとしても、意味論的な場に物語を置き直す段階では、いったん切断した物語行為や物語内容と再び有機的な接続を試みることになろう。むしろ混沌としていた状態から言語表現そのものを分節して物語の仕組みを考える、その作業過程において有効な議論なのである。

本書の立場は、以上見てきたディスクールの多様な意味を読みの現場において横断的にイメージするところにある。ディスクールとしての文学表象にアプローチする際の要は、言語を発話状況の現場性において捉えることである。静的な状態にある文字表象を表現構造から抽出し、そして、読まれる現場のイメージにおいて再現してみること。それはすなわち、表現構造のみならず、テクストを取り巻くメディアの特性はもちろんのこと、歴史・社会的な制度や、挿絵、書物の装幀などテクストと隣接する様々な現象を念頭に置きながら、それらとの関わりの力学において言説＝ディスクールを捉えることにほかならない。

それでは、「谷崎潤一郎」という作家名を冠した本書の研究において、〈読者〉は、どのような存在として考えればよいのだろうか。

近代文学研究における〈読者〉の位置づけに大きな変化が生じるのは、一九八〇年代のテクスト論によるパラダイムチェンジによってであった。〈作者〉という固定した表現主体を価値の起源とみることに疑いを持たなかった状況に対して、意味を生み出す一方の極に〈読者〉を据えることは、それ自体強烈なカウンターとなったのである。〈読者〉の存在は、作品言説からテクストを現象させる機能をもつものとして発見されたわけだが、それは、「作者の死」[4]の宣言と同時であった。〈読者〉とは、従来の文学および文学研究の価値の中心、意味の起源と見なされていた〈作者〉の「死」によってあがなわれた何者かにほかならなかったのだ。

テクスト論で〈読者〉概念を重視することは、文学の意味解釈の起点を、〈作者〉という単一の主体から〈読者〉という複数性の磁場へと解放することを意味していたが、それは必ずしも、〈作者〉から〈読者〉への単純な移行ということではない。むしろ、〈作者〉もまた、その社会性において捉え直すことに繋がっていたのである。その意味で、「作者の死」は同時にまた、〈読者〉を経由させることで〈作者〉を別のかたちで生かすことになったとも考えられよう。

作家の存在を単一の固定的な意味の起源、同時にまた、容易にたどり着くことのできない聖域と見なしてきたことと比べると、見出された〈読者〉はどこか曖昧な存在であった。例えばそれは、〈いま・ここ〉でテクストを読んでいる〈私〉といった単一の主体から、メディアの向こうに見出される読者共同体、あるいは、一つの時代を共有することを前提にイメージされる同時代読者、……などといった多様なものであり、論じる者それぞれの立場と研究方法によって概念が異なるような不安定さを抱えたものである。そしてまた、作家―作者の唯一性と対峙させる意味で〈読者〉を設定することが目論まれているのだから、読者論がある一定の集団性を志向するのは当然の帰結でもあった。

こうした特性に対して和田敦彦は、「読書、読者をめぐる諸論は閉鎖的ではっきりとした領域を作り上げておらず、むしろ「領域」という考え方を失効させるような可能性をはらんでいる」と、その可能性の中心を指摘している。[5] むしろ、「網羅的な収集と分類にはなじまない」のが読者論の特徴であるというのだ。この指摘は、〈読者〉を研究対象とする際に陥りがちな問題を正確に言い当てている。先に述べたように、読者論はある一定の集団性を志向する傾向がある。だがそれを「領域」として区切ってしまうと、〈作者〉を実体論的に固定してきたあり方と同じ陥穽に陥ってしまうのである。〈読者〉は、〈作者〉という実体化されやすい存在との組み合わせによって発生した。それゆえにこそ、ある区切られた「領域」を前提とした集団性を志向するならば、そのラディカルさを失効してしまう危険性も孕んでいるのだ。

こうした陥穽に陥らないために、本書で構想する〈読者〉とは、テクスト構造に組み込まれた構成概念としての〈内包された読者〉[6]の上に、先に挙げた様々な読者イメージを交差させ重ね合わせたものとなる。こうした〈読者〉に対して、ディスクールが働きかける力とそこで生じるダイナミズムこそ、本書の試みが向かっていく対象である。すなわち、本書の射程は、一つ一つの作品テクストの読みの現場を扱うことで、その内側から外の領域へと、テクストが配置された諸制度をはじめとする所与の枠組みをディスクールが食い破っていく様を検討することにある。

以上のような目論見をもつ本書において「谷崎潤一郎」とは、ここで扱うテクスト群を束ねるための社会性を帯びた指標という以上の意味はない。むしろ、この検討を通して、テクストの上に新たに〝谷崎潤一郎〟という像が結ばれることになろう。これ自体、ディスクールの多様な仕掛けが相乗りしうる〈場〉として有効性をもつはずなのだ。

しかし、本書の試みが向かっていく谷崎あるいは谷崎文学とは、その五十年余りに亘る文学実践ということを強調するまでもなく、きわめて複雑な、まさしく多様性を帯びた現象である。ここで扱うのは、そのごく一部分にすぎないが、社会における文学の位置と意味が大きく揺らいだ時代として大正期から昭和戦前期を捉えるならば、この時代の断面に対して谷崎テクストがいかなる関わり方をしたのか考えることの意味は、社会における文学の位置を捉える上で小さくないと思われる。

そこで次に、この時代の問題を確認しながら本書における研究の意義を示してみたい。

## 2　消費される文学、あるいは〝文学の危機〟

昭和初年代の文学シーンを指して、平野謙が「三派鼎立」と呼んだことはよく知られている。明治期以来の自然主義文学の流れを汲む私小説―心境小説が文壇の中心を占めていた状況は、大正後半期から、マルクス主義にもとづくプロレタリア文学とモダニズムに支えられた新感覚派という二つの新しい潮流によって大きく揺さぶりをかけられ、昭和初年代には、三派がほぼ拮抗する状況になっていた。

こうした中で、明治以来の社会変化の過程で拡大した読者市場は、円本ブームという出来事に象徴される文学場の変動に直結した。しかし、「出版資本の大企業化による文学の自律性の蚕食」(7)を招いたこの現象の萌芽は、既に大正期には顕れていたとみるべきであろう。

大正という時代の特性を仮に第一次世界大戦（大正三〜七）および関東大震災（大正一二）に求めるとすれば、この二つの事件は、伏流していた近代のある側面を浮き彫りにするものであった。前者のもたらした戦時特需とそれに続くインフレは日本社会に本格的な資本体制の浸透を実感させ、また、震災による首都壊滅とその復興事業は東京という都市空間への急激な人口流入を招いた。〈近代都市〉は、その空間的特性においてあらためて可視化されるに至ったのである。そこで生きる者たちこそ、やがて〈大衆〉として眼差される存在にほかならない。

このような社会変化は、文学をとりまく状況において既に進展しつつあった出版資本の自立化、雑誌メディアの多様化という事態を劇的に押し進める原動力となったのである。読者市場は、量と質の両面でそれ以前とは比較にならない規模へと変貌した。大正一四年に創刊された大衆雑誌『キング』が翌年ミリオンセラーとなったことはその象徴であり、文学場の変質と拡大を如実に物語る現象である。

大宅壮一は大正末年に至るこうした変化を「文壇ギルドの崩壊」(8)と揶揄的に言い表したが、文学は、狭い領域での需要と供給のあり方から様変わりし、「自律」していたはずの価値体系に市場原理が持ち込まれることとなる。ここに至って、文学は、近代的な意味での〈消費〉の対象、すなわち、〈商品〉となったのである。

後に中村光夫は、大正九年と昭和四年、あるいは大正一〇年と昭和五年を比較した上で、その狭間の昭和初年代を「文学の危機」の時代とした。その上で、この状況を「逆用して自らの文学を成立させた」ほぼ唯一の作家として、谷崎を捉えている(9)。中村は文壇が直面した「危機」の内実を必ずしも具体的には述べていないが、そこで示された時代の合間に生じた円本ブームが文学の決定的な商品化と正典化を同時に引き起こした事態であったことを考え合わせれば、ここで言われた「危機」の内実は自ずと明らかだろう。文学が姿のはっきり見えない〈大衆〉と向き合わなければならなくなったのである。

この時期の文学者の多くが危機的状況を自覚していたことは、例えば大正末期から断続的に繰り広げられた「心境小説論争」と一括りにされる現象において明らかである。明治以降、文壇の中心を占め続けていた作家や批評家たちは、揺さぶられ続ける既存の価値について、口々に自身の立場を表明せずにはいられなかったのだ。

もともと谷崎の位置は明らかにそうした動きからは外れたところにあった。しかし、彼もまた、文学場が組み換えられようとしている事態に対して距離を保ったり無自覚でいたりするわけにはいかなくなった。その意識は、昭和初年に芥川龍之介との間でたたかわされた、いわゆる「小説の〈筋〉論争」において顕著となる。この論争にみられる問題意識が谷崎自身の著作に及ぼした直接的な影響については本書第Ⅲ部以降の考察に譲るが、文学が消費対象に変容したことに対し、谷崎は新しいコンテンツ開発の必要性を強く感じるようになったと理解してよいだろう。五味渕典嗣は、この時期に作家たちを襲った「資本主義的な文化産業の成長と《文学》の相対的地位の低下という時代状況」における谷崎作品を「ジャンルとしての小説の可能性を根底的に問い直す試み」と捉えている(10)。

これに対して本書の基本的な発想は、のちに昭和初年代に直面する事態の本質を、谷崎がそれ以前から別のかたちでイメージし、むしろそれを文学の近代性に内在する問題と考えていたのではないかという点にある。それは、従来「悪魔主義」あるいは「唯美主義」などと評されていた、作家としての出発点から既に窺うことができるのではないだろうか。

そこで、読むことの意味を自らの作品において表明した事例として「秘密」(『中央公論』明治四四・一一)を次に取り上げて検討してみたい。谷崎のデビュー後まもない時期のこの作品に、文学享受のあり方を近代都市と消費の問題に接続して捉えようとする徴候を認めることができると考えられるのである。

## 3 〝歓楽〟としての読むこと

「秘密」は、「いろ〳〵の関係で交際を続けて居た男や女の圏内」から逃れ出た「私」が、浅草十二階下の「隠れ家」に「自分の身」を隠し、女装して街を徘徊する前半部と、かつて上海行きの船で恋仲になりながら捨てたT女との再会後、目隠しされてその女のもとに通うようになる後半部とによって構成されている。その「夢の女」の住処を探り当てた「私」が、再びその女を捨て、「もツと色彩の濃い、血だらけな歓楽」を求めるようになるまでの顚末が描かれた作品である。都市空間から遊離して生きる青年が扱われており、都市と消費の関係性を捉える上で格好のテクストとみることができよう。

物語において、前半と後半の二つのエピソードを結びつけるテーマこそ、タイトルとなった〈秘密〉である。T女との再会以降、「私」は〈秘密〉の所有者からT女の〈秘密〉を暴く位置へと移行するのだ。ここで見ていきたいのは、「私」が女装という〈秘密〉を抱くまでの過程において享受したものの内実である。

小森陽一は「秘密」をアイデンティティの物語として捉えているが、この「〈自分〉を捜すドラマ」における「隠れ家」の機能は、「自己同一性を喪失した、演技的身体」として「劇場都市」を生きようとする「私」にとっての「演技すべき役になりきるための楽屋」と位置づけられている。[11]「隠れ家」を出た「私」が、それ以前とは別の何者かを装うことでアイデンティティを獲得していくのだとすれば、「私」の「隠れ家」での営み自体をその発露として捉え、そこに内包されたシステムこそ検討すべきであろう。

「隠れ家」での「私」は、「今迄」享受していた「在り来たりの都会の歓楽」に対置された「物好きな、アーティフイシヤルな、Mode of life」の実践を試みる。それは「全然旧套を擺脱した」ところに立ち現れたものなのだが、以前の生活との決別は、次のような方法によって実行される。

私は、今迄親しんで居た哲学や芸術に関する書類を一切戸棚へ片附けて了つて、魔術だの、催眠術だの、探偵小説だの、化学だの、解剖学だの、奇怪な説話と挿絵に富んでゐる書物を、さながら土用干の如く部屋中へ置き散らして、寝ころびながら、手あたり次第に繰りひろげては耽読した。其の中には、コナンドイルの The Sign of Four や、ドキンシイの Murder, Considered as one of the fine arts や、アラビアンナイトのやうなお伽噺から、仏蘭西の不思議な Sexuology の本なども交つてゐた。

「隠れ家」に籠もる前と後の生活が、それぞれ書物を例示することで象徴的に語られていることに留意したい。以前の「在り来たりの都会の歓楽」は、「哲学や芸術に関する書類」というある既存の価値体系を基礎づける類のものによって表されている。このような「書類」と対置される様々な書物によって Mode of life はつくられようとしているのだが、逆に言えば、これらの書物群に一定の価値と関係性を与えていくのが、「私」の Mode of life そのものということになろう。すなわち、この書物を「耽読」する行為には、「隠れ家」に身を隠す以前の「歓楽」からの切断と、「隠れ家」で練り上げていく新しい価値体系の創造という二つの行為が並存しているのだ。ここでの「奇怪な説話と挿絵に富んでゐる書物」群が列挙される際の言説の連なりを一つのレトリックとしてみなすとき、発話する際の「私」の意識が浮かび上がってくる。

引用文中の傍線を付した箇所を見ると、「魔術」「催眠術」といった心霊学的なものと、「化学」「解剖学」といった科学的なものとが、「探偵小説」を仲立ちにして並列させられていることに気づくだろう。つまり、近代的な知の枠組みからすれば相反するような「術」と「学」とが、〈秘密〉とその解明をジャンルの特性とする「探偵小

説」を間に置くことで、共通の地平に布置されているのである。(12)

このように考えると、後半で具体的に挙げられている書物も同様のイメージで捉えることができるだろう。特に注目しておきたいのが、「ドキンシイの Murder, Considered as one of the fine arts」である。後年、谷崎自身が「芸術の一種として見たる殺人に就いて」と題して翻訳したことでも知られるように、(13)谷崎が大正期に多く書いた犯罪物に深い影響を与えたと考えられる書物である。古今の殺人を列挙しながら独自の解釈を与えることで、そこに「芸術性」を見出していこうとする内容だが、その特徴は次の部分に明示されている。

〔済んでしまった殺人において――引用者注〕徳義に対しては既に充分な事がしてある。此に於いて趣味と芸術の番が廻つて来るのであります。それは悲惨な事件でありました。疑ひもなく甚だ悲惨でありました。しかしながらわれわれはそれを如何ともすることは出来ない。そこでわれわれは兇事を出来るだけ善用しようではないか。道徳上の目的に資する何物をも得られないとしたならば、われわれはそれを美学的に取り扱ひ、その方面で利用する道があるかどうかを調べてみようではないか。(…)恐らくは、道徳眼を以て見る時は戦慄すべき、言語道断なる行動も、これを趣味の原理に依つて眺める時は甚だ価値ある演出と変じて来ることを発見して、満足するのであります。

(「芸術の一種として見たる殺人に就いて」第一稿)

ここで述べられているのは、「殺人」という「悲惨」な出来事を、「道徳」観とは別の体系において俯瞰するとき、そこにある種の芸術的感興に似たものを見出し得るという主張である。同様に「隠れ家」での「私」の読書行為は、「置き散らし」た書物を「手あたり次第に繰りひろげては耽読」するというものであり、ここには、既存の意味のシャッフルと、別レベルの意味の創造が全体として行われていると考えられる。〈秘密〉からその〈解明〉

へという探偵小説的な統辞論からの解放であり、〈秘密〉を秘密それ自体の自己完結的な価値として享受しようとする営みに他ならない。

こうして「私」は、以前の生活とは無関係な書物を読み、さらには、「旧套を擺脱した」事物へと耽溺する。読みつつある「私」は、同時にまた、様々な「古い仏画」を掲げ、焚きしめた香の煙とともに書物から得た「種々雑多の傀儡」のイメージを想像し、古道具屋や古本屋の店先を漁りまわるようになる。すなわち、書物から得た〈秘密〉の感覚を、既存の価値体系から切り離して、それらとは異質のコードにおいて読み、別の体系に接続することを試みているのだ。

このような独立した価値体系への欲望は、近代資本体制下の都市空間の成立と深い関わりがある。ヴァルター・ベンヤミンが指摘するように、芸術作品のアウラが失われ[14]、複製品が資本によって体系づけられて都市を構成するとき、都市生活者は皆、分業体制においてそのアイデンティティを保持することになるからだ。この時、アイデンティティを喪失した遊歩者を積極的に価値づけるとするなら、「遊歩者の無為は、分業に対するデモンストレーション[15]」となるのだ。

内田隆三は、このようなベンヤミンの説に依拠しながら、探偵と「遊歩者」の眼差しの共通点を指摘し、さらに「蒐集家」にもその共通性をみる。遊歩者がパサージュという空間から「痕跡」を読みとり、そこに過去を想起しつつ「現在」を作り上げていくように、探偵は犯罪現場に残された〈痕跡〉から犯罪者の過去＝動機を読みとろうとするのである。都市空間におけるそれらの営為は、室内における蒐集家が事物それぞれを「交換価値」から切り離し「蒐集家の考える百科全書的な体系ないし秩序の実現」を目指すこととパラレルな構造なのだ。これらの行為は、「モノに交換価値を付与すると同時に剝奪する」資本主義のシステムと真っ向から対立し、「商品世界とはまったく異なった独自の連関と体系を打ち立てる[16]」試みといえよう。

「隠れ家」で「私」が行っているのは、ベンヤミンのいう「蒐集」[17]の行為に限りなく近い。

室内は芸術の避難所である。室内の真の住人は収集家である。彼は事物を美化することを自分の務めとする。所有することによって物から商品の性格を拭い去るというシーシュポス的な仕事が彼に課される。しかし彼は、物に使用価値の代わりに骨董価値を付与するにすぎない。収集家は、遠い世界あるいは過去の世界に赴く夢を見るだけではなく、同時により良き世界に赴く夢を見る。人間たちが自分の必要とするものをろくに与えられていないのは、日常の世界と変わらないけれども、物たちは役に立たねばならないという苦役から解放されているような、そういう世界に赴く夢を。[18]

「秘密」の「私」の場合、「蒐集」の果てに行き着くのがたまたま街で目にした女物の着物なのである。その時、もともと裡に秘めていた〈女性美〉への希求と結びついて、女装の実践へと移っていく。室内での「蒐集」のさなかに、探偵小説をはじめとする様々な書物と事物から得た〈秘密〉に耽溺していた「私」は、女装することで男という〈秘密〉を隠し、街の〈痕跡〉を独自の体系のうちで意味づけていこうとするのだ。ただし、ここで留意すべきなのは、街を往く「私」が同時にまた「殺人とか、強盗とか、何か非常な残忍な悪事を働いた人間のやうに、自分を思ひ込む」ことである。女性の姿に身を変えた「私」は、同時に演技としての犯罪者の側面をも併せ持つのだ。すなわち、街を一篇の書物として見立てたとき、「私」を支配しているのは、〈秘密〉の創造・配置と、それを読み・暴こうとする二重化した意識なのである。

かくして「私」は、犯罪のもつ〈美〉を演じつつ体現する女性として、街を遊歩するようになる。「いつも見馴れて居る」街の断片は、「夢のやうな不思議な色彩」を帯びたものに変質してゆく。しかし、女装して訪れた活動写真館で昔なじみのT女に〈秘密〉を暴かれ、やがて誘われるままにその女のもとに通うようになる。その際、「私」は、T女の〈秘密〉を保持するために「目隠し」を施されるのである。女装することで〈美〉と〈秘密〉を保持していた「私」は、ここに至ってその両者を失い、逆に、T女から与えられた〈秘密〉を享受する位置へと移行する。そして、「「夢の中の女」「秘密の女」朦朧とした、現実とも幻覚とも区別の附かないLove adventureの面白さに、私は其れから毎晩のやうに女の許に通」うようになっていく。

ところが、ある「妙な好奇心」から、「私」は秘められたT女の住処に対する「臆測」をめぐらし始める。それは、物語における〈女性＝犯罪者〉から〈男性＝探偵〉への機能の変遷を考えた場合、必然の成り行きと言ってよい。こうして「私」は、「毎夜俥に揺す振られ」ながら得た身体感覚の記憶と、僅かに覗き見た街の断片といった〈痕跡〉を手がかりに、やがてT女の住処を探索するようになるのである。

既に確認したように、探偵と蒐集家の欲望の構造はパラレルである。したがって、T女の住処をめぐって、〈痕跡〉をもとに街をひとつながりの意味のレベルに再構成しようとする「私」の〈探偵〉行為は、「隠れ家」内部において〈蒐集〉によって事物を商品価値から切り離しつつ独自の秩序に基づいて再構成していたことと共通の認識構造を持つ。その意味では、物語前後半における「私」の欲望は同じ地平に置くことができよう。ここで見落としてはならないのは、〈探偵〉行為において与えられた〈秘密〉が、〈解決〉という閉じた結末への志向性をあらかじめ内包していることである。それは、〈蒐集〉によって既存の価値から事物を解放していたこととも、〈秘密〉それ自体の快楽を享受していたT女とのLove adventureとも異なる位相のものなのである。

結局、犯罪の解決が探偵小説の結末に準備されているように、T女の「秘密」を暴くこと、すなわち「凡べての謎は解かれて了つた」ことでこの物語は収束する。それは、〈秘密〉を媒介にして男／女という二元的な性差の間を行き来することで得ていた「私」の「歓楽」の終わりでもあった。

二三日過ぎてから、急に私は寺を引き払つて田端の方へ移転した。私の心はだん〳〵「秘密」など、云ふ手ぬるい淡い快感に満足しなくなつて、もツと色彩の濃い、血だらけな歓楽を求めるやうに傾いて行つた。

物語末尾のこの一節に示されるように、この物語の後も、消費の欲望に支えられた資本体制下の都市空間からの「私」の逃走は、「もツと色彩の濃い、血だらけな歓楽を求め」て果てしなく続いていくのである。

この予言めいた言説に込められた「歓楽」こそ、谷崎の目指した文化・文学の享受のあり方であるとみるならば、[19]それは、いかにして既存の価値、特に、直面しつつある都市消費文化から遠ざかり、そこに作品世界の自律した価値を構築しうるかといったことにかかっているはずである。作家の立場からすると、問題は、それをどうやって構築していくかということになるだろう。谷崎の文学実践を一つの方法論で括ることができないのはむろんだが、資本体制の強力な磁場の前で独自の消費システムを文学に付与しようとしていた姿勢は、ここに明らかに看て取れるのだ。

## 4 本書の構成と内容

ここまで見てきたように、本書で問題にするのは、大正から昭和初期という消費文化が可視化されようとする時代において、そこで出会った読者に谷崎がどのようなアプローチを試みたのか、また、そのシステムはいかなる方法で構築されたかということである。全十章で谷崎の著作の中から対象とする作品を取り上げ、その言説編成を検討した。これらは分析内容から四部に分けている。以下、論点を紹介しながら各章で取り上げた内容をまとめておこう。

**第Ⅰ部　メディアを横断するエクリチュール**では、大正・昭和初年代・戦後という三つの時代の作品において、それぞれ発表メディアの変更に伴って生じた現象を扱い、谷崎テクストのディスクールが読者に接近する際の具体的な断面を浮かび上がらせることを目論んだ。第1章では「お艶殺し」（大正四）について、美術家とコラボレートして成立した初版単行本と、その約一年後に文芸叢書に取り込まれて売り出される際の比較を行うことで「通俗読者」にアプローチする回路を問題にし、第2章ではモダン雑誌『新青年』に発表された未完の作品「武州公秘話」（昭和六〜七）が、数年後に大幅な改変が加えられて完結した物語として出版される際の変容の意味を捉え、第3章では「細雪」（昭和一八〜二三）をめぐって、身体論的アプローチによって物語内部の言説配置を解釈した上で、戦中から戦後という激動の時代を通して書き継がれたテクストの位置を明らかにすることを目指した。

**第Ⅱ部　コンテクストとしての消費文化**では、読者をとりまく同時代コンテクストとの関わりを考えるために、第4章で「小さな王国」（大正七）、第5章で「痴人の愛」（大正一三〜一四）といった大正期の作品を取り上げた。大正期の谷崎というと、かつては昭和初年代の作品の豊饒さとの比較の上で「スランプ」などと評されたこともあったが、近年はむしろ、作品のもつ実験的側面やラディカルさが再評価される傾向にある。この時期に成熟していく都市消費文化がやがてモダニズムの温床となることを谷崎が鋭く見抜いていたことは確かなのである。ここで取り上げた二つの作品は、そうした前衛的な要素を持つものではなく、同時代の社会文化的コンテクストを色濃く反映させた作品である。両者は全く質の異なったテクストのようにも見えるが、いずれも第一次大戦直後のインフレ状況を背景とし、また、作中で〈教育〉という行為を行うといった共通点がある。様々な同時代言説との比較を行いながら、その社会制度的な側面と文学言説とが切り結ぶ様相を考察することで、貨幣経済と消費文化が本格的に浸透する時代に対するテクストの批評性を明らかにした。

**第Ⅲ部　歴史へのパースペクティブ**で扱ったのは昭和初年代の歴史・時代小説である。この時期の谷崎の諸作は、〈古典回帰〉と評されてきたように、関東大震災被災に伴う関西移住による日本美・古典美の（再）発見という文脈で論じられてきた。しかし既に述べてきたように、この時期の谷崎は、読者市場の拡大に伴う文学の大衆化という事態に敏感に対応しようとしていたのである。したがって、谷崎の〈古典回帰〉は、単なる審美的な評価としてではなく、文学の危機とも呼ばれた状況に対する徹底した文体改革の実践という側面を持っていたのだ。そこで、第6章では大衆読者への強い意識を認めることができる作品として「乱菊物語」（昭和五）を取り上げ、芥川龍之介との文学論争過程に連なる諸言説との接続を図ることで作品構想の内実に迫った。その上で、大文字の〈歴史〉を扱った作品として、第7章で「盲目物語」（昭和六）、第8章では「聞書抄」（昭和一〇）を取り上げ、典拠であるプレテクストと本文との比較や、初出から単行本化に伴う改稿の検討（第8章）を通して、歴史叙述と小説創作の間に横たわる問題を抽出、谷崎の大衆読者へのアプローチが歴史をどう扱うかという方法意識の中で行われた過程を明らかにすることを試みた。

**第Ⅳ部　翻訳行為としての読むこと**においては、昭和初年代の谷崎の文体模索と古典との関わりを複数の言語態の間の横断と揺れにおいて捉えることを試みた。第9章で扱った「蘆刈」（昭和七）は、前半で長く引用される古典プレテクストが醸し出す雰囲気が、後半部の女性をめぐる古典美の世界を方向づける作品であり、その意味でいわゆる〈古典回帰〉を象徴する作品だが、第Ⅲ部で検討した歴史叙述への意識との接続を図った。第10章は、他に比べてやや異質な内容である。谷崎が『源氏物語』についてどのように述べ、また、いかにして『源氏』を梃子にした表現実践を果たそうとしたか検討することで、谷崎の文体実践の様態と戦略を明らかにすることを目指した。

以上のように、本書は基本的に各章ごとにそれぞれの切り口から作品と向き合い、その切断面に検討を加えることで成り立っている。作品ごとのディスクールが読者にアプローチしていく様相を捉えながら、テクストとして現象する際にいかなる批評性を持ち得たのか検討した。すなわち、諸作品において、それぞれの物語の発話過程のただ中で感得される言葉の力をすくい上げようとする試みである。

**注**

(1) エミール・バンヴェニスト『一般言語学の諸問題』(1966　邦訳は岸本道夫監訳、みすず書房、一九八三・四)
(2) ミシェル・フーコー『言葉と物』(1966　邦訳は渡辺一民・佐々木明訳、新潮社、一九七四・六) ほかを参照。
(3) ジェラール・ジュネット『物語のディスクール』(1972　邦訳は花輪光・和泉涼一訳、書肆風の薔薇〔のち水声社〕、一九八五・九)
(4) ロラン・バルト「作者の死」(1968　邦訳は花輪光訳、『物語の構造分析』みすず書房、一九七九・一一に所収)
(5) 和田敦彦編『読書論・読者論の地平』(若草書房、一九九九・九) 解説。なお、読者概念の整理とまとめは和田敦彦『読むということ―テクストと読書の理論から』(ひつじ書房、一九九七・一〇)、石原千秋『読者はどこにいるのか―書物の中の私たち』(河出ブックス、二〇〇九・一〇) などを参照。
(6) ウォルフガング・イーザー『行為としての読書』(1976　邦訳は轡田収訳、岩波書店、一九八二・三)
(7) 平野謙『昭和文学史』(筑摩書房、一九六三・一二)
(8) 大宅壮一「文壇ギルドの解体期―大正十五年に於ける我国ヂャーナリズムの一断面―」(『新潮』大正一五・一二)
(9) 中村光夫『谷崎潤一郎論』(河出書房、一九五二・一〇)

（10）五味渕典嗣『言葉を食べる　谷崎潤一郎、一九二〇～一九三一』（世織書房、二〇〇九・一二）

（11）小森陽一「都市の中の身体／身体の中の都市」（佐藤泰正編『文学における都市』笠間書院、一九八八・一）

（12）大正後期以降、『新青年』などを舞台に探偵小説作家として活躍した江戸川乱歩が谷崎に心酔していたのは周知の事実であるが、中でも「屋根裏の散歩者」（『新青年』大正一四・八）の第一章は明らかに「秘密」をなぞっている。この点に関して石原千秋は『テクストはまちがわない　小説と読者の仕事』（筑摩書房、二〇〇四・三）で、「屋根裏の散歩者」に描き出された「視線の快楽」を「『秘密』から受けとったモチーフ」とし、都市の遊民である郷田三郎を「『秘密』の「私」の正当な後裔者」と位置づけている。

（13）『犯罪科学』（昭和六・三～六）。ただし引用は、紅野敏郎・千葉俊二編『資料　谷崎潤一郎』（桜楓社、一九八〇・七）に拠る。

（14）ヴァルター・ベンヤミン「複製技術時代の芸術作品」（1936　久保哲司訳『ベンヤミン・コレクションⅠ　近代の意味』ちくま学芸文庫、一九九五・六）

（15）ヴァルター・ベンヤミン『パサージュ論―Ⅲ　都市の遊歩者』（[M5, 8] 1982　邦訳は今村仁司ほか訳、岩波書店、一九九四・三）

（16）内田隆三『探偵小説の社会学』（岩波書店、二〇〇一・一）。なお、同書では、『秘密』結末部分の「謎を解くのだが、謎が解かれると、もっと強い刺激を求めて別の場所に移って行く」「私」の有り様を「探偵小説の読者のような位置」と比喩的に指摘しているが、ここでは、「隠れ家」において「私」が比喩的にではなく探偵小説の読者であった点に注目したい。

（17）ヴァルター・ベンヤミン『パサージュ論―Ⅴ　ブルジョアジーの夢』（1982　邦訳は今村仁司ほか訳、岩波書店、一九九五・八）における以下の箇所を併せて参照のこと。

蒐集において決定的なことは、事物がその本来のすべての機能から切り離されて、それと同じような事物と、考えうるかぎりもっとも緊密に関係するようになるということである。この関係は、有用性とはまっこうから対立するものであり、完全性という注目すべきカテゴリーに従っている。この「完全性」とはいったい何であろうか。それは、単なる客観的存在という事物のまったく非合理なあり方を、ことさらつくり上げられた新たな歴史的体系のうちに組み入れることによって、つまり蒐集することによって、克服しようとするすばらしい試みである。そして、真の蒐集家にとって、この体系のなかで一つ一つの物は、その時代、地域、産業や、それの元の所有者に関するあらゆる知識を集成したエンチュクロペディーとなるのである。[H1a,2]

(18) ヴァルター・ベンヤミン「パリ―十九世紀の首都」(1935　前掲(14)『ベンヤミン・コレクションI』所収)

(19) 前田久徳は「谷崎潤一郎全作品事典」(『谷崎潤一郎必携』學燈社、二〇〇一・一一)の「秘密」の項目において、この末尾の一文を「そのまま作家に直結し、以後展開すべき方向の宣言である」としている。

# 第I部

# メディアを横断するエクリチュール

# 第1章　通俗からの回路――「お艶殺し」の図像学

大正四（一九一五）年一月の『中央公論』に発表された「お艶殺し」は、同年六月に千章館より単行本として出版された（以下、千章館版）。後年谷崎自身が「その頃としては相当の印税が這入った[1]」と語っているように、凝った装幀の書物であるにもかかわらず九十五銭という廉価で売り出されたこともあって、かなりの売れ行きだったようである。

千章館版が出てからわずか半年余り経た翌大正五年二月には、新潮社から刊行されていた叢書「代表的名作選集[2]」の第一八編として、『お艶殺し』の表題のもとに「悪魔」・「恐怖」の二作品とともに収録されることになる。単行本出版から叢書シリーズの一冊として出版されるまでの期間の短さは、やや異様と言わざるを得ない。[3]この間の事情については詳らかになっていないが、この叢書が刊行される直前に新潮社の編集主幹を務めていた中根駒十郎に宛てた書簡の[4]、印税の前借りを再度申し込んでいる文面などからすると、債鬼の取り立てに窮した谷崎が、新潮社からの要請を受けて、売れ行きを計算し得る作品として「お艶殺し」を選択、千章館との交渉を経て出版するに至ったことは想像に難くない。

『お艶殺し』が短期間のうちに二度にわたって出版される一方、先に発表されたにもかかわらず単行本化の遅れていた『金色の死』(『東京朝日新聞』大正三・一二・四〜一七)が大正五年六月に日東堂から刊行される。(5)その序文の中で谷崎は次のように述べている。

こゝに集めたる三篇は、一昨年の秋より昨年の秋にかけて作りたるものなり。その間に予は又別に「お艶殺し」を書き、「お才と巳之介」を書きたり。後の二篇は既に早く単行本として出版せられたるに前の三篇は「人気少きが故に」今日まで其の機会を逸したるが如し。

人気少きにも拘らず、予は彼の二篇より此の三篇を好むものなり。「お艶殺し」と「お才と巳之介」とは、執筆中に知らず識らず人情本的興味に引き擦られ、予が濃厚なる主観の色を自由に純粋に盛り上ぐる能はざりき。(…)人気を博するは容易なるが故に、又作家に取りて決して不愉快ならざるが故に、人気は我等の恐るべきものなり。自ら警むること深からずば、或は我等は人気の為めに蠹毒《とどく》せられん。「お才と巳之介」の世評喧しかりし時、予は寧ろ不当なる人気に対して反感を抱きつゝありしかど、而も猶胸中の嬉しさを禁ずる能はざりき。

谷崎は後年、「お艶殺し」の通俗的側面に対して森鷗外から批判を受けていたことを明かしており、(6)そうした評価をふまえての自省の弁とも考えられるが、この時期の谷崎が、目指す方向性と市場の論理とのせめぎ合いの中で文壇における自らの位置に対して少なからぬ違和感を抱いていたことは確かである。それはまた、大正前半期までに固定されようとしていた自身の作家イメージへのジレンマと言い換えてもよい。

「お艶殺し」は、谷崎の作品中でも「きわめて通俗的な筋立て」(7)と評されるが、その〈通俗〉性とは、果たしてテクストの内部のみに限定して考えるべきものなのだろうか。むしろここでは、読者の反応を含めた〈通俗〉の意味を明らかにするために、人気を博したとされる千章館版を対象に据えて、外部から与えられた要素がテクストに作用する過程こそ検討すべきではないかと思われるのである。

具体的な手続きとしては、千章館版の挿画を分析し、物語言説との距離を測定する。書物の形態によって導かれる読みの枠組みと物語言説との間の力の引き合いを見出すことができるはずである。ここから、「お艶殺し」について伊藤整は、「歌舞伎のやうな、色彩的、視覚的な効果を与へるために、場面と行動に主力が置かれてゐる点で、江戸時代の絵入り小説なる草双紙系の方法が使はれて」おり、「歌舞伎を見るやうな感じで読まれるべきもの」と、「創作手法」の面から評した[8]が、メディアによって提出された視覚表象と言説との邂逅によって、テクストの読みのどのような側面が補強されていったのだろうか。

## 1　表象のコラボレーション

千章館版は、木版刷を施した和紙の貼られた函に収められ、多色刷の表紙（**図版1**）に加えて、物語中にも木版画による十五枚の挿画（一部多色刷）が付くという、凝ったつくりのものであった。装幀を担当したのは、明治末期から昭和初期にかけて活躍した日本画家・山村耕花（一八八五〜一九四二）であり、長野草風の推薦によるものとされている[9]。函と本体の背には「お艶ごろし　潤一郎作　耕花画」と作家と画家の名が併記され、扉（**図版2**）にも別のかたちで両者の名が並べて印刷されているように、作家と画家の共同制作といった様相を呈した書物である。

千章館版の分析に入る前に、谷崎と並ぶ形で創作者として名を連ねた山村耕花とはどのような人物であったか確認しておこう。

山村耕花は、谷崎の著作中、『お艶殺し』を皮切りに、『神童』（須原啓興社、大正五・六）や『刺青　外九編』（春陽堂、大正五・九）の装幀を担当した日本画家である。これらのなかでも、書物作りそのものに深く関わったものとして最も注目すべき〈作品〉が、『お艶殺し』であることは論を俟たないであろう。この装幀は、その美術家としての位置を見ていく上でも、興味深いものである。

大正五年、院展同人となり、また、版画家としてもいわゆる「大正新版画運動」に加わった耕花にとって、『お艶殺し』が刊行された大正四年は、その前年にあたっている。風俗画家として知られる尾形月耕に師事した後、東京美術学校に入学、明治四〇年に同校卒業後、文展を中心に活動したほか、烏合会や珊瑚会にも加わるなど、歴史や風俗に取材した作品によって日本画の作家としてその名を知られ始めていたころである。

その一方で、博文館の雑誌『少女世界』の表紙絵や口絵、附録の図柄を担当するなど、童画作家としても活躍し、また、のちに役者絵の代表画家として並び称されることになる名取春仙らと木版画冊子『新似顔』（似顔洞、

図版１

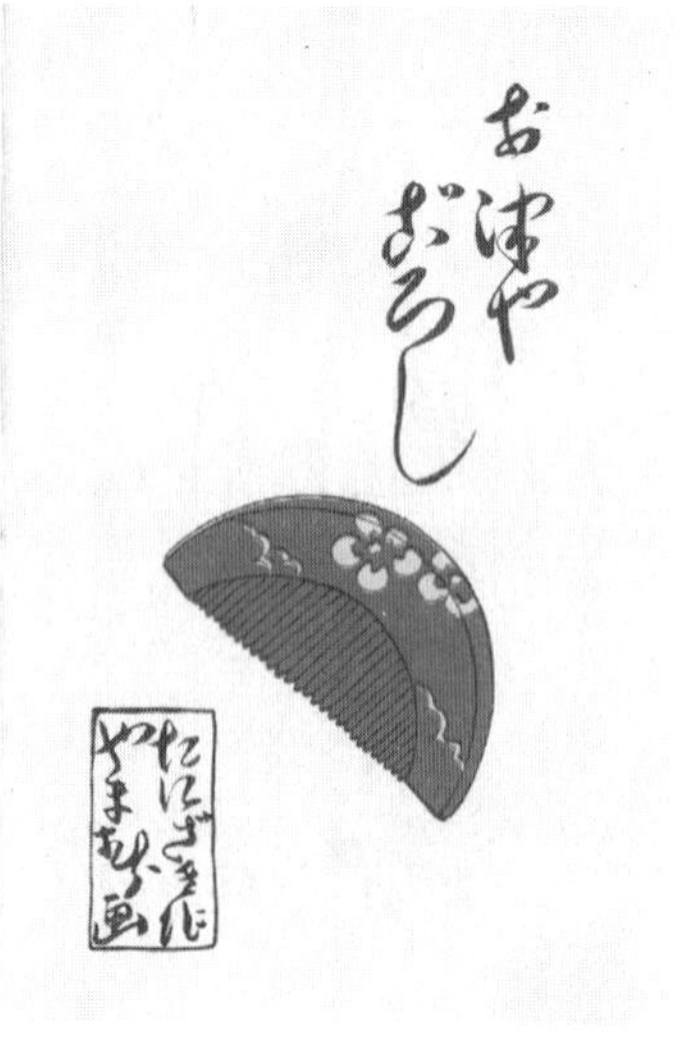

図版２

大正四・六〜一二）を刊行、伝統的な錦絵の手法による役者の似顔絵を精力的に制作するなど、日本画家とも浮世絵師とも呼べるような面を併せ持っていた。書物の末尾に画家と並んで木版彫刻および木版印刷の担当者名がそれぞれ記されていることでも分かるように[10]、下絵、彫り、摺りといった製作過程を分業体制で行っていた点が特徴的な『お艶殺し』装幀には、耕花のこうした側面が充分に発揮されていたのだ。

版画家・山村耕花としての評価は、版元であった渡辺庄三郎が提唱した「大正新版画運動」に加わることによって定まったのだが、役者絵専門の版画家を求めていた渡辺にとって、『お艶殺し』装幀を含む耕花の一連の創作活動が魅力的に映ったことは想像に難くない。その生涯がまとめられた『渡辺庄三郎』[11]によると、耕花を訪問した際にたまたま部屋に掛けられていた「雁治郎の大星由良之助」に目を付けた渡辺が、それを版画にしたいと申し出たことが、耕花が新版画運動に加わるきっかけとなったという[12]。

明治末以来、版画家個人の自作自彫自摺による版画の近代化を推し進めていたいわゆる「創作版画」に対して、渡辺の提唱した新版画運動は、伝統的な錦絵の技術の復活を唱え、下絵、彫り、摺りを分業で行うことを主張した。当初は橋口五葉らを中心に据え、後に、美人画の伊東深水、風景画の川瀬巴水らとともに、役者絵の担当として名取春仙と耕花を起用、版画・美術界に大きなムーヴメントを起こした。版画家としての耕花の画風は、同じ役者絵を手がけながらその写実性に重きを置いた春仙とは対照的に、計算された大胆なデフォルメによって役者の個性と複雑な内面を描き込む点に特徴があり、しばしば写楽になぞらえられた。この運動への参加について、耕花は後に以下のように述べている。

私に言はせれば、画家は画家で立派な絵を描き、木版師は木版師で、それを忠実に版画にすれば、それで完全な『創作』だと言へると思ふ。（…）私も、一時は自画、自刻、自刷をして見たけれども、それは幼稚な芸術的遊技だと覚つて、今では全くそれを止めて、よりよき『新版画』を作るために、職人達の間に交つて、彫師や刷師と談笑しながら、彼等の技術に信頼して、彼等と共に版画制作にいそしんでゐる。

（「新版画の制作に就いて」『中央美術』大正一四・一二）

耕花のこうした発言は、当時「新版画運動」に加わった画家たちの心情を代弁するものにほかならない。新版画運動は、版画近代化によって失われようとしていた彫師や摺師という職人の技術を守るとともに、西洋近代美術の技法を採り入れることで、平面描写に陥りがちだった旧来の錦絵を大正期において再構築する目論見の運動であった。それは、浮世絵研究会を主宰した渡辺の浮世絵そのものに対する高い知見と、浮世絵を現代に甦らせようという強い意志によって成立していたのである。明治初めに人気浮世絵師だったとされる尾形月耕のもとで学び、また、浮世絵の蒐集家でもあった耕花にとって、この運動は自らの才覚を発揮する上で格好の舞台となったにちがいない。新版画運動参画後の耕花は、大正期を通して多くの役者絵の傑作を生み出し、海外においても高い評価を得るまでになるのである。木版画を中心とした『お艶殺し』の装幀は、版画家・美術家として一定の評価を得る前段階の耕花が取り組んだ仕事であった。

大正前半期までの谷崎の書物の装幀は、『刺青』（籾山書店、明治四四・一二）以来の数冊を担当した橋口五葉をはじめ、『お才と巳之介』（新潮社、大正四・一〇）の竹久夢二、『鬼の面』（須原啓興社、大正五・九）の名取春仙など、新版画運動に参画した画家が多く起用されている。先に述べたように、耕花もまた、『お艶殺し』のみならず、『神童』や『刺青　外九篇』などの装幀を担当した。浮世絵を近代において復活させる運動であった新版画運動と谷崎の結びつきは、谷崎個人の趣味というよりは、当時の出版戦略との関わりに因るものとみるべきであろう。その点では、最初の作品集である『刺青』を起点とする谷崎の作家イメージの創出、といった問題と切り離すことはできない。[13]

後年、谷崎は、「若い時分」に「人任せ」にしていたという書物づくりを振り返って、次のように述べている。

> 原則として自分の本は自分が装釘するのに越したことはない。殊に絵かきに頼むのは最もいけない。どう云ふ訳か、絵かきは本の表紙や扉に兎角絵をかきたがる。千代紙のやうにケバケバしい色を塗りたがる。そして四六判にして、出来るだけ厚みを出して、同じやうにケバケバしい箱に入れるから、何のことはないハコセコのやうな子供じみたものが出来上る。
>
> （…）
>
> 仮りに絵を描くとしても装飾的な模様に止めるべきで、表紙を画布と同様に心得、散漫な人物風景静物等を描くに至つては沙汰の限りである。いつたい表紙に毒々しい絵を用ひるのは徳川時代の絵本草双紙類か少年少女の読み物を除いたら、現代の日本の小説本以外に、支那にも西洋にもあまり例がないと思ふが如何。
>
> （「装釘漫談」（原題「装幀漫談（上）」）『読売新聞』昭和八・六・一六）

前半の傍線部を見ると、四六判というサイズも含めて、千章館版を念頭に置いて書いたとしか思えない[14]ような内容である。また、その装幀に谷崎が直接的には関わらず、画家（あるいは出版社）に任せきりにしていたことも窺えよう。この文章を書いた時期が昭和初年代であること、いわゆる「古典回帰」とされる時期のものであることを差し引く必要はあるが、後半の傍線部に見られるように、少なくとも昭和八年時点での谷崎は、千章館版をはじめとする大正前期までの装幀に対して、「草双紙類」と同列に置くような評価を与えているのである。

たしかに、千章館版の装幀と全十五枚の挿画の全体からまず受ける印象は、美人画や役者絵を中心とした「草双紙」風のイメージである。新版画運動に参画する以前から芝居への造詣が深く、江戸情緒に満ちた風俗画を得意としていた山村耕花の画風がそのまま顕れているとみることができる。その特徴を確認してみよう。

千章館版の十五枚の挿画は、その内容の上から概ね以下の四つの型に分類することができる。

Ⅰ　物語内容の要素のみを含むもの……七枚
Ⅱ　作中人物の台詞が引用されたもの……四枚
Ⅲ　物語内容の一場面に即したもの……三枚
Ⅳ　物語内容と全く無関係のもの……一枚

この分類に従って、挿画と物語言説を照らし合わせながら、物語の展開における挿画の果たす機能を検討したい。挿画の視覚的効果によって物語解釈を導くシステムと谷崎の生み出した物語言説との関わりを考察することで、『お艶殺し』出版において作り出されようとしていた作品イメージを明らかにし、そこから導き出される作家像の特質に迫ってみたい。

## 2　テクストの様式化と逸脱化

まずは、数の上で最も多いⅠの型から見ていきたい（なお、千章館版の引用本文は全て初出に拠る）。物語の冒頭近くに挿入された**図版3**は、お艶と新助が駆け落ちを決心する場面に用いられている。この挿画は、新助に呼びかける声によって初めて物語に登場したお艶を、視覚表象として読者に示す役割を担っている。

「新どんかい。」

と、お艶はその時眼を覚ましたのか、それとも前から起きて居たのか、彼が座敷の横を通り過ぎようとする瞬間に声をかけた。さうして、円行燈の蔽ひを開いて、廊下の方へ明りを向けたらしく、障子が前よりも赤々と照つた。

(…)

新助は障子の外に両手をついて畏まつた。とたんに其の障子が一尺ばかり中から開いて、

「寒いから締めて此方へお這入りよ。」と、お艶は鬢の乱れ毛を掻き上げながら、郡内の蒲団の上にうづくまつて、睫毛の長い眸で夜目にも白い男の豊頬を惚れ惚れと眺め入つた。

「外の者はみんな寝て了つたんだらう。」

図版３

「いゝえ、もう直き庄どんが使ひに行つて帰つて参ります。帰つて来れば直ぐと寝かせて了ひますから、どうぞそれまでお待ちなすつて……。」
「あゝ焦れつたい、焦れつたい。……今夜のやうな都合のいゝ晩はめつたにありやしないのにさ。ねへ新どん、今夜こそお前覚悟をして居るだらうね。」
お艶は水のやうに柔かな緋鹿子の長襦袢を着て、蒲団の外へ真白な両の素足を揃へたまゝ、手を合はせて拝む真似をした。
(千章館版・一)

傍線を付した箇所に注目しながら**図版3**を見ると、円行燈、郡内の蒲団、緋鹿子の長襦袢といった、配置された細部《ディテール》の要素が忠実に描き込まれていることが分かるだろう。一方、口元を隠しながら小首を傾げて挿画の中からこちらを眼差すお艶の表情には、逡巡する新助に対して駈け落ちの決心を促すような切迫感は見られない。そういったお艶の内面は消され、典型的な美人画の構図が用いられているのだ。

すなわち、物語を構成する要素のうちの背景にあたる部分を物語内容の担保としつつ、中心人物であるお艶には一般的な美人という以上の意味は与えられていないのである。このような形式の持つ意味を、この場面に続く箇所の次の挿画を確認しながら、さらに考えてみたい。

**図版4**

> 此寒空にこんな姿で、まあ駈け落ちが出来るか知らん、と呆れるまで、お艶は結び立ての島田も露はに燃え立つやうな弁慶縞の黄八丈へ緞子の丸帯を胸高に締めて、素足のまゝで佇んで居る。平生から芸者の真似が大好きな彼の女は、此の際になつても足袋を穿くことがいやだつたのである。
>
> （…）
>
> 空は真黒に曇つて居たが、大粒の雪が少し小降りになつて、思つたよりも暖かであつた、一本の蛇の目の傘の柄を女が握つて、又その上を男が握つて、橘町から浜町の方へ辿つて行つた。

新助は外見の優形である割りに身の丈も高く筋骨も秀いでゝ、人並よりは膂力の勝れた若者であつた。昂奮した感情の襲ひ来るまゝに、折々彼は掌に恐ろしい力をこめて痙攣的に傘の柄を握り締めたので、半ばかぢかんだお艶の右の手はうすい掌が押し潰されて了ひさうに感ぜられた。お艶は度び〳〵痛いと叫んで、「新どんお前どうかしたの。」と、心配らしく男の方を覗き込んだ。彼の女の細い切れの長い眦は闇にも強く光つて見えた。

新大橋を渡つた時、真夜中の八つ時を打つ鐘の呻りが雪を吸ひ込んで死んだやうに流れて行く満潮の大川へ、水もどよめと咆哮する如くに響いた。それまであまり口をきかなかつたお艶は、「あの鐘の音がうれしい。まるであたしたちは芝居のやうだ。」と云つた。新助は苦い顔をして、「お艶ちゃんの呑気にも呆れたもんだ。」と云ひ返した。それきり二人は黙り込んで、小名木川の河岸縁にある清治の宿へ無事に着いた。

（千章館版・一）

**図版4**は、**図版3**に続いて全体の二枚目に配置された挿画で、二人が駈け落ちしていく場面を描いたものである。引用文中の傍線を付した箇所と照らし合わせると分かるように、衣服の模様や髪型などといった風俗的な情報が正確に捉えられているのみならず、お艶が素足でいることなど、その描写は細部にまで行き渡っている。しかしその一方で、新助の「人並みよりは膂力の勝れた」様を窺うことはできないし、その「昂奮した感情」も挿画からは排除されている。背景にあたる要素の忠実な描写と、作中人物の内面の後景化、という構成は、**図版3**と同型である。

ここで注目すべき点は、二人の手の位置である。挿画に描き込まれた構図は、引用文中の二つ目の傍線部「一本の蛇の目の傘の柄を女が握つて、又その上を男が握つて」という箇所に基づいたものであろう。ところが、波線を付した箇所を見ると明らかなように、蛇の目傘の柄を握る新助とお艶の手は、挿画にあるような柄の高い位置と低い位置といった上―下の位置関係ではなく、正しくは、柄を握るお艶の手に重ねて「又その上」を新助が握っているべきなのである。そうでなければ、新助の握りしめた掌によって、お艶の掌が「押し潰されて了ひさうに」なるはずがないのだ。細部の要素が書き込まれた前半部分の記述のみから挿画が構成されたための錯誤であり、駈け落ちという出来事を遂行する新助の「昂奮した感情」を後景に押しやろうとするあまりに生じたミステイクと考えてよい。

むしろ、この挿画の全体が描き出しているのは、引用部末尾の「まるであたしたちは芝居のやうだ」というお艶の言に示された二人の関係性なのである。そして、奉公先の一人娘との駈け落ちという、幾重にも反社会的な行為による新助の心情の起伏は、「芝居」の心中物の定番である〈道行〉といった紋切り型の要素に絡め取られて一般化されているのだ。

千章館版には、以上二例と同様の、役者絵あるいは美人画の構図に基づいたⅠの型の挿画が、全十五枚のうちの半数にも及ぶ七枚に渡って採用され、書物全体に散りばめられている。それらは、**図版3**で確認したように、作中人物が最初に物語に登場する箇所や、作中人物の位置づけが変化するような箇所に多く用いられている点が特徴的である。すなわち、人物の性格を規定する物語内容に対して、様式的な挿画によって作中人物の内面や心情の動きが後景化され、錦絵で表されるような「草双紙」的な世界観に読者を導く効果を持つものなのである。

挿画によって印象づけられる読みを創出していたⅠに対して、ⅡおよびⅢの型は、基本的に、物語の流れを補強して印象づける機能を果たすものである。挿画によって示された世界観に読者を導く強度を持つのがⅠであるとするなら、Ⅱ・Ⅲは、物語内容を単純に図像化しただけのものと考えられなくもない。しかし、ここでも細部に注目することで、挿画に含まれた戦略性を抽出してみたい。次に挙げる例は、Ⅱの型、すなわち、挿画の中に作中人物の台詞が引用された形式のものである。

「新どん、お前さんはまあどうしなすつた。」

女房は漸く気を取り直して空惚けて云つた。

「どうしたもねえもんだ。己あ三太を殺して来たんだ。お艶ちやんの居所さへ教へてくれりやあ手前の命は助けてやる。」

彼は包丁を鼻先へ突き付けて威丈高くなつたが、女房は面の憎い程落ち着き払つて、

「大方二階に居るでせうよ。」

と、わざと煙管に火をつけて嘯いて見せた。

(…)

図版5

「さあ何処へ隠したか白状しろ。抜かさなけりやあお前の命は貰つちまふぜ。」

かう云つて、彼は猿轡を解いて、女房の横頬を出刃包丁でぴたりぴたりと平打ちにした。女は静かに瞑目したまゝ黙つて居たが、やがて細めに眼瞼を開いて、ぢろりと新助を睨まへながら、

「手前のやうな青二才に馬鹿にされて溜るもんか。殺すなら殺して御覧な。」と云つた儘再び眼を閉ぢて石のやうに動かなかつた。

(千章館版・二)

**図版5**は、二人の駈け落ちを導いた清次に騙されていたことを知った新助が、自分を始末しようとした手下の三太を殺して清次のもとに戻ってきた場面が表された挿画である。既に清次はお艶を別の場所に連れ出した後で、留守宅には清次の女房だけがいた。お艶の居所を問い質す新助に対して女房は「空惚け」た態度で対応する。女房を組み伏せて「四肢を縛り上げて猿轡まで啣ませ」た新助は家中を捜すが、お艶を見つけられない。そこでもう一度女房にその居所を尋ねるが、またしても惚けられ、結局新助は、この女房までも殺してその場を立ち去るのである。

引用文中に囲みをつけた箇所が**図版5**に添えられた台詞であるが、その前後を見ると明らかなように、挿画の示す内容と物語の内容とは異なっている。本文によれば女房は縛り上げられ組み伏せられた状態でその台詞を口にしているべきところなのに、挿画の中の女房は長煙管を手にしている。すなわち、挿画においてこの台詞は、戻ってきたばかりの新助に対面する箇所に接続されているのである。

会話文が引用された挿画は他にも三枚あるが、いずれも、引用された台詞と物語内容がずれていたり、描かれた挿画自体が物語内容と著しく異なったりしている。こうした逸脱は、画家が物語内容を要約するかたちで挿画を描き出し、そこに場面を象徴するような台詞を添える、といった操作が施された結果であることは言うまでもない。留意すべきことは、こうした方法による挿画があるために、単に物語の一場面を切り出すかたちで示されたにすぎないⅢの型の挿画までもが、画家の解釈を色濃く反映したものとして印象づけられることである。そして、その解釈の枠組みこそ、Ⅰの型によって演出された「草双紙」的世界に他ならない。

内面表象の後景化というだけなら、あるいは、作中人物の心情を自由に読み取る余地を生じさせようとしたものとも考えられよう。しかし、ここで確認したように、千章館版の挿画によって方向づけられる作品世界は、Ⅰ

による様式化された枠組みとⅡ・Ⅲでの読みを牽引する解釈とが響き合うことによって構成されているのである。こうした仕掛けが目指す地点を考えるために、十五枚の挿画のうちで最も特異なものを、次で検討してみよう。

## 3　もうひとつの物語世界

「此れで三人目だ。もう己は仕様がねえ。……後生だから己と一緒に死んでくれ。」

体に纏ひ着いた屍体を放り出すと、新助は歯の根も合はずわく／＼して云つた。

「何をお云ひだ。そのくらゐなら此奴を殺した効がねえよ。どうせお前も深みへ嵌まつた体ぢやねえか、此のまゝ知らん顔をして居りやあ、誰にも判りやしないんだから、いつそ図太く世の中を渡る気になつておくれ。あたしや死ぬのは嫌だ／＼。」

図版６

新助はもう前後の分別もなくなつて居た。見す／＼女に謀られたと知りながら、彼はとうたう三日に渡る剛情我慢の角を折つた。

「そんなら承知をしておくれか。うれしい、うれしい。」

と云つて、お艶は夢中で雀躍りして、有頂天に喜びながら、血糊だらけの男の胸へ跳び着いた。

（千章館版・四）

**図版6**は、先の分類のうちのⅣ、すなわち〈物語内容とまったく無関係のもの〉として挙げたものである。この挿画は引用部の内容を表していると考えられるが、引用部を一読して分かるように、物語の記述とは関わりのない要素で構成されている。ここで採用されているのは、〈道行〉の一場面の典型的な構図である。このような設定の挿画がここに配置されていることの意味は何なのだろうか。

引用した箇所に至る部分で、新助は、お艶とともに芹沢のもとから逃げてきた徳兵衛を殺害する。お艶との再会後に自首する覚悟を固めていた新助であったが、お艶の身を守ろうとして、図らずも三度目の殺人を犯してしまうのだ。絶望した新助はお艶に心中しようと持ちかけるが、逆にお艶の説得に折れて「剛情我慢の角を折」り、「図太く世の中を渡る気に」なるのである。

ここで注目すべきことは、「見す〳〵女に謀られたと知りながら」と新助自身も感じているように、徳兵衛殺害から新助の自首取り下げに至る一連の出来事は、お艶によって仕組まれたものであるという点である。徳兵衛の死によって自由の身となり、新助との新しい生活を送りたいという願いがお艶の裡にあって、その筋書きのままに新助が動かされたことを新助自身も内面化しているのだ。しかし、**図版6**においては、そのようなお艶の意図と新助の実感はいずれも消し去られ、さらにこの場面に続けて、「死んだやうにかたくなつて考へ込」む新助はもちろん、「徳兵衛の顔を縦横に切り刻んだ揚句、泥田の中へ埋め込」むといった残虐な「屍骸の処置をつけ」るお艶の姿、あるいはその内面が挿画に表されることはない。

むしろ**図版6**が示すのは、一組の男女のある意味で純化された恋愛の形式である。そこに孕む純粋性が、駈落ちという行為の反社会性によって保証されるものであると考えるなら、二人が置かれた状況に通じるものと捉えることも不可能ではないだろう。この場面を起点として、二人は、後戻りのできない反社会性・背徳性の方に進んでいくのだから。それはたとえば、先の**図版4**のところで確認したような、二人で駿河屋を出ていく場面での芝居気に満ちた有り様とは全くレベルの異なったものなのである。

以上見てきたように、千章館版において、物語の結末に至るまでの血塗られた出来事は、挿画のもつ強度によって後景に追いやられ、純化した恋愛関係の形式にすり替えられているのである。物語の解釈の枠組みからすると、ここには、「お艶殺し」というタイトルから想起される〈殺す—殺される〉というシークエンスと、「歌舞伎の世話物」[15]を思わせる様式化された世界観との力の引き合いをみることができるだろう。

「お艶殺し」創作のモチーフとして考えられるのは、明治四三年一一月に発生した、「お艶」という女性の強姦殺人事件である。[16]この事件はいったん迷宮入りするが、十年後の大正九年七月に、別件で逮捕されていた男の自供によって突如解決する。「お艶殺し」が発表されたのは事件が未解決の時期である。谷崎は、この不可解な事件に着想を得、女が殺されるまでの事件の顚末として、明治以来、芝居や絵草紙の題材とされた高橋お伝や花井お梅等、いわゆる「毒婦もの」の物語の型を用いたのではないだろうか。

実質的なデビュー作として売り出された「刺青」をはじめ、大正前半期までの谷崎テクストが、江戸末期の町人文化を念頭に置きながら、その退廃的な世界観を物語に取り込もうとしていたことは周知の事実である。真銅正宏は「文壇に登場した谷崎の当初の課題の一つは、この東京下町の文化を代表する草双紙や、それと関連の深い芝居の世界を、いかに小説化するかという点にあったといっても過言ではなかろう」[17]と述べるが、一方でまた、谷崎自身の意識以上に、出版サイドの戦略によって創出あるいは補強されたものでもあったのである。

こうした千章館版のもつテクストの様態を明瞭に捉えるために、ほぼ同時期に描かれたもうひとつの「お艶殺し」の図像を次節で取り上げて比較してみたい。

## 4　千章館から新潮社へ

千章館版の挿画との比較対象として取り上げたいのは、新潮社の投書雑誌『文章倶楽部』に掲載された、「絵物語　お艶殺し」（大正六・六）である。

もともと新潮社は、投書雑誌『新声』によってスタート（明治二九年の創業当初は新声社）した出版社であったが、投書という行為がその営業戦略において本格的にシステム化されるのは、大正期以降であったとみてよい。とりわけその特徴は、大正五年五月創刊の投書雑誌『文章倶楽部』[18]において顕著である。新潮社の看板雑誌でありメジャー文芸誌であった『新潮』の「マイナーリーグ戦略を果たした[19]」雑誌、というのが『文章倶楽部』の位置づけであった。前身は『新文壇』という、新潮社の運営していた日本文章学院が発行していた『文章講義録』の無料付録雑誌であったが、『文章倶楽部』もまた、『新文壇』同様に、一般読者に対する文章指南を行いながら発表機会を与える一方で、記者による作家訪問記や文壇ゴシップ等の記事を豊富に盛り込むなど、プロの作家と読み手の距離を接近させようとする記事が繰り返し掲載される。それらの記事のねらいは、作家養成というよりも、むしろ、読者一般の書くことへの夢想を、そのまま読書行為、ひいては書物の購買行為へと導こうとすることに他ならなかったのである。すなわち、書き手に移行しようとする読み手の欲望を煽りながら、読書行為を方向づけ、書物や雑誌の購買行為へと導くような戦略性を併せ持っていたのだ。

本章の冒頭でも述べたように、千章館から刊行された「お艶殺し」は、わずか半年ほど経た後に、新潮社の叢書シリーズ「代表的名作選集」の一冊として再刊される。『文章倶楽部』とカップリングさせるかたちで新潮社から刊行されていた文章指南書の中には、文学を志す者の「必読の書」として「代表的名作選集」を位置づけ、購読者に叢書の郵税（送料）をサービスするなどの特典まで付けているものもあった。こうした営為には、読者と作家を同時に再生産しつつ、そのエネルギーによって自らを業界の中枢に押し上げていこうとする新潮社の出版戦略と企業戦略を認めることができよう。この時、「代表的名作選集」の作品群は、教養主義的古典としての意味以上に、読者たちが模倣すべきモデルとしての意味を色濃く持つようになっていたのだ。新潮社のもつこのような特徴をふまえるとき、「お艶殺し」をめぐるもう一つの図版は、どのような様相において捉えることができるだろうか。

「絵物語　お艶殺し」は、松坂惇三郎という常連の一般投稿者によるものである。『文章倶楽部』において数多く見られる読者参加型の懸賞企画の一つ「名作絵物語」の当選作（第二等）であった。「名作絵物語」は、第一回『坊っちゃん』（大正五・七）から半年ほど、表紙絵を描いていた画家・在田稠が担当した後、読者からの投稿作品を募集するかたちに移行し、長期間にわたって続いた。この企画に取り上げられた小説のうち、初期のものの多くが、「代表的名作選集」に収められた作品であった[20]ことに留意しておきたい。すなわち「名作絵物語」は、『文章倶楽部』読者に対して、「名作」＝正典《キャノン》としてまとめた作品群をヴィジュアル化して示し、新たな読者を獲得していくための役割を担っていたのだ。

この企画は、読者投稿になった当初は複数の投稿者の絵を掲載するかたちが採られたこともあったが、第五回募集に当たる「お艶殺し」以降、一人の投稿者によって物語が構成される形式に戻り、以後はこの形式で続いていく。募集規定には、賞金、選者、締切日等が列記された後、以下のような注意事項が添えられている。

> 言ふまでも無く、「お艶殺し」といふ一つの物語の中で、最も焦点的な場面を捕へて描かねばならぬ。説明は原作の一部分を其儘抜萃したものでなければならない。
>
> （「絵物語」画稿募集『文章倶楽部』大正六・四）

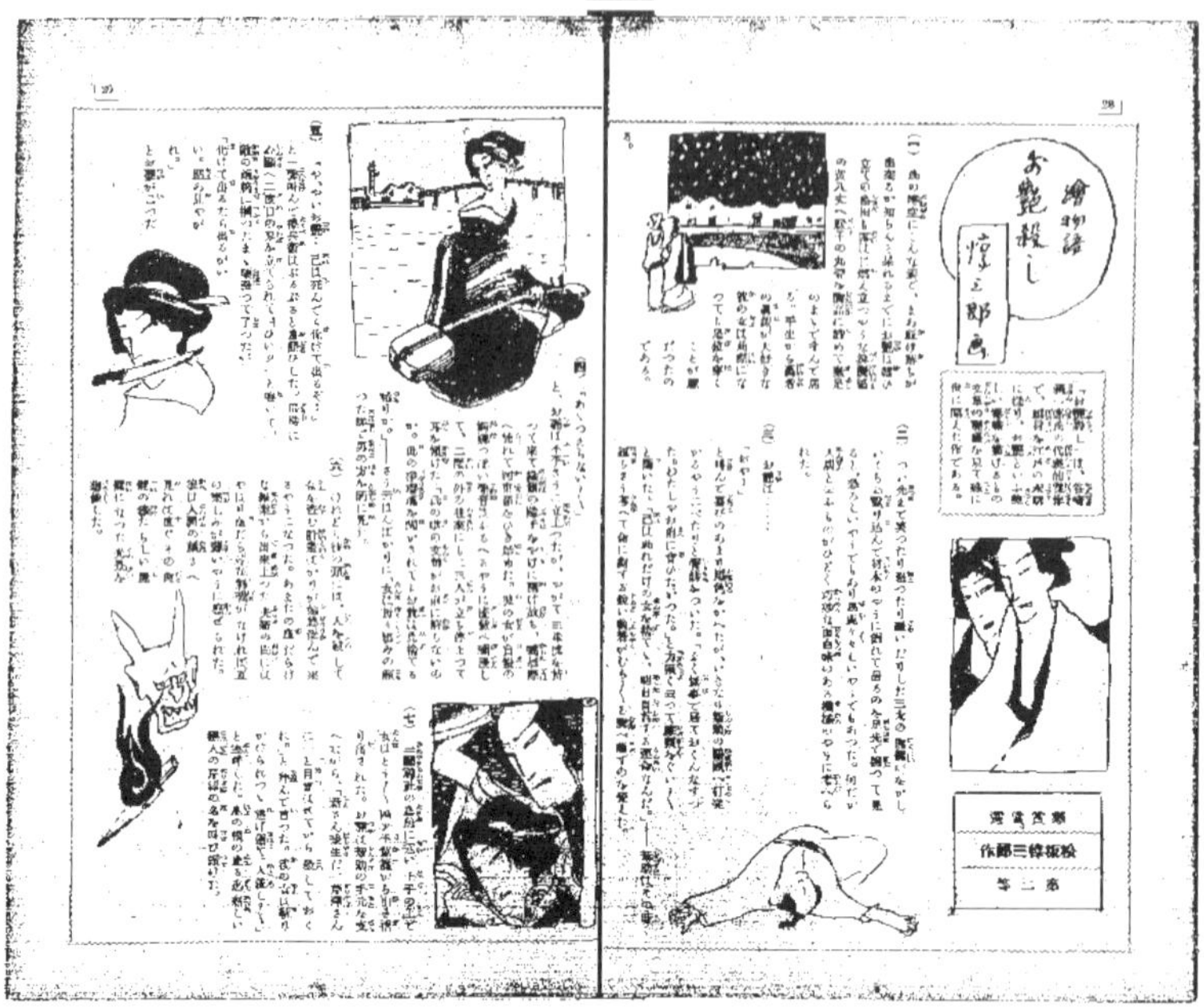


図版７

　ここで示されているように、「名作絵物語」の企画には、投稿者それぞれの読書行為を経た上での「焦点的な場面」の抽出と、物語言説そのものの「抜萃」による、物語の再構成＝二次的な創作行為が義務づけられている(21)。したがって、ここで描き込まれた図像と引用文とのつながりを検討することで、読みと創作とが連動したものとしての投稿者の解釈を見出すことができると考えられるのである。以下、再構築された「お艶殺し」の様相を、**図版７**に即して分析してみたい。

　ここには七つの場面が引用され、それぞれに図像が添えられている。表されたシークエンスは二人の駈け落ち（一）からお艶殺害（七）へと至る展開であるが、その過程は（二）から（六）への新助の内面変化の様態として捉えられているのである。それらの箇所に引用されたのはそれぞれ次の一節である。

（一一）つい先まで笑つたり怒つたり騒いだりした三太の肉体がをかしいくらゐ黙り込んで材木のやうに倒れて居るのを足先で嬲つて見ると、恐ろしいやうでもあり馬鹿々々しいやうでもあつた。何だか人間と云ふものがひどく巧妙な面白味のある機械のやうに考へられた。

（六八）けれども彼の頭には、人を殺して金を盗む計画ばかりが始終泛んで来るやうになつた。あまたの血だらけな罪業から出来上つた夫婦の間にはやはり血だらけな刺戟がなければ互の楽しみが薄いやうに感ぜられた。彼は人間の顔さへ見れば直ぐその肉体の惨たらしい屍骸になつた光景を想像した。

実際に見ているか、想像しているかの差はあれ、いずれも殺された死体をめぐる記述が引用されているが、著しく異なった内容であることに気づくだろう。それはまた、図像の差としても認めることができる。**図版7**を見ると、（一一）の場面には殺害された三太の死骸が描かれており、その描写は、自らが殺した死骸を無機質なものとして眼差す新助の視線に重ねて果たされている。偶発的に起きてしまった三太殺害という出来事は、新助の意識において、罪悪感や背徳性といったものとは切り離して捉えられているのである。それに対して（六八）では、新助の内面が、鬼、凶器、炎といった図像に象徴されるような狂気の表象として描き出されている。引用文にあるように、新助の意識は、繰り返された殺人によって日常的に惨状をイメージするようなものに変質しているのだ。

こうした（一一）から（六八）への心情変化を引き起こしたものとして、その間に置かれているのが、お艶と新助の再会（三）、自首する新助に不満を持つお艶（四）、徳兵衛殺害直後のお艶（五）、といった図像である。いずれも、お艶と新助が直接関わる場面を表すものとして描かれている。ここで特に注目したいのは（四）から（五）への内容的な接続と、（六八）で示された図像への展開である。

（四）の図像は三味線を膝の上に載せた芸者姿のお艶が描かれているが、引用文には、頑なに自首をしようとする新助に対する、「女は折々恨みの籠った眸《まなざし》で男の方を眄《ながしめ》に見た」という箇所が採用されている。この部分を受けるものとして（五）の引用文を見てみよう。

（五）「や、やいお艶！　己は死んでも化けて出るぞ！」
と一声叫んで徳兵衛はぶるぶると身顫ひした。同時に心臓へ二度目の刃を立てられて、「ひいッ」と鳴いて、敵の両腕に摑つたまゝ硬張つて了つた。
「化けて出るなら出るがいゝ。態あ見やがれ。」
とお艶が言つた。

この箇所の図像は、徳兵衛殺害の凶器と思しき出刃包丁を口にしたお艶の像である。物語内容からすると、ここで徳兵衛を殺すのは新助のはずである。しかし、この引用と図版のみからすると、あたかもお艶の手によって徳兵衛が殺害されたかのような印象を抱かざるを得ないだろう。先の千章館版の分析箇所でも述べたように、新助の徳兵衛殺害は、多分にお艶によって仕組まれたものであり、この出来事をきっかけに新助はその性格を変質させることになる。そのことを念頭に置きながら、（六）への展開を考えると、徳兵衛殺害と新助の内面変化が直接結びつけられ、それを促す存在として、お艶が前面に据えられていると読めるのである。

このように、「絵物語　お艶殺し」は、作中人物の内面表象を中心とした展開で構成されており、「草双紙」的な様式を前面に打ち出していた千章館版とは対照的なものと言えよう。こうした「絵物語　お艶殺し」に表された解釈の枠組みを示しているのが、タイトルの下に挿入された梗概である。

「お艶殺し」は、谷崎潤一郎氏の代表的傑作で、題材を江戸の末期に採り、お艶といふ美しい毒婦を描けるもの（ママ）文章の艶麗を以て殊に世に聞えた作である。

この短い言説は『文章倶楽部』編集部の企画担当者によるものと考えられるが、ここには、お艶を「毒婦」と認定し、この「代表的傑作」の中心に据えようとする姿勢を窺うことができる。先にも述べたように、『文章倶楽部』は新潮社の出版戦略の一環として、『新潮』以上に直接的な読者との関係を築こうとしたメディアであり、さらに、「名作絵物語」の素材には「代表的名作選集」のものが多く採用されていた。したがって、「絵物語　お艶殺し」は、一投稿家の独創というよりも、新潮社の出版戦略を典型的に反映したものと考えるべきなのである。[22]
新潮社によって方向づけられようとしていたテクスト解釈の枠組みを、「代表的名作選集」の「解題」から読み取ってみよう。

『お艶殺し』は、大正四年一月に発表した作。材を江戸の末期にとつて、薄れゆく浮世双紙の色彩を生々しき近代的精神に色上げしたるもの、最も異色ある作品として世評囂しかつた作である。東京に生れて、幾つの世紀を重ねたる古き都の爛熟せる文明を愛する作者に於て、斯くの如き題材は最もその得意とするところであらう、似て非なる者多き我が唯美派の芸術は、此作出でゝ、始めて大に気を吐くを得たと云つてよい。附録の『悪魔』と『恐怖』とは、唯美主義者悪魔主義者としての作者の面目を最もよく発揮したもので、取材こそ異なれ、それを貫通する情調と思想とに於ては、『お艶殺し』と軌を同うし、相俟つて最も特色なる此作者の作風を代表するものである。

傍線を付した箇所を中心に一読するだけで、「お艶殺し」を「唯美派の芸術」の「代表」として位置づけようとする意図を充分に窺うことができよう。それはまた、テクストのもつ「浮世双紙《ママ》」的な世界を「近代的精神」において捉え直そうとする視線に支えられている。

この言説の向かう先には、大正という教養の時代における新たな市場の読者がいる。それは、千章館版で想定されていたような、所与の意味での〈通俗〉という言葉では括ることのできない読者層である。正典《キャノン》を創出し読者を啓蒙することが、新潮社の出版戦略の中核にあったとすれば、ここで出会うべき読者は、イメージとしての〈通俗〉を享受しようとする層とは明らかに異質のものであろう。それは、「お艶殺し」の作品世界とそれを代表作とする谷崎を、「唯美主義」「悪魔主義」といった近代批評の眼差しによって名指し、そこに導く以外に統御し得ない読者層と言ってよい。

相前後するものの、ほぼ同時期に二つの異なるテクストとして与えられた「お艶殺し」は、一方で〈通俗〉という呼び名で表された趣味的世界を反映しながら、他方で、既存の市場論理を食い破ってマスの読者へと変質していこうとする購買層を射程に入れているのだ。

後年、関東大震災（大正一二）、雑誌『キング』の創刊（大正一四・一）、円本ブーム（大正一五～）といった状況を経て、〈大衆〉の存在と新たな読書市場の成立を誰もが意識するようになった昭和初年代、谷崎は、「お艶殺し」について以下のように述べる。

書いた当時は下品な講談のやうな気がして我ながらイヤであり、世間でもさう云ふ悪評を下す人があつたけれども、今では必ずしもさうは思はない。ただ文章が生硬で、なまな文字が使つてあるのが不愉快である。

いつか暇があつたらさう云ふ所を書き改めて、性格などは描けてゐないでも美しい一篇の恋物語として読まれるやうにしたいと思ふ。

（『明治大正文学全集』第三五巻、谷崎潤一郎篇解説、春陽堂、昭和三・二）

これが書かれた昭和三年は、「饒舌録」（『改造』昭和二・二〜一二）での文学の通俗性への言及を経て、「古典回帰」と呼ばれる作品群の創作が始まった時期でもある。ここに至って谷崎は、「お艶殺し」に担わされた作品―作家イメージを一新すべく、この作品が「一篇の恋物語」となり得ることを開示するのだ。

果たして「お艶殺し」は、戦後の三度目の単行本刊行（全国書房、昭和二二・六）の際、文章全体に徹底した改稿が施される。その際、和文脈を重視した文体への移行とともに行われるのが、舞台となった時代を「江戸末期」と特定し得るような情報の削除・改変なのである。その一方で、物語の筋にほとんど手が加えられることはない。こうした過程からも、ここで問題とした大正初期の谷崎の位置が逆照射されるのである。

### 注

（1）「雪後庵夜話」（『中央公論』一九六三・七）。ここには、この印税で借家に「風呂場を増築したところ、忽ちそのことが評判になつて「お艶風呂」など、云はれた」という逸話も記されている。

（2）明治期の主要な文学作品を作家ごとに集めた菊半截判の叢書。大正三年一一月に第一編の国木田独歩『牛肉と馬鈴薯』が刊行されて以降、大正一五年九月の宇野浩二『苦の世界』まで、四四冊が刊行された。紅野敏郎『大正期の文芸叢書』（雄松堂、一九九八・三）によると、「のちの改造社の、いわゆる「円本」のはしりといわれる「現代日本文学全集」の、企画の発端としての役割を果したともいい得る要素をも持っていた」とされる。同じく大正年間を通して出版していた「新進作家叢書」と併せて、新潮社は「文芸出版社として実質的な勝利を獲得」（同書）するに至った。

（3）「代表的名作選集」全四四編のうち、同様のサイクルで所収されたものは、ほとんど見られない。例外のうち「お艶殺し」の場合に近いものとして、第二八編・田村俊子『女作者』（大正六・一二）に所収された『圧迫』（初刊は『彼女の生活』新潮社、大正六・三）や第三四編・久保田万太郎『末枯』（大正八・一二）の『末枯』および『続末枯』（初刊はいずれも『新東京夜話』新潮社、大正八・一）を挙げることができるが、いずれも初刊の表題作ではなく、同じ新潮社から出版されたものである。

（4）大正四年一二月二七日付書簡に「今朝も債鬼押し寄せ何とも始末に困り候間、「御艶殺」（ママ）し印税前金としてせめて今十円だけ御借し下され度」云々とある（『谷崎潤一郎全集』第二六巻、中央公論社、一九八三・一一）。

（5）他の収録作品は、『創造』（『中央公論』大正四・四）、『獨探』（『新小説』大正四・一一）。田山花袋『泉』に次ぐ「名家近作叢書」第二輯として刊行されたが、この叢書は二冊のみの出版に過ぎなかった。

（6）前掲（1）「雪後庵夜話」に、「谷崎があゝ云ふ調子の低いものを書いてはいけない、あゝ云ふものを書くやうになつてはおしまひである」という鷗外の「お艶殺し」評を人伝に聞かされ、「身がちゞむやうな気がした」と述べられている。

（7）「谷崎潤一郎全作品事典」（『谷崎潤一郎必携』学燈社、二〇〇一・一一）の前田久徳による「お艶殺し」の項。

（8）伊藤整『谷崎潤一郎の文学』（中央公論社、一九七〇・七）

（9）長野草風は、『麒麟』（現代代表作叢書第三編、植竹書院、大正三・一二）に所収された『信西』の挿画を描き、後に『潤一郎訳　源氏物語』全二六巻（中央公論社、昭和一四・一～昭和一六・七）の装幀を担当した。追悼文「山村耕花を憶ふ」（『茶わん』昭和一七・三）の中で、「谷崎潤一郎君から「お艶殺し」の装釘を相談されて、私は故人を推し、依頼して出来上つた表紙のお艶の容姿は大した評判で、後に芝居で此狂言をする時の衣装はすべて表紙絵の通りにした」と述べている。

（10）木版彫刻は谷山玖三郎、木版印刷は松井三次郎とされている。

（11）渡辺規編『渡辺庄三郎』（渡辺木版美術画舗、一九七四・一二）

（12）「雁治郎の大星由良之助」は渡辺自らが摺り上げた。この作が耕花の版画家としての実質的なデビュー作となったわけだが、それ以前に、童画や似顔絵、挿画といったサブカルチャー的な実践があったことを見逃してはならない。

（13）瀬崎圭二は「永井荷風「谷崎潤一郎氏の作品」の欲望―谷崎潤一郎処女小説集『刺青』をめぐって―」（『名古屋近代文学研究』第一六号、一九九八・一二）において、『刺青』出版をめぐる荷風と籾山書店による出版戦略の様相を明らかにしている。『刺青』が、泉鏡花『三味線堀』（籾山書店、明治四一・一）から始まる橋口五葉装幀の〈胡蝶本〉シリーズの一つとして出版されたことで、その後の谷崎評価の機軸が定まったのである。それは、「鏡花、荷風等既成作家との並列化、あるいは彼らの後継者としてのイメージを消費者に与えていく」ものであった。

（14）本文中にも挙げた『お才と巳之介』（新潮社、大正四・九）もまた、竹久夢二による多色刷りの表紙の装幀で、新潮社の叢書「情話新集」の一冊（第六篇）として刊行された。ただし、同時期に新潮社から出ていた「代表的名作選集」や「新進作家叢書」と同じ菊半截判である。

（15）河盛好蔵「解説」（『飈風・お艶殺し』創元文庫、一九五一・九）

（16）「お艶殺し」事件の顚末を記した読み物として、甲賀三郎『強盗殺人実話』（明治大正実話全集　第三巻、平凡社、昭和四・九）、石渡安躬『断獄実録』第四輯（松華堂、昭和八・一二）などがある。前坂俊之による『断獄実録』復刻版（犯罪研究資料叢書『殺人法廷ケースブック』（四）、皓星社、一九九六・一〇）の解説には、「「お艶殺し」は谷崎潤一郎によって小説になったほど」の「有名な事件」とされている。

（17）「谷崎潤一郎キーワード事典　草双紙」（『谷崎潤一郎必携』学燈社、二〇〇一・一一）

（18）『文章倶楽部』は昭和四年四月まで刊行。

（19）紅野謙介『投機としての文学』（新曜社、二〇〇三・三）

（20）例えば、大正七年ぐらいまでに掲載された初期の二十作品のうち、「代表的名作選集」所収は十五作品にのぼる。

残りの五作品のうち、前掲（14）『お才と巳之介』をはじめとする四作品が、同じく新潮社の叢書「情話新集」所収のものである。

（21）在田稠「絵物語選評余言」（『文章倶楽部』大正六・三）にも「絵物語を唯単に其の小説なり作品なりの挿絵と考へては無意味なものとなる。場面を選ぶことも、描き表すことも全然筆者の独創に待たなければならぬ」とある。

（22）「代表的名作選集」の各巻頭には、編者による「解題」が掲載されている。

# 第2章　メディア戦略とその不可能性——「武州公秘話」と読者

昭和初年代の谷崎作品は、一般に「古典回帰」の豊饒な作品群と評価されてきた。昭和三（一九二八）年から翌年にかけて発表される「蓼喰ふ虫」（『大阪毎日新聞』昭和三・一二・四〜四・六・一八、『東京日日新聞』同〜六・一九）以降、『源氏物語』現代語訳を経て、戦後「細雪」（昭和一八〜二三、初出情報は第3章に詳述）および「少将滋幹の母」（『毎日新聞』一九四九・一一・一六〜一九五〇・二・九）に至る諸作である。この時期に谷崎が取り組んでいた小説創作上の実験についての検討は後の章に譲るとして、本章で取り上げたいのは、芸術性の高さを以て評価されてきた作品群とはやや趣の異なる、「エロ・グロ・ナンセンス」という表現に象徴される当時の世相と切り結ぶようにして現れた「武州公秘話」という時代小説である。

「武州公秘話」は、昭和六年一〇月から翌七年一一月にかけて『新青年』に発表された作品だが、連載十二回をもって唐突に中断され、三年後の昭和一〇年一〇月に中央公論社から、完結した物語に改編して『武州公秘話（完）』として出版された。連載中断後、谷崎が「続篇」執筆への意欲を持っていたことはよく知られているが、[1] 単行本化を急いだ背景には、谷崎本人の実生活上の問題があったようだ。[2] しかし、ここで問題としたいのは、あくまでも作品内部の言説システムと発表メディアの変更に伴う様々な現象との相関関係である。

注目したいのは、初出テクストから単行本テクストへの改稿過程である。発表メディアそれぞれの読者の質を念頭に置きながら両テクストを比較するとき、単に、中断されたテクストと完結したテクストといった違いのみに留まらない、言説の質的な差異を見出すことができるのではないだろうか。

しかしここで企図するのは、必ずしも、メディアを設定することで谷崎が向き合おうとした実体的な読者イメージを捉えることではない。「武州公秘話」は、当初、探偵小説を期待する特定の読者に対して戦略的に関わりながら、メディアの変更によって全く別のレベルの——おそらくは谷崎自身も予想しなかった質の——読者と出会ってもいるのだ。ここで現出した事態を把握しながら二つのテクストの言説の布置を検討することで、メディアと言説との力関係を測定してみたいのである。

## 1 『新青年』というメディア

「武州公秘話」連載当時の『新青年』は、大正期以来の探偵小説専門誌というイメージを一新し[3]、ナンセンスとユーモアを盛り込みながら都市の中間層の青年たちをターゲットにした「モダニズム総合雑誌」というべきものに編集方針を転換しつつあった。しかし、読者の間に探偵小説を希求する声は少なくなかったようで、この雑誌から『探偵小説』という専門誌が派生した折も[4]、「曾つて探偵小説専門雑誌の観あつた本誌が、最近その傾向が薄れたといふので、読者諸氏から大分お叱りを受けつつある」が、「本誌もまた探偵小説には特別の注意を払つて、新雑誌と共にこの方面の開拓に任ずるつもりである[5]」といった断り書きがなされている。また、『探偵小説』誌上でも、ナンセンスに偏りかけた内容の記事を担当した横溝正史を名指して、「俺達は昔の新青年を読む様な気持で六冊目迄読んで来たのだ。それだのに七冊目のあのざまはなんだ。昔新青年で揮つた腕はどうしたのだ。俺達を感歎させてくれたあの手腕は。」[6]などと激しく非難する投書が掲載されたが、このような不満が『新青年』を引き合いにして述べられていることには留意すべきであろう。モダニズム重視の編集方針となったにもかかわらず、『新青年』において探偵小説は重視すべき位置を占め続けていたのである。

もともと別の目的で創刊された『新青年』[7]が、探偵小説を多く掲載し、大正期においてその専門誌のような形になったのは、創刊以来変わることのなかった「読者参加」の方針に因るところが大きい。

『新青年』創刊号（大九・一）には「記者より読者へ！」と題された宣言文が掲載されているのだが、ここには「もし本誌に面白くないそして有益にもならない頁があつたなら、大いに記者を叱責してくれ玉へ」「記者ばかりで面白い、宜い雑誌が出来るものではない」などと書かれ、「読者諸君の投稿をも大いに歓迎する」として「読者欄も、早速設けたい」と、読者に対して積極的な参加が呼びかけられている。実際は読者欄を設けて投稿記事を紹介していくといったことはほとんど行われなかったもの[8]の、懸賞小説を募集したり、中断した小説の続きを募集したり、といった試みが創刊当初から読者参加の方法として実践されたのであった。そして、早い時期から作者と読者の相互乗り入れの場となっていたのが探偵小説だったのである。この中から、この雑誌を舞台に活躍する新進作家はもちろん、横溝正史や水谷準らのようにやがて編集にも携わるような人材が育っていく。また、複数の作家が書き継いでいく形式の小説[9]が繰り返し企画されるなど、まさに「読み手＝書き手の」「相互浸透と小説形式の解体と再生にもつながるような試み」[10]が行われていた。なかでも、より一般的な読者の関わりを見ていく上で着目したいのが、創刊当初からしばしば行われていた「犯人当て懸賞」の企画である。

三ヶ月の間読者諸君の血を涌き立たせた犯人探しの最後の幕が切つて落された。御覧の如く片や軽部謙吉、片やマークテナントであつた。〆切日六月十、十一、十二の三日に於て集る名探偵の便り三千六百三通の多数にのぼつたが、残念なるかな完全な解答は甚だ少かつた。第二問題の方はテナントを犯人としたもの相当の数にのぼつたが、第一問題に到つては、自殺、遠山静江、女中おすみ等、まことに意外な犯人が続々現はれるので、編者は今更ながら作者に伺ひを立てた位であつた。(…)次に一等安村君の文章を掲げて諸兄姉の参考に供したい。

(「犯人探し五百円懸賞当選者発表」『新青年』昭和五・八)

この記事は『新青年』の編集方針が既に探偵小説専門色を脱しようとしていた時期のものだが、先にも述べたように、創刊当初から同様の企画は実にしばしば行われていた。賞金総額「五百円」(一等賞金は百円)[11]、応募総数「三千六百三通」といった数字にも驚かされるが、注目すべきなのは、単に犯人を当てるだけではなく、その根拠を説明させ、さらに正解当選者の「文章」を併せて掲載していたことである。つまり、この懸賞では、設定された問題に対して受け手としてのみ関わるのではなく、むしろ創作行為に近いかたちでの参加が要請されていたのだ。傍線部には編集者が応募者の誤答に悩まされたことが述べられているが、それほどに読者の〈創作〉が説得力を持つ場合もあったことが窺われるのである。

昭和初年のこの時期、大衆小説に関する発言を繰り返し行い、いわゆる「通俗読者」との関わりに敏感だった谷崎が自らの創作をこの雑誌に掲載するにあたって、こういった『新青年』の特性は無視できない要素だったに違いない。

谷崎の『新青年』への最初の寄稿は、『新青年』への執筆依頼のために訪ねた谷崎邸からの帰途に交通事故に遭って亡くなった編集者、渡邊温への追悼の意味も込めて書かれた「春寒(探偵小説のこと、渡邊温君のこと)」(昭和五・四)というエッセイである。ここで谷崎は、一般に認識されている「探偵小説」に対する強い違和感を表明する。

まず谷崎は、以前発表した「途上」(『改造』大正九・一)が江戸川乱歩によって再評価されていることを挙げながら、ありがたく感じる反面で、「今更あんなものをと云ふ気もして、少々キマリ悪くもある」と述べている。これは乱歩の「これが日本の探偵小説だといつて、外国人に誇り得るもの」という「途上」の「独創性」を推奨する発言[12]に対するものであった。

「途上」はもちろん探偵小説臭くもあり、論理的遊戯分子もあるが、それはあの作品の仮面であつて、自分で自分の不仕合はせを知らずにゐる好人物の細君の運命——見てゐる者だけがハラハラするやうな、——それを夫と探偵の会話を通して間接に描き出すのが主眼であつた。殺人と云ふ悪魔的興味の蔭に一人の女の哀れさを感じさせたいのであつた。

(「春寒(探偵小説のこと、渡邊温君のこと)」『新青年』昭和五・四)

「途上」は、先妻をチフスで亡くし、今は再婚相手の新しい女性と同棲生活をしている湯河という男と、彼を帰宅途上で待ち受けていた探偵との会話のみでほぼ全体が構成されており、その言葉のやりとりの中から、湯河が先妻を「偶然」の積み重ねによって殺害したことを暴いていくという小説である。乱歩が注目したこの小説の独創性とは、物語に描かれた犯罪が「プロバビリテイ」(偶然性)による殺人であるという点にある。乱歩は「途上」を探偵小説作家の立場から高く評価したのであるが、少なくともこの時点での谷崎自身の評価は必ずしも高いものではない。むしろ「途上」の「探偵小説臭」さはこの作品の「仮面」であるとし、むしろ描きたかったのは、言説の上には直接登場することのない「細君の運命」、「女の哀れさ」だったというのである。

一方、このエッセイで谷崎が積極的に評価している「犯罪物」は、「途上」の少し後に発表した「私」(『改造』大正一〇・三)の方である。

「私」には、「犯罪者自身が一人称でシラを切つて話し始めて、最後に至つて自分が犯人であることを明かにする」という、語りの形式を逆手にとったトリックが駆使されている。この作品に対する谷崎の評価の中心は、この作品に用いられたのが「いたづらに読者を釣らんがための形式でなく」、この作品にとって「最も自然な、必須な形式」であるという点にある。この表現は、先の引用において、「途上」の「主眼」が「見てゐる者だけがハラハラするやうな」「細君の運命」であったということと通底している。すなわち、傍観者的な立場に置かれた読者の想像力に働きかけるような語りこそがここでの評価すべき形式であり、それがうまく機能していないために、「途上」の評価が消極的なものになっていると考えられるのだ。[13]

このエッセイが『新青年』読者＝探偵小説愛好者に向けられたものであることを考えたとき、問題となるのは「探偵小説」というジャンルにおける読者の関わり方の質である。谷崎はそれを作者側の問題として次のように述べている。

> 味噌の味噌臭きは何とかと云ふが、探偵小説の探偵小説臭いのも亦上乗とは云はれない。若しも所謂探偵物の作家が最後までタネを明かさずに置いて読者を迷はせる事にのみ骨を折つたら、結局探偵小説と云ふものは行き詰まるより外はあるまい。読者の意表に出ようとして途方もなく奇抜な事件や人物を織り込むほど、何処かに必ず無理が出来自然の人情に遠くなり、それだけ実感が薄くなるから、たとひ意表に出たにしてからが凄みもなければ面白味もなく、なんだ馬鹿々々しいと云ふことになる。（同）

ここで問題にされている「実感」という表現は、読者に対する効果を話題にするときの谷崎の常套句である。その意味するところは文脈によって様々であり、必ずしも一定しないが、ここでは「探偵小説」という特定のジャンルが抱える問題について言及する上で使用されている。はじめの傍線部を先の引用部に接続させると、「探偵小説」が自己目的化した場合に生じ得る現象に注意を促していることが明らかであろう。すなわち、探偵小説に内包された〈秘密〉を隠そうとするあまりに「論理的遊戯」に偏ってしまった場合、読者が本来得るべきところの「実感」から遠ざかるしかないというのだ。そしてそれは、大正期に谷崎自身が書き、今また乱歩によって賞賛されている「途上」のような作品への警鐘でもある。

　探偵小説がこのような陥穽に陥ってしまいがちなのは、実のところ、「読み手にとって、謎の解明に参加するというかたちでの作品への参加が必須の条件となる」[14]というジャンルの本質的構造に因っている。内田隆三は、探偵小説の読みを規定しているのが、実は「解釈」ではなく「記号のシステムにたいする解読の作業であって、それは意味作用の構造に到達することによって停止する」（傍点原文）と述べ、無限に広がる可能性を秘めた「解釈」を「解読の次元の作業にうまく転化」するところに探偵小説の特徴の一つを見ている[15]。内田の述べるように「解釈」が「たえず自らを更新し自分を終わらせることのない作業」であるとすれば、探偵小説の読者が〈秘密の解明〉というやがては収束していくもののみを志向しているかぎりにおいては、一見、読者の効果的な創作への参入に見える『新青年』の方針にも自ずと限界があることが分かるであろう。

　この探偵小説というジャンルの拘束力に対する谷崎の姿勢には、『新青年』というメディアに対するスタンスの取り方が如実に表れている。大正期に「犯罪物」を多く扱っていた谷崎だが、それはたまたま選んだ表現形式の一つに過ぎず、〈謎解き〉そのものを目的とした小説を書いていたわけではなかったというのだ。むしろ、谷崎が目指す読者の「実感」とは、〈秘密の解明〉といった決着では解決し得ないような、「自分の介入による問題のずれとその再問題化という問いの連鎖」[16]を生み出すような読書行為そのものに内包されているはずなのである。

　探偵小説を嗜好する『新青年』読者を前に、「この時代の谷崎にしてはめずらしく屍体の描写やスカトロジーまで展開[17]した作品として「武州公秘話」は発表された。ここには、昭和初年代における『新青年』のもう一つの側面である「モダニズム総合雑誌」としての性格に意識的に関わろうとする姿勢を窺うことができる。[18]「武州公秘話」を仮に探偵小説的構成をもった作品として考えた場合、その表現形式と「エロ・グロ」というモダニズム的要素との関わりはどのように考えるべきなのだろうか。このような疑問を発するとき、まず問うべきなのは、この物語における、モダニズムのパラダイムと〈秘密〉の物語との結節点であり、さらにまた、それが歴史小説の形式を用いて創作されていることの戦略性であろう。これらの複合的な要素の絡み合いの中から、読者に「実感」を抱かせるために谷崎が用いた方法を、『新青年』における初出テクストの言説から次に抽出してみたい。

## 2　内包された〈秘密〉

「武州公秘話」は、ともに武州公に仕えた人物として設定された道阿弥と明覚尼がそれぞれ書き遺したとされる「道阿弥話」・「見し夜の夢」という架空の文書を下敷きにして、武州公の秘められた性生活を物語ることを骨組みとする作品である。これらの文書を武州公の末裔から託されたという語り手が、プレテクストの記述を解釈しながら物語の核心である武州公の「秘話」へと読者を導いていくというスタイルをとっている。

本章冒頭でも述べたように、このテクストには初出と単行本化されたものとの間でいくつかの異同を認めることができる。それは物語を完結させるためにやむなく行われた改稿でもあろうが、『新青年』というメディアの特性を念頭におきながら読者との関わりにおいて谷崎のとった戦略を考えようとするとき、単行本テクストへの改稿によって失われたものの質を解明しておく必要がある。

初出と単行本、両テクストの詳細な比較は既に千葉俊二によってなされている。[19]そこで確認されているように、形式的な差異の他に細かい字句や表現の異同を除くと、書き出し部分に大幅な削除があることや連載の最終回部分の中断された一章が全面的に削除されて結末部分が改変されていることなどが大きな変更点である。その他、連載十回目（単行本では〈巻の五〉）「道阿弥感涙を催す事、並びに松雪院悲歎の事」においても雑誌の頁にして一頁余りが削除されている。これらの異同の中でも、特に検討したいのは冒頭の削除部分である。初出テクストではここに、物語を語る上での「作者」の立場が明示されているのだ。[20]

初出テクストの連載第一回は、「緒言」として書かれた部分と、プレテクストの来歴などの紹介が行われた部分によって構成されている。その一部は単行本でも「武州公秘話序」と題された漢文体の序文として残されるものの、全体の四分の三にあたる分量が削除されている。次に引用するのは、「緒言」冒頭部である。後に漢文体に改められる内容よりも前に置かれていた部分である。

今仮りに「武州公」と名づける此の小説の主人公は、その実架空の人物ではないので、もしその本名を記せば、多くの軍記物語に親しんでをられる読者には相当馴染みのある名前である。しかし作者は遺憾ながら最後までその何人であるかを明かにする自由を持たない。なぜなら此の珍しい材料を作者に提供してくれた人と云ふのが、「武州公」の後裔であつて、かう云ふ秘話を世に公にしたために一面には先祖の名誉を傷つけ、一面には同族間の物議を醸すであらうことを深く恐れてゐるからである。

そこで作者に許された限りの「真実」を云ふと、此の主人公は室町の末、戦国時代の初期頃に或る一国を領してゐた大名であり、信長や秀吉のやうな一流所ではないけれども、兎に角一時は近隣に武威を輝やかしたことのある一個の地方的英雄児なのである。それは在来の歴史や記録にも載つてゐる明かな事実であるが、而も此の英雄の性生活に次ぎの物語が示すやうな秘密が潜んでゐたことは、恐らく今日まで誰も知つてゐた者はあるまい。

（『新青年』昭和六・一〇）

引用した箇所の冒頭には、武州公が「架空の人物ではないこと」、そして仮にその名を明かせば相当有名な武将であることが言明されている。そして材料提供者を紹介するなど架空のプレテクストを実在のものであるかのように語ることと連動させることで、物語の「秘話」としての側面が強調されているのである。ここでの「多くの軍記物語に親しんでをられる読者」という表現を字義通りに受け取って、あらかじめ読者を選別しようとしているなどと考えるべきではない。むしろ、後半の傍線部に「在来の歴史や記録に載つてゐる明らかな事実」とあるように、語り手がここで読者に期待しているのは、「歴史」という言葉で一括りにされるような、ある一般的な時代認識にほかならない。それは「信長や秀吉のやうな一流所ではないけれども」と述べられている部分とも響き合っている。すなわち、「信長や秀吉」といういわゆる歴史上の「英雄」たちとの差異をつけながらも、彼らの名によって把握し得るような戦国時代の一大名として武州公は設定されているのである。したがって、武州公の「秘話」は、このようにして認識される「歴史」と対置しながら、「在来の歴史や記録に載つてゐる明らかな事実」から隠された物語として認識すべきものとされているのだ。それは、歴史小説というこの物語の形式そのものが内包するシステムとも言えよう。そして、武州公の「本名」を明かさないことが、物語の核心となる〈秘密〉の真実性を保証することになる。

このようなレトリックは、「作者」の表現上の問題として意識化されることになる。

元来かう云ふ秘録は、小説的構想や粉飾をせずに、材料のままで投げ出した方が却つて人を動かすものである。小説には小説の面白みがあるが、事実には事実そのものの中に奪ふべからざる迫真力がある。にも拘は

> らず、作者は此の事実に或る程度の小刀細工を、――カムフラージユを施す義務を負はされてゐる故に此の場合の作者としては、成るべく事実が持つてゐる迫真力を損じないやうに努めつつ、約束した義務を忠実に履行するより仕方がない。（同）

ここには、「作者」がこの「秘録」、すなわち「事実」にもとづいて再構成された歴史小説を書いていく上でのあきらめにも似た立場が表明されている。ここで記された「義務」とは、先の「緒言」冒頭にあった、武州公の末裔とされる人物の「秘話を世に公にしたために一面には先祖の名誉を傷つけ、一面には同族間の物議を醸すであらうことを深く恐れてゐる」という事情に因るものである。この「義務」がある故に、「小説的構想や粉飾を施さずに、材料のままで投げ出す」という、本来は支持しているはずの立場をとることができないというのだ。もちろん、プレテクストが架空のものである以上、ここで示されているのは身振りに過ぎない。だが、ここで施される「小刀細工」こそが、この物語を語ることそのものなのである。したがって、この身振りは、プレテクストの真実性を捏造しようというだけではなく、この物語における表現のシステムを作り上げようとする意図に接続することができるのである。その特徴について考えるためには、「秘話」の核心である武州公の性癖をめぐる言説に注目する必要がある。

単行本テクストにおいて削除された部分では、武州公の性癖を「被虐性変態性欲」と規定し、さらにそれが「近代の造語」であることが明記されている。そして、この武州公の性的傾向を表す枠組みが「猟奇趣味と変態趣味とが流行する現代」からの認識に拠っていることが強調されているのだ。このあたりは『新青年』のモダニズム雑誌としての特性を充分に意識した記述とみてよい[21]。問題は、ここに続く次の部分である。

作者が手に入れた材料と云ふのも、実は側近の二三者が密かに書き留めておいた記録やうのものが大部分を占めてゐる。その外に最も有力な証拠としては、主人公自ら己れの奇癖を矯めようとして男山八幡に誓ひを立てた願文がある。蓋し此れは城中に勧進してある八幡宮の神前に捧げたもので、一種の懺悔文とも見るべく、勿論その文案を祐筆などに依頼すべき性質のものではないから、此の一文こそ正しく彼の自筆に成る告白書と認めていい。（同）

ここで紹介されている「願文」は、単行本テクストにおいてはその存在自体が完全に抹消されているものである。これは、武州公本人の自筆によるものであり、「一種の懺悔文」あるいは「告白書」と見なされて、他のプレテクストよりも質的に上位に置かれている。先に述べたように、この物語は「道阿弥話」と「見し夜の夢」という虚構のプレテクストから得た情報を「作者」=語り手が解釈してみせる、という構造を持っている。その解釈は、武州公が「被虐性変態性欲」者であるという近代的な知の枠組みに拠っているのであるが、その判断の「最も有力な証拠」となったのが、この「願文」なのだ。こうした言説を受け取った読者は、自ずとこの物語の〈秘密〉の中心、いわば物語の起源ともいうべき、隠された「願文」の言説を志向させられるはずである。つまり、初出テクストの〈秘密〉は、「願文」という〈告白〉を担保とすることで成り立っているのだ。

このように考えると、ここでの語り手と読者のそれぞれの情報は、単なる量の差というだけに留まらず、質的な差異をも含むことになる。ここでの読書行為は、願文に基づく「秘話」を再構築する営みへと接続させられているのだ。したがって、読者にとって、この後に語られていく二つのプレテクストの断片的な開示とそれに伴う「作者」の解釈は、最終的に示されるであろう武州公の〈告白〉の言説の兆候としての意味を持つことになるはずである。

生方智子は、『中央公論』の定期増刊「秘密と開放」号（大正七・七）に掲載された評論や「新探偵小説」などに多用された〈告白〉をめぐる言説に対して、「明治四〇年代自然主義の問題系」との連続性と差異を見出すことで、大正期「探偵小説」のパラダイムの特徴を「〈深層〉を隠し持つ〈表層〉というトポスの出現」にみている。(22)この指摘に従えば、武州公が自ら統御できず「男山八幡に誓ひを立て」ることで「矯めようとした」「奇癖」を綴った「願文」は、武州公の〈深層〉に関わる表象そのものであると考えることができよう。そして、その願文の内容が、大正末期から昭和初年代の「「変態」出版ブーム」(23)以来の心理学的な知の枠組みによって、「変態性欲」として〈秘密〉に囲い込むことを余儀なくされた性癖である点において、探偵小説的な構成とモダニズムの要素とが結合しているのである。モダニズムの洗礼を受けながらも、探偵小説の犯人捜しや〈謎解き〉に慣れ親しんでいた『新青年』の読者が、このような武州公の〈深層〉の探究に導かれたことは想像に難くない。

しかしながら、ここで見逃してはならないのは、武州公の秘められた性生活を探れば探るほど、正史としての〈歴史〉に基づいてあらかじめ与えられていた一般的な時代認識からは遠ざかり、「武州公の正体」(24)という、物語の冒頭に置かれていた〈秘密〉の解読からは離れてしまうことになるという点である。ここにこの物語の基本的なトリックがあるのだ。秘められた歴史を知ることで、もうひとつの〈秘密〉が強化されていくというレトリックは、まさに秘密が秘密を生み出す仕掛けであり、〈秘密の解明〉という探偵小説の結末に準備されているような閉じた円環には決してたどり着くことのできないシステムなのである。

このように、初出テクスト「武州公秘話」は、モダニズムの題材を用いながら、探偵小説の形式を期待する読者を想定して、〈謎解き〉という刺激を与え続けることをその出発点において構想していた。しかし、それは単にメディアに迎合するかたちで『新青年』読者の持つ〈推理―解決〉という嗜好に合わせたのではなく、〈秘密〉に対する読者の欲望を逆手に取りながら、最終的に解決されることのない秘密の物語を作り出すことが目論まれていたのである。

## 3　歴史への意識

さて、ここまで述べた初出テクストに対し、単行本テクストはどのような特質をもつものであろうか。初出と単行本両テクストの間には、物語で起きるエピソードそのものに大きな異同はない。むしろ注目すべきなのは、その語りの方法の違いである。それが最も明らかに示されているのが、単行本化の際に書き加えられた次の箇所である。

> 斯くて武州公と桔梗の方との不義の関係は、三の谷殿へ移つてからは全く絶えてしまつたのである。さうしてその後、公が四十三年の生涯を終へるまで、次々に新しい異性を求めては奇異な刺戟と醜悪な悪戯とを貪つて行つた物語は、余り長くなるばかりでなく、公の名誉と遺徳とを傷けることが大であるから、先づ此の程度の暴露を以て筆を擱く方が賢明であらう。唯しかしながら、公の性生活の一面に斯くの如き秘密があつたことを念頭に入れて、然る後に「筑摩軍記」その他の正史を繙かれたら、必ずや意外な発見をされる点が多いであらう。此の書を著した作者の微意は、実に其処に存するのである。
>
> （『武州公秘話（完）』中央公論社、昭和一〇・一〇）

これは単行本テクストの結末部分なのだが、傍線部を見るとある種の妥協によってこの物語が閉じられようとしていることが分かるだろう。武州公の性生活上の「秘密」は、「公の名誉と遺徳」を守るために中途半端な「暴露」を以て閉じられ、後は「正史」を読む際の読者の想像力に委ねられているのだ。さらに言えば、このテクストでは武州公の正体そのものが必ずしも〈秘密〉として設定されているわけではないことにも注意を要する。仮に「筑摩軍記」が実在の書物であったとすれば、その「正史を繙」くことで、歴史上の人物である「武州公」を見出し得るという可能性が示されているのである。すなわち、この物語に描かれた〈秘史〉は、〈正史〉に描かれた人物像の解釈を広げる働きをするものとして位置づけられているのだ。このような立場の語りと、初出テクストにあった「願文」の存在自体が削除されていることとは無関係ではない。

「願文」が削除された単行本テクストにおいては、二つのプレテクストを解釈する語りが、時折その存在が示される「筑摩軍記」などの「正史」の参照項として設定されていることになるのだ。[25]ここでは、初出段階で構想されていた、捏造された〈真実〉と〈秘密〉とがせめぎ合うような仕掛けは失われ、〈秘史〉対〈正史〉という単純な二項対立が物語の軸となっている。初出テクストの語りが「願文」という秘められたテクストを使って二つのテクストを解釈してみせようとしていたのに対して、単行本においては、語り手が特権的な位置から読者に自らの解釈を示していくような形式となっているのである。単行本テクストのスタイルに拠った場合、読者は、この物語の全体を虚構として受け入れていくか、あるいは語り手の言説を全面的に信じて武州公という歴史上の人物の秘められた個人史に思いを馳せるか、そのいずれかの選択を迫られることになるだろう。初出テクストで作中に置かれ、物語の〈秘密〉を捏造する機能を果たしていた虚構の「作者」は姿を消し、語り手と現実の作者である谷崎潤一郎自身とが、直接的に接続される可能性が開かれることになるのである。

結果的にこのような形式となった単行本テクストは、中央公論社の出版戦略と半ば偶然の結びつきを果たすことになる。そこで注目すべきなのは、この単行本の出版形態である。『武州公秘話（完）』は、「中央公論社創立五十周年記念出版」として上梓された。出版に先立って『中央公論』誌上には、この「記念出版」を大々的に報じた折り込み広告とともに、単行本にも付けられることになる里見弴による「天下第一奇書」の書と正宗白鳥の跋文が掲載される。

「蓼喰ふ虫」以後の谷崎君の作品は、残りなく通読してゐるつもりでゐたが、この「武州公秘話」だけにはまだ目を触れてゐないのであった。谷崎好みの題材を谷崎式手法で活写してゐるだけで、この怪異な物語に私は驚されはしなかつたが、この老作家の老熟した近作中でも筆が著るしく緊縮してゐることが、特に感ぜられた。

（「谷崎君の「武州公秘話」読後感」、「出版部だより」『中央公論』昭和一〇・九）

ここに見られるのは、「武州公秘話」を谷崎の他作品との連続性において評価しようとする姿勢である。この評価は、白鳥個人の感想というよりも、出版社の意向を反映したものと考える方が自然であろう。少なくとも、このような評価が自然に現れるようなコンテクストの中に、この「読後感」は置かれているのだ。しかし、ここでも述べられているように、当初この作品は谷崎の作品としては異質な扱いを受けていたのである。それは『新青年』を発表メディアとしていたことと無関係ではないだろう。連載を開始した時の『新青年』編集後記には「純文芸ものとしても充分自信がある」[26]という谷崎の言葉が紹介されているが、この表現なども、『新青年』＝「通俗小説」の雑誌、といったイメージに裏打ちされたものであると考えてよい。初出段階での「武州公秘話」をめぐるこのような認識は谷崎本人も自覚していたようだが[27]、結果として中央公論社の記念事業の一環として出版されることで、「谷崎潤一郎」という固有名を前面に押し出した出版戦略が採られたと考えられるのである。

この間の事情は、『武州公秘話（完）』と前後してこの記念事業において出版された『文壇出世作全集』（中央公論社、昭和一〇・一〇）への作品掲載依頼を断った[28]ことと連動しているとも考えられる。『文壇出世作全集』は、

『中央公論』昭和10.9

七十五名の作家が参加して一巻本として出版されたものだが、こういった企画自体、中央公論社が文壇との結びつきによる『中央公論』のメジャー総合雑誌化によって発展した出版社であることを如実に物語っている。[29] この書物の広告には、島崎藤村、徳田秋聲、正宗白鳥、菊池寛の四名が発起人に名を連ね、「今こゝに、同誌の五十周年を迎へて、聊か祝意を表したいと思ふ所以である。而して、その方法として、各自が出世作乃至代表作と認むる作品を提供し「文壇出世作全集」なる名称の下に出版するのだという挨拶文が「全文壇を挙げての御翼讃に浴し、我等多年の怨望なりし、明治大正昭和三代を貫く日本創作壇の一大鳥瞰図的記念塔を完成せる」云々という大見出しとともに載せられているのだ。上にあげた『武州公秘話（完）』の広告は「創立五十周年記念出版第二の巨弾[30]」として里見弴『荊棘の冠』と並置されてこの広告の裏側に刷り込まれているのである。

先にも述べたように、このような『武州公秘話（完）』の売り出され方とテクスト自体の表現のシステムは、偶然の邂逅をしているに過ぎない。もはやここでは、メディアに内包された読者に対する、谷崎の戦略を問うことは不可能となるであろう。

単行本化によって、図らずも谷崎文学の正典に連なることとなった「武州公秘話」が出会ったのは、「文学」という所与の価値体系において経験的に把握[31]しうる「谷崎潤一郎」という固有名に引き寄せられた読者であり、ここには、モダニズムという限定されたムーヴメントからの解放と、別の体系への括り込みが同時に展開している。このような現象には、メディアの拘束力から解放されて自立的価値を持つようになった「文学」が、実体的に把握しうる読者との相互的なつながりを喪失していく様が顕れているのである。

**注**

（1）連載中断の際、「甚だ恐縮ながら作者としては他の雑誌等にも原稿の約束がありますこと故、先づそれらの仕事を片づけてしまひ、約半歳の後に再び稿を改めて続篇を書き起したいと思ふのであります。（…）必ず完結させないではおきませぬ。」（『新青年』昭和八・二）という断り書きを書いていることや、晩年まで執筆の意欲を持って「覚え書」をとっていたという松子夫人の証言（『倚松庵の夢』中央公論社、一九六七・七）など。

（2）中央公論社嶋中雄作社長宛・昭和七年四月一八日付の書簡に「目下「新青年」連載中の「武州公秘話」は小生近来最も自信あるものにて通俗的にも興味あり、その点「盲目物語」とはちがひ必ず相当に売れるものと確信して居ります」とあり、この作品の「初版印税」を担保にして借金を申し出ている。この約束が『武州公秘話』単行本化を急いだ直接の原因と考えられる。

（3）『新青年』の編集方針転換については鈴木貞美「プロブレマチック：装置としての『新青年』」（『昭和文学研究』第八集、一九八四・二）や『新青年』研究会編『新青年読本・昭和グラフィティ』（作品社、一九八八・二）などに詳しい。

（4）昭和六年九月創刊。しかしこの雑誌は、翌昭和七年八月には「探偵小説新青年合同!!」という広告を掲載して廃刊、同誌でも行われていた犯人当て懸賞の解答および当選者発表などは『新青年』に再び引き継がれた。

（5）「戸崎町風土記」（『新青年』昭和六・七、「編集後記」にあたる記事、以下も同様）

（6）「読者からの希望」（『探偵小説』昭和七・五）

（7）創刊当初の『新青年』は、農村の青年をターゲットとした総合雑誌だった。詳しくは前掲（3）を参照のこと。

（8）例えば「マイクロフォン」という欄が時折掲載されて読者の投稿を掲載するなど、「読者欄」の設置は繰り返し試みられるが、いずれも定着しなかった。

（9）江戸川乱歩、平林初之輔、森下雨村、甲賀三郎、国枝史郎、小酒井不木らによる「五階の窓」（大正一五・五～一〇）を初めの試みとして、他にも例えば「江川蘭子」（昭和五・九～昭六・二、江戸川乱歩、横溝正史、甲賀三郎、大下宇陀児、夢野久作、森下雨村による）など。

（10）池田浩士『大衆小説の世界と反世界』（現代書館、一九八三・一〇）。本書は『新青年』における読者参加の方法と意義、プロレタリア文学との関わりなどについて詳しい。

（11）ほぼ同時期に行われた懸賞創作小説の賞金は総額千円（一等三百円）だった。

（12）江戸川乱歩「日本の誇り得る探偵小説」（『新青年』大正一四・八増刊号）

（13）渡部直己『谷崎潤一郎―擬態の誘惑』（新潮社、一九九二・六）は、谷崎が探偵小説を通して読者を発見したことを指摘した上で、「私」が一人称の話者に読者の目を強く引きつけるのに対し、「途上」の探偵が「予めすべてを知っている作者の位置」（傍点原文）に置かれている点に、「読者の位置の限界性」をみている。

（14）前掲（10）。

（15）内田隆三『探偵小説の社会学』（岩波書店、二〇〇一・一）

（16）前掲（15）。

（17）鈴木貞美「「新青年」の時代」（『横溝正史と「新青年」の作家たち』世田谷文学館、一九九五・三）。ここでは「ナンセンス」を重視した『新青年』において「それほど「エロ―グロ」は出てこなかった」とするが、「武州公秘話」は、その数少ない例の一つとして、江戸川乱歩「陰獣」（昭和三・八〜一〇）などとともに挙げられている。

(18) 渡邊温が、横溝正史らとともに『新青年』をモダニズム雑誌へと誌面刷新をした編集者の一人であることを考えると、谷崎の『新青年』登場を企図した編集サイドの期待が、必ずしも探偵小説の執筆に限らなかったことは明らかであろう。

(19) 千葉俊二「谷崎潤一郎『武州公秘話』について―初出校合及びその成立過程をめぐって―」（『日本近代文学』第二八集、一九八一・九）

(20) 単行本テクストでは「巻之一」から「巻之六」までの六章仕立ての中にそれぞれいくつかの小見出しが付けられて読本ふうに構成されているのに対し、初出テクストでは「巻之〇」といった章立てがないことなど。

(21) 「武州公秘話」連載中の『新青年』（昭和七・四）で新青年編輯部編「青春辞典」という記事が掲載されるが、「マゾヒズム」の説明は次のように記されている。
「〇マゾヒズム（Mazochism）例へば異性に縛られてから、殴られたり抓られたり、或ひは足で蹴られたり、それでウへへへと悦に入つてゐる奴を、マゾヒズム患者といふ。訳して被虐色情狂、詳しいことを知りたいとお思ひになる方は、本誌連載の「武州公秘話」を御熱読あれ。」

(22) 生方智子『精神分析以前　無意識の日本近代文学』（翰林書房、二〇〇九・一一）

(23) 秋田昌美『性の猟奇モダン』（青弓社、一九九四・九）。本書には、明治二七年に翻訳されたものの発売禁止となった日本法医学会『色情狂篇』（のち黒沢良臣抄訳『変態性欲心理』（大日本文明協会、大正二・九））をはじめとするクラフト・エビング『サイコパシア・セクシヤリス』（1886）の日本への紹介に端を発した「変態」という語の成立過程と、その名を冠してこの時期に出版された多くの雑誌や図書の整理と紹介がなされている。

(24) 『新青年』（昭和六・一二）の「戸崎町風土記」には、連載開始直後の読者の反応として、「次号の催促」が来るほどのこの作品の評判の高さと「武州公が何者かといふ無理からぬ質問」が編集部に寄せられていることが紹介されている。

(25) 安田孝『谷崎潤一郎の小説』(翰林書房、一九九四・一〇)は、「正史を代表し武州公の武将としての生涯を述べるために用いられている」「筑摩軍記」の記述に対して、語り手が二つのプレテクストの「記述を根拠にして「筑摩軍記」の記述に疑いをはさ」んでいる点を指摘し、ここにこの物語の「叙法」の特徴を見ている。

(26) 「戸崎町風土記」(『新青年』昭和六・一〇)

(27) 昭和六年八月五日付の嶋中雄作宛書簡で「此の外に「新青年」へ歴史物の変態性欲小説を連載しますがこれもいずれ貴社より出さして頂きます尤もこれは全然内容がちがひますから前の(「盲目物語」を指す――引用者注)と一緒にする訳には行きません」と述べていること、また、前掲(2)書簡における記述などを参照。

(28) 昭和一〇年八月一六日付の嶋中雄作宛書簡で、『中央公論』五十周年記念特大号(昭和一〇・一〇)への執筆依頼を『源氏物語』現代語訳執筆による多忙を理由に断り、さらに『文壇出世作全集』への参加を「小生ノ旧作ハスベテ改造社ノ担保ニ入テキル事ハ御承知ノ筈デハアリマセンカ。(…)小生ハ聊カ憤懣ヲ感ジマス。」と激しい調子で断っている。

(29) 『中央公論』の総合雑誌化とその受容状況については、永嶺重敏の二著『雑誌と読者の近代』(日本エディタースクール出版部、一九九七・七)および『モダン都市の読書空間』(同、二〇〇一・三)を参照。これらには、もともと「二流の総合雑誌にすぎなかった」『中央公論』が、「一流大家の傑作佳作」を集めることで読者層を拡大し、「一種の知的権威へとそのイメージを転化」していく過程が詳述されている。

(30) 同記念出版「第一の巨弾」は同年九月刊行の徳富蘇峰『蘇峰自伝』。

(31) 初出テクスト中断から単行本化されるまでの三年の間に、「武州公秘話」と同じく、架空の人物と偽書を扱って好評を博した「春琴抄」(昭和八)が出版されたこと、また、単行本刊行の直前には聞き書きを通して古典を紹介するという形式で書かれた「聞書抄」(昭和一〇)の連載が行われていたことも念頭に置く必要があろう。

# 第3章　テクストの臨界——「細雪」の読まれ方

戦後最初期のベストセラー小説となる「細雪」は、谷崎の作品中、最大の長編であり、かつ谷崎文学のエッセンスが織り込まれた代表作であることは論を俟たない。また、松子夫人の四姉妹を作中の中心を占める蒔岡四姉妹のモデルとしたことをはじめ、周辺に実在する人物を作品に採り入れている点でも特徴的な作品である。

芦屋に分家した次女蒔岡幸子の家庭を中心に、大阪上本町の本家からやって来ては居候のようなかたちで過ごす三女雪子と四女妙子を取り巻くエピソードが中心的な筋を成している。上本町の蒔岡家と芦屋蒔岡家を新旧対照的な位置に配しながら、芦屋蒔岡家を取り巻く阪神間の風俗を直接的な背景として、松子夫人をモデルとした幸子が「阪神間の代表的な奥さん」（上巻・二十）として造型されているのである。すなわち「細雪」は、虚実の境界を融解させるような、読者との情報の共有が前提とされる物語なのだ。したがって、このテクストの語りの方法を検討する際、その同時代性を読者がどのレベルで引き受けるかということが問題となる。むろんこのテクストが、戦時体制という切断をまともに受けたことも念頭に置かなくてはならないであろう。

本章では、まず語りの構造に着目しながら、そこに備わっている読者へのアプローチの方法を確認する。「細雪」の物語に読者が参画していく過程を語りの特徴において捉えたいのだ。その上で、同時代のメディア状況にテクストが配置される際に生じた現象を見ていきたい。この二段階の検討を経ることで、読者が出会った、テクストとその外部の現象が交差する地点を明らかにしてみたい。

## 1 ― 身体の非在

「細雪」の物語世界は、有閑マダムたちの日常をその年中行事的なイベントに重ねるかたちで、六年もの間に繰り返される円環する時間によって構成されている。一見、単に積み重ねられただけにすぎないかのような、因果論的連続性をほとんど持たない様々な断片は、「雪子の結婚」という一つのシークエンスによって繋ぎ合わせられている。ところが、このシークエンスにおける「出会い」としての見合いが都合五回も設定されていながら、恋愛の当事者どうしの直接的な関わりはほとんどもたれることがない。その代わりに、蒔岡家という場で邂逅する者たちが、様々に介入しながら結末を遅延させていくのである。すなわち、蒔岡家という〈家〉の了解をめぐってストーリーが紡ぎ出されているのであり、読者は、その〈家〉の論理に従いながら、物語で直面する事象を自らの記憶に同時空間的に積み重ねていくことになる。そうした行為は、あたかも過ぎ去った出来事をめぐる季節のなかで繰り返し懐かしむような質の想像力に支えられている。

従来「細雪」の語りは、幸子の「視点描写」による語りと言われてきた[1]。それによって読者は物語の外部に身を置くよう仕向けられていると考えられてきたのだ。しかしここでは、読者が自身を登場人物の身体の上になぞるようにすることで、物語空間に介入することが要請されるテクストとして考えたい。この時読者は、雪子を取り巻く多くの作中人物の位置から、その感覚や距離感を共有しつつ雪子を眼差すことになるであろう。

そうした語りの特質が顕著なのが、物語の軸を成す見合いの場面なのである。この出来事において、本来、最も脚光を浴びるべきなのは雪子のはずである。しかし、彼女は他の作中人物に比べて明らかにその場面から疎外され、そこにいないかの如くに扱われるのだ。例えば、最初の見合いの場面を見てみよう。


　五十嵐と房次郎との遣り取りをニヤ〳〵しながら聞いてゐる瀬越は、貞之助や幸子達が大体写真で想像してゐたやうな人柄で、たゞ写真よりは実物の方が若く、漸く三十七八位にしか見えなかつた。目鼻立は端正であるが、執方かと云へば愛嬌に乏しい、朴訥な感じの、妙子が批評した通り「平凡な」顔の持ち主で、さう云へば体の恰好、身長、肉附、洋服やネクタイの好み等々に至る迄総べて平凡な、巴里仕込みと云ふところなどは微塵もない代りには、嫌味のない、堅実な会社員型であつた。

　貞之助は、先づこれならば第一印象は及第であると思ひながら、

「瀬越さんは、巴里には何年ぐらゐおいでになりました」

（上巻・十）


　見合い相手である瀬越の描写は、そのすべてが外見的な印象に拠るものである。例えば、貞之助や幸子の持った瀬越に対する印象は、「大体写真で想像してゐたやうな」ものであり、その顔立ちの「平凡」さも、「写真」を見て下した妙子評に基づくものである。さらに「写真よりは実物の方が」などとあるように、「写真《コピー》」に「実物《オリジナル》」を当てはめるという転倒がごく自然に起きているのである。唯一瀬越の個別性、固有性としてあげられている「巴里仕込み」という評価も、単なる「うわさ」として伝えられ、しかも「微塵もない」という具合に否定される情報に過ぎない。

　ここでの雪子は、「貞之助や幸子達」すなわち〈蒔岡家一行〉の一人にすぎず、その存在は希薄である。見合い相手の瀬越が、貞之助と幸子の、さらにはそこに不在の妙子の印象さえ加えられて描き出されるにもかかわらず、

雪子の印象はどこにもないのだ。読者は、積み重ねられた蒔岡家サイドの複数の印象に従って瀬越像を「堅実な会社員型」という類型にまとめあげ、貞之助の位置から「及第」という「第一印象」を得ていくのである。

こうして、本人よりも〈家〉の了解として、この縁談の一方の当事者が「うわさ」「外見性」といった外側の論理のみによって捉えられていく。その〈家〉の了解に読者も加わり、見合いの当事者である雪子を疎外しながら同時に相手の個別性や固有性をも疎外しつつ、「及第」であると認識させられるのである。かくして読者は、蒔岡家の〈家〉意識に同化させられ、物語世界の中で蒔岡家の一員といった位置を確保することになる。当事者としてそこにいるにもかかわらず、いないかのような存在、いわば〈非在〉の人物として設定された雪子の内面を読者が窺い知ることは、この場面の語りの上では不可能に近い。見合いの場への雪子の参加を促すために誰かが彼女に質問しても、その返答は悉く幸子によって引き取られ、その言葉にすり替わってしまうのである。

この見合いの場面での雪子の内面は、唯一、次の箇所に描写されている。

> 雪子自身も、内々瀬越の飲みつ振りを見て意を強くもし、自分ももつと朗かになりたいと云ふ気もあつて、目立たぬやうに折々口をつけてゐたが、雨に濡れた足袋の端がいまだにしつとりと湿つてゐるのが気持が悪く、酔が頭の方へばかり上つて、うまい工合に陶然となつて来ないのであつた。（上巻・十二）

雪子が強くした「意」とは、この引用箇所の前に幸子が推測した「酒の上の悪いのは論外として、矢張いくらかは嗜んでくれる夫の方がよい」という気持ちのことであり、それはすなわち、この縁談を成就させようという意志に他ならない。さらに、酔って「朗か」になることで、その「内々」の気持ちと外面の自分とを一つにしたいという願いをも抱いたというのである。その様子は「目立たぬやうに折々口をつけてゐた」という雪子の外見的描写の中にも窺えよう。ところがそういう雪子の気持ちを「雨に濡れた足袋」の湿り気が阻むのだ。

この見合いにおける「雨」は、出かける間際の「さう云へば雪子の見合ひと云ふと、此の前の時も、その前の時も、雨が降つたことを思ひ出してゐた」（上巻・十）という幸子の予感めいた心理に表されているように、縁談の不成立を暗示している。その「雨」による足袋の湿り気のために雪子の意識は、自身の内／外を同化しようという彼女の意志とは裏腹に、頭に上った酔いと雨に濡れた足袋、という具合に上／下に分裂していくのである。そのため、陶然となることによって自らをその場に溶かし込もうという雪子の目論見は果たせないままとなる。しかも、「目立たぬやうに」飲んでいたその様子を瀬越の目ざとい観察に見破られたことで、彼の質問にも「笑ひに紛らして俯向」くしかなく、その返答はまたしても幸子の言葉にすり替わる。

結局、雪子の存在は見合いの場に浮上することなく、宴は終わりを告げる。その後の、本来なら中心を成すべき当事者どうしの会談もまったく描写されることなく、その出来事だけが読者に報告されるのみなのである。

以後で展開される、野村、澤崎、橋寺、御牧、といった男たちとの見合いにおいても、最初の見合いと同じく、当事者を疎外した形で場面が構成されており、読者の認識は、周辺の人々の身体の上を漂うほかはない。一見すると読者は、どこまでも見合いに対する雪子の内面を認めることができないかのようである。しかし、それぞれの見合いの後日譚に目を向けるとき、微細ではあるけれども、彼女の実存に近づく情報を得ることができるのだ。

最初の縁談は瀬越の母親が精神病であるということが判明し、「血統上の問題」のために不成立に終わる。つまり、〈家〉の論理＝外側の論理の前に当事者どうしの意志は無視されたわけである。それを聞いた雪子の返答も、「ふん」「さうか」を繰り返したことが記述されるのみであるため、読者が雪子の内面を知るすべはない。しかし、この後の三つの見合いの破談についてみていくと、単純にすべてが外側の論理だけで壊れていったとは言い難いところがある。次の野村との縁談についていえば、見合いの場面においては流産後の幸子の様子が物語の中心であり、一見これも周辺の意志（ここでは貞之助）に読者が同化することで破談が予感されるよう構成されているが、先妻の写真の飾ってある仏壇の前へわざわざ案内するなどの相手の気持ちを無視した野村の態度に対する雪子の憤りも、妙子を通して幸子や読者に伝わっている。逆に、次の澤崎との縁談は、雪子の顔のシミが見合いの場において際立って描かれている。雪子のシミとは、彼女の身体の内側の問題が彼女の意識とは別のところで現れ出たものである。さらに橋寺との縁談では、雪子の持つ内向的な性格がその破談の直接的な原因となっている。

つまり、物語言説の記述に従い周辺人物を介してもたらされる情報に拠って読んでいくなら、雪子の存在をつかむことは遅延させられていくほかないが、積み上げられた断片を読者自らの記憶の場において読もうとするなら、見合い以外の場面との微細な情報の繋がりと合わせた中から、「雪子」の片鱗をつかむ可能性が開かれているとみることができるのだ。物語における雪子の実存は、見合いという最も彼女が中心的な位置を占めるエピソードとは異なったところから捉えていかざるを得ないのである。

## 2 〈母〉としての表象

物語において雪子の実存的意味が明確に現れるのは、姪の悦子との関係においてである。特に上巻までのところでは、雪子は悦子の養育係を引き受けることで物語および蒔岡家における位置を得ている。こうした印象は、幸子が悦子を「雪子ちゃんの孤独を慰める玩具」（上巻・六）として雪子に与えていることによるものだが、それはまた、蒔岡家における〈母〉のイメージが雪子につきまとうこととも連動している。

四姉妹の「父」についての情報は、蒔岡家の全盛期を語るときの象徴として物語の中に繰り返しその存在が示されているが、彼女たちの「母」のイメージが語られることはほとんどない。「幸子と妙子は父親似であり、鶴子と雪子は母親似」とされる程度である。しかし、下巻に至って「母」の二十三回忌の法要を控えた場面で、初めてその美しさが語られ、その臨終の場面などが母親の身体的イメージを通して幸子に回想される。

又、さう云へば、自分が同じ妹のうちでも妙子よりは雪子の方をより深く愛してゐるのは、他にもいろ〳〵な理由があるけれども、此の妹が四人の姉妹たちのうちで誰よりも母の面影を伝へてゐるせゐかも知れなかつた。（…）母は明治の女であるから、背も五尺に満たないくらゐであつたし、手や足なども可愛く、かぼそくて、指の形の華奢で優雅だつたことは、精巧な細工物のやうであつた。だから姉妹ぢゆうで一番背の低い妙子よりもまだ母の方が低かつた訳で、妙子より五六分ばかり高い雪子は、母に比べれば大作りであることを免れないが、さう云つても彼女が誰よりも、母の性質と姿の中にあつたよいものを伝へてゐるに違ひなく、母の身の周りに揺曳してゐた薫りのやうなものが、仄かながら彼女にも感じられるのであつた。（下巻・八）

読者は、蒔岡家の「母」のイメージを雪子との身体的類似の中に認めることになろう。しかし、このような幸子の語りをまつまでもなく、ここに至るまで積み重ねられてきた雪子のイメージに母性的なものが付加されていることは明らかなのである。不在の〈母〉は、雪子を媒介に想像することが可能なのだ。家族の誰かが病気になったとき夜を徹して看病するのはいつも雪子であるし、何よりも悦子に対する愛情である。悦子にとっても雪子は、幸子が本来担うべき母親の役目を代行する存在として了解されてきたはずである。雪子自身も「強ひて身をおとして気のすゝまない人の所へ嫁ぐよりは、此のまゝ此の家に置いて貰へて、母親の幸子がする役を自分がさせて貰へるのであつたら」（上巻・六）というふうに考えているのだから。雪子は、非在としての自己を、不在の

〈母〉の身代わりとして顕在化させていると考えることができるのだ。

こうした「母」―「雪子」―〈蒔岡家の女性〉といったイメージの連鎖のもつ意味を蒔岡家という〈家〉の問題として考えるとき、この〈家〉に与えられた物語設定上の一つの特性に気づくであろう。

蒔岡家は、息子を持たなかったために婿を迎えることによって存続を図らなければならない〈家〉である。このため、物語は自ずと〈血縁としての家〉から〈制度としての家〉への変質を捉えていくことになる。しかもこの〈婿取り〉は長女だけではなく、次女においても行われているところに特徴がある。結婚相手およびその家柄によってその価値が決定されるといった意味での〈家〉の論理における〈女性の結婚〉を初めて体現するのが、三女の雪子なのである。したがって、その結婚は、本人だけでなく、蒔岡という旧家全体の価値が問われるものなのだ。彼女の縁談が当事者よりも周辺の人間達によって担われている理由はこの点から考えるべきであろう。

蒔岡家における「雪子」とは、男の系譜である〈制度としての家〉を受け継いだ、「蒔岡」姓の血のつながらない他人たちによって、その身体を非在化させられていく女の系譜としての蒔岡家そのものといえよう。その意味において、芦屋蒔岡家において家長である貞之助を中心とした新しい〈制度としての家〉の成立が予感されるなか、旧蒔岡家の象徴である雪子は、非在化させられるだけではなく、この〈家〉の中からどうしても排除されなければならない、つまりは不在にならなければならない人物ということになる。事実、本家が東京に移ったことで雪子がその身を東京に移すことになった際、貞之助は「雪子ちやんと云ふもの、影響を悦子から取り除いてしまふ」（上巻・二十四）好機と見なし、その役割を下女のお春に交代させることを画策する。

こうしたことを考え合わせながら最後の縁談を追っていくと、ここでも雪子の内面はほとんど描かれず、つまり、そこまでの他の縁談と何も変わりはないことに気づくはずである。このことは、最後の縁談が成就することについて、雪子にとっての内的必然性は特にないということになりはしないだろうか。もしそれがあるとすれば、それは「蒔岡」姓を名乗る人間が皆失っていこうとしている、旧蒔岡家の仄かな「薫りのやうなもの」（下巻・八）を自分の新しい蒔岡姓以外の〈家〉で、彼女の〈血〉の関係である生まれ来る子の上に残していこうという決意以外には考えられない。

物語における「雪子」とは、〈制度としての家〉の論理から読者を引き離す機能を担う存在であり、その非在の実存は、読者それぞれが自らの記憶の場における微細な断片の繋ぎ合わせのなかで認識する以外にはないものなのだ。

## 3　発禁のテクスト

前節までは、テクストに内在する読者の位置をみていくことで「細雪」の表現の特質を捉えてきた。ここからは、より実体的なレベルで、読者をとりまく社会状況の変化と上・中・下それぞれの巻の刊行時期のずれが、「細雪」というテクストが現象する際にどのように作用したのか考えてみたい。

昭和一八年、『中央公論』の新年一月号から連載を開始した「細雪」は、三月号に第二回を掲載し、その後も隔月連載で発表される予定だったが、第三回分のゲラ刷りが終わったところで陸軍報道部からの干渉によって連載中止が決定した。以後、上巻を私家版として刊行（昭和一九・七）、知人に頒布するも警察当局の忌諱にふれ発禁となる。その後戦時中に疎開先を転々としながら原稿を書き継ぎ、戦後になってから、全体を刊行（上巻…中央公論社、一九四六・二、中巻…同、一九四七・二、下巻…『婦人公論』一九四七・三〜一九四八・一〇）するのである。すなわち、戦争という時局のために、執筆から発表されるまでの間にタイムラグが生じているのだ。

「細雪」の掲載禁止が決まった後、掲載される予定だった『中央公論』昭和一八年六月号には、編集部の「お断り」が載せられている。

引きつづき本誌に連載の予定でありました谷崎潤一郎氏の長篇小説『細雪』は、決戦段階たる現下の諸要請よりみて、或ひは好ましからざる影響あるやを省み、この点遺憾に堪へず、ここに自粛的立場から今後の掲載を中止いたしました。

右読者諸契《ママ》の御諒解をえたいと思ひます。

「細雪」に対する当局の干渉について、当時の『中央公論』編集部長であった畑中繁雄は、後に「中央公論社廃業（昭和一九年七月――引用者注）の口実の一つとして利用された」(2)と述べている。この経緯については同じく畑中「戦時文壇の一側面」(3)に詳しいが、その要因を追っていくと、作品内部の問題というよりも中央公論社および『中央公論』そのものに対する風当たりに因るところが大きいことが窺える。以下にその内容を要約しておこう。

日米開戦の直後から、陸軍報道部は、毎月、全雑誌の編集長を集めて戦時下の雑誌の編集方針や内容について検討する会を開き、「六日会」と称していたが、昭和一八年四月、この席上で、雑誌月評を担当していた陸軍報道部少佐が、「細雪」について「緊迫した戦局下、われわれのもっとも自戒すべき軟弱かつはなはだしく個人主義的な女人の生活をめんめんと書きつらねた、この小説はわれわれのもはや許しえないところであり、このような小説を掲載する雑誌の態度は不謹慎というか、徹底した戦争傍観の態度というほかない」と極言した。さらに同少佐は、翌月の六日会においても、『中央公論』四月号の各論文や雑誌の編集姿勢を「反軍行為」とした上で、既に連載中止となっていた「細雪」についても再びふれ、「このような論文や小説の掲載を、この期におよんでなおつづけて恥じない雑誌の発行は、即刻にも取止めてもらうつもり」だと述べた。この出来事の中で畑中は、細川嘉六「世界史の動向と日本」（『改造』昭和一七・八、九）を足がかりとして編集部の全員更迭、編集方針の「一八〇度転換」を余儀なくされた「『改造』におそいかかった軍部の攻撃を思い出し」、全く同じ手口で圧迫を受けていることを強く感じたという。

もともと、『中央公論』に対する当局の反感は根深いものがあり、その「圧迫」は戦時下に限らなかった。特に、谷崎と中央公論社との関わりにおいて、「細雪」に先立って当局の干渉を受けたのは、昭和一四年の『潤一郎訳　源氏物語』の発刊に際してであった。「現時局下、この種刊行物は不要不急との理由で、発行者側の時局認識の不足が問われ、また内容的にも不敬にわたるかどありとの横槍によって、発刊を半カ年強制的に延期され、その間、内容的にもかなりの手ごころをくわえたのち、ようやくにして刊行を実現[4]」したという。『潤一郎訳　源氏物語』で原文から削除された部分は、父桐壺帝の中宮・藤壺と光源氏との密通および藤壺の産んだ冷泉帝が光源氏との間の不義の子であることなどである。

この事態に対して谷崎が、「それらは物語の発展にさう重大な影響を及ぼすほどのものでは」ないとする一方、別の箇所では「私は決して斯様な出来栄えで満足してゐる者ではなく、今後も暇にあかして心行くまで修正することを老後の楽しみにしたく思つてゐる」とその「奥書」に記したのは、当局の干渉に対する、せめてもの憤懣の表明であろう。「細雪」執筆に際して、谷崎がこのことを念頭に置かなかったはずはない。事実、連載が決まるとき、編集部に対して「僕が書いても大丈夫かね」と念を押したとされているのである。

後年、谷崎は「細雪」の当初の構想を次のように述懐している。

兎に角ほそ〴〵と「細雪」一巻を書きつゞけた次第であつたが、さう云つても私は、あの吹き捲くる嵐のやうな時勢に全く超然として自由に自己の天地に遊べたわけではない。そこにそこばくの掣肘や影響を受けることはやはり免かれることが出来なかつた。たとへば、関西の上流中流の人々の生活の実相をそのまゝに写さうと思へば、時として「不倫」や「不道徳」な面にも亙らぬわけに行かなかつたのであるが、それを最初の構想のまゝにすゝめることはさすがに憚られたのであつた。

（「「細雪」回顧」、『作品』一九四八・一二）

ここで述べられている「不倫」や「不道徳」な面とは、例えば「卍（まんじ）」（『改造』昭和三・三〜五・四）などで展開されていた類のスキャンダラスな内容であろう。それを「実相」として描くことが当初の構想であった。しかし、当時の軍国主義的な状況下でそういったことを表すのが困難であるのを感じ取って自粛したというのである。さらに後年には、当局に「睨まれないやうな方面だけを描くことになつてしまつた。「細雪」と云ふ題はさうなつてから、雪子を女主人公にするつもりで思ひついた」(5)とも述べている。もともと、当初予定していた「三寒四温」と並んで「三姉妹」というタイトルも候補に上っていたというのであるから、蒔岡姉妹をめぐる物語という基本構想に変わりはなかったのであろうが、「上流階級」の「廃頽した方面」というモチーフが消えたとき、雪子を主人公とした物語が構想の中心を占めるようになったというのである。すなわち、「廃頽した方面」によって「生活の実相」を描く代わりに谷崎が選んだのが、雪子の結婚に至るまでの物語と、それを取り巻く「関西の上流中流」の「月並み」な風俗を殊更に書き立てることだったのだ。

こうして書き始められた「細雪」においては、雪子の結婚というシークエンスが容易に閉じることなく、彼女の見合いが繰り返される中で、京都の花見に代表されるような年中行事やその他の風俗を〈円環する時間〉に括り込みながら展開する。しかし、それは単に繰り返されるだけでなく、一方に蒔岡家の没落、もう一方に戦争という「時勢」によって、少しずつ変質していくものでもあった。掲載中止が決定していたために六月号掲載分の末尾に載せる予定だった「後書」には「此の小説は日支事変の起る前年、即ち昭和十一年の秋に始まり、大東亜戦争勃発の年、即ち昭和十六年の春、雪子の結婚を以て終る」という構想が既に記されていた。「ほとんど終りまで考へがまとまって、こまかくプランを書いてから執筆した」[6]という谷崎が物語の時間として戦時下という時代を敢えて選んだのは、不変と思われていた「月並み」な美の表象が否応なく変質あるいは喪失させられていく状況を描き出したかったからではないだろうか。あるいはまた、「実相」を描く代わりに、共有し得る記憶を読者の裡に呼び起こそうとしていたとも考えられるのである。

しかし、結局、当局の干渉をかわしきれずに「細雪」は掲載中止になってしまう。その経緯は先述の通りで、必ずしも作品自体の問題とばかりは言えないのだが、後に谷崎はその時の感慨を次のように振り返っている。

ことは単に発表の見込が立たなくなつたと云ふにつきるものではない。文筆業の自由な創作活動が或る権威によつて強制的に封ぜられ、これに対して一言半句の抗議が出来ないばかりか、これを是認はしないまでも、深くあやしみもしないと云ふ一般の風潮が強く私を圧迫した。

（「「細雪」回顧」）

ここには、谷崎が期待していた読者と現実の読者との乖離が示されている。「折角意気込んではじめた仕事の発表の見込が立たなくなつたこと」以上に、軍国主義的な国家体制に慣らされてしまった一般読者に対して失意を覚えたというのである。むろんそれは実体としての読者個々に向けられたものではなく、そうした「風潮」を当然のこととして創出する当局とメディア環境全般に対する述懐にほかならない。

## 4　有閑マダムの戦中と戦後

谷崎が直面した、軍事当局の抑圧に対する「一般の風潮」を検討し、「細雪」の作中の時間と発表時の時間との距離感の質を考えるための補助線として、当時、阪神間で流通していた雑誌『ファッション』を見てみたい。

『ファッション』は、昭和八年一二月に芦屋で創刊され、阪神間で売り出されたもののたちまち全国的に知られるようになり、二年後には東京でも販売されるようになった、服飾を中心とした流行を直接扱ったものとしては初めての月刊誌である。創刊号の編集後記に「大いに外国のファッション・ブックの中から日本人に向くもの等を」紹介した上で、「今の時代に適用出来るい、物があれば皆様と御一緒にこれを流行らせ度い」と記されているように、読者に対するファッションアドバイザーのような役割を担ったメディアであった。具体的には、阪神間のブルジョア婦人や美容師などを中心に「ファッションクラブ」（月会費一円）を設立するなどして読者の一部を取り込みつつ、服飾やマナーなどブルジョア階級の趣味を記事にしていった。このクラブの会員名は、主に夫の職業をそれぞれの肩書きに付して紹介され、その座談会が誌上に掲載されることもあった。さらに、毎号、ブルジョア夫人や令嬢を巻頭グラビアに登場させるなど、〈有閑マダム〉を直接的なファッションリーダーとして取り上げてもいた。

『ファッション』の発行年代は「細雪」の作中の時間とほぼ重なっているのだが、それのみならず、庶民が憧れるようなブルジョア階級の婦人の生活を素材として扱っているという点にも共通性がある。服飾を媒介にした上流階級の趣味は、読者にライフスタイル全体への憧れを喚起するものであった。

しかし、日中戦争の勃発（昭和一二・七）した頃を境にして、『ファッション』には、次第に「非常時」に適合した記事が増えるようになる。開戦直後の同年九月号の巻頭には「秋の街をゆく非常時の堅実なストリートドレス」の見出しとともに十種類の洋装が図柄とその解説を施されて掲げられており、「見るからにキリツとした、健気な装ひこそこの秋の街頭に出る、装ひであり、流行でありませう」とまとめられている。この記事などは、まだ「非常時」という社会状況がモードを生み出す現象の一つとして捉えられているに過ぎないが、やがて戦争状態が長期化・深刻化するにつれて、次第に国民服制定の是非を問う記事やその具体案を検討する記事などが毎号のように誌面を賑わすようになっていく。こうした編集方針の変更に伴って、昭和一四年一〇月には誌名も『婦人評論』に改題され、さらに昭和一八年一月に大政翼賛会の傘下に入って『日本の女性』に改題される頃には、銃後を守る女性を理想像として掲げるようになる。こうして、モードを創出しつつ読者を啓蒙しようとする創刊当初の姿勢は、「戦時下の報国女性」を生み出す役割を担う方向にスライドしていったのである。

一方、「細雪」において、服飾は、姉妹が着飾ることで彼女たちの美を体現するための要素であると同時に、物語全体を通して随所にちりばめられながら、姉妹の生活や性格を象徴する記号として機能している。一例を挙げれば、冒頭近くで連れ立って音楽会に行く三姉妹の様子を描写しながらそれぞれの個性を説明する中に、「服装も、妙子は大概洋服を着、雪子はいつも和服を着たが、幸子は夏の間は主に洋服、その他は和服と云ふ風であつた」（上巻・七）とされる箇所がある。とりわけ雪子に関しては「見たところ淋しい顔立でゐながら、不思議に着物などは花やかな友禅縮緬の、御殿女中式のものが似合つて、東京風の渋い縞物などはまるきり似合はないたちであつた」（同）と、服飾の記号性を媒介として、その個性が強調されているのである。こういった内容は、昭和一八年の時点の読者に、ある種の郷愁を呼び起こしたに違いない。そして、時代に対するこういった距離感を生み出す物語の中核に置かれたのが、雪子だったのである。

しかし、「細雪」には時局に関する記述が皆無というわけではない。むしろ、時折それらの情報を挿むことで、このテクストの時代性が表されているのである。まず、物語の前半では、時局から限りなく遠いところに蒔岡姉妹を位置づける機能を果たしている。雪子によって悦子が教育されていることに対して、「目下の支那事変の発展次第では婦人が銃後の任務に服するやうな時期も有り得べく、そんな場合を考へると、これからの女子は剛健に育て、置かなければ物の役に立たないと云ふことを、憂慮するやうになつてゐた」（上巻・二十四）と貞之助が感慨を抱く箇所は、時局と母系蒔岡家の美意識の象徴である「雪子」との対照性を際立たせている。ところが、戦後に書かれた下巻では、時局に関する記述が急増し、蒔岡姉妹の生活も様々なかたちで戦時体制の渦中に置かれるようになる。その最も象徴的な例は、最終場面において、クライマックスとなるべき雪子の婚礼衣裳さえも「七・七禁令に引つ懸つて新たに染めることが出来ず」（下巻・三十七）、また、恒例の花見も「思ひ切り地味に済ませて「何を見たやら分らない」（同）ような始末となったという箇所であろう。

東郷克美は「『細雪』は結局蒔岡家の人々が雪子という美の象徴を失うまでの物語である」[7]とまとめたが、蒔岡家という女系家族が雪子の結婚によって母なる象徴を失うことは、敗戦によって自らの位置の転換を余儀なくされていく〈有閑マダム〉たちの愁いと通底していたに違いない。それはむろん、彼女たち自身のみならず、そのような生活スタイルにかつて憧れた者たちの郷愁でもある。谷崎自身もまた、戦争による阪神間モダニズムの終焉が予感されるなか、半ば隠遁しながら疎開先の熱海や津山で「細雪」を書き続け、さらに戦後、京都に転居した後に、この長編を書き上げたのであった[8]。

そして物語の後、戦局はますます悪化する。蒔岡家においても、三好のもとに「引き取られる」（下巻・三十七）妙子や、使い古した下着までも妹に無心するほどに窮乏する鶴子の東京本家はもちろん、貞之助が「或る軍需会社に関係し出してから」「懐工合がよく」（下巻・二十六）なったという幸子たち一家や、軍事関係の航空機製造会社に勤務する御牧のもとに嫁ぐ雪子にしても、敗戦によって生活の変化が余儀なくされることになるだろう。本章前半でみたように、自らの記憶の場で「雪子」と「蒔岡家」を紡いできた読者が、蒔岡家のその後を鮮烈にイメージするであろうことはあらためて述べるまでもない。

本章冒頭で述べたように戦後刊行された『細雪』はベストセラーとなるが、そこでテクストが出遭ったのは、かつて憧れた生活への郷愁とともに、蒔岡家の暗澹たる未来を自らの戦中・戦後の生に重ね合わせて想像するような読者たちであった。戦時中の〈発禁〉という出来事は、その偶然の邂逅を図らずも演出したのである。

## 注

（1）中村真一郎は「谷崎と『細雪』」（荒正人編『谷崎潤一郎研究』八木書店、一九七二・一一）の中でこの間接的な描写法を〈側写法〉と名づけた。
（2）畑中繁雄『覚書昭和出版弾圧小史』（図書新聞社、一九六五・八）
（3）前掲（2）に所収。
（4）前掲（2）。
（5）「『細雪』を書いたころ」（『朝日ソノラマ』一九六一・六）
（6）「『細雪』瑣談」（『週刊朝日』春季増刊号、一九四九・四）
（7）東郷克美「作家のモティーフ・意図の推定―『細雪』を例として」（『解釈と鑑賞』一九八一・一二）
（8）東郷克美「戦争とは何であったか―「細雪」成立の周辺―」（『異界の方へ―鏡花の水脈』有精堂出版、一九九四・二）は、疎開する直前の谷崎が「細雪」の舞台となった旧居を訪ねたことに触れ、「かつて至福の時を過した場所は、今は「見るかげもな」く荒廃している。そのことがいっそう「細雪」執筆へと彼をかりたてたはずである」と述べている。

# 第Ⅱ部

## コンテクストとしての消費文化

# 第4章　資本と帝国――「小さな王国」の学校制度

谷崎が大正七（一九一八）年八月に雑誌『中外』に発表した「小さな王国」は、東京からG県M市に転任した小学校教師・貝島昌吉と、貝島の転任の二年後に彼の受け持ちのクラスに転校してきた、沼倉庄吉という生徒との葛藤を描いた小説である。

タイトルに掲げられた「王国」は、沼倉が「大統領」を務め、にせ札まで発行する少年たちの作った疑似国家を指すと考えるのが自然かもしれない。しかし、テクスト中で「沼倉共和国」と表されているように、沼倉を中心とした国は「王国」ではない。むしろ、タイトルに示された「王国」とは明確に区別されているとみるべきなのだ。とすれば、物語に描かれた少年たちの「共和国」と対置される「王国」とは何を表すと考えるべきなのか。こうした問いを出発点に、物語に描かれた「学校」あるいは「学級」の意味を捉え、学校制度を通してテクストが置かれた時代の内実に迫ってみたい。(1)

物語は小説が発表された大正七年時に設定できる。(2)この年は、第一次世界大戦が休戦した年にあたっている。大戦による戦時特需は戦中から日本に空前の好景気をもたらすが、その反面で深刻なインフレを招くことにもなった。また、日本が戦勝国側についたことから国家体制に大きな転回が促されようともしていた。この時代を象徴する言葉として「改造」という流行語があるが、まさに明治以来の国家体制の「改造」が様々なレベルで行われようとしていた時代なのである。

この「国体改造」の一環として、「国家の基盤」と考えられていた教育においても、殊に義務教育である「小学校教育」を中心に急激な転換が為されようとしていた。大戦中から既に、教育雑誌などで盛んに「戦後教育」ということが言われ始めていたが、それは、本格的に帝国主義の道を進んでいこうとしていた国家の方向性を支える内容のものだった。こうして、この物語の舞台となっている大正初年代に、明治二〇年代から断続的に改編されてきた「小学校教育」の制度が、ある種の閉塞感を伴って固定化されようとしていたのである。この状況下、「小学校教師」という職業もその社会的位置を少しずつ変質させられることになる。

「小さな王国」は、明治三〇年代以来「小学校教師」として生きてきた男が、この大戦末期という価値転換の時代にどのように生徒と関わろうとしたか、あるいは、関わらざるを得なかったか、という問題を浮き彫りにしているテクストとして読み直すことが可能なのではないだろうか。この視点から、沼倉をはじめとする生徒集団と貝島との関係の質を明らかにし、このテクストの表す「王国」の意味を問いながら、時代に対する批評性を考えてみたいのである。

## 1―小学校教師の大正期

物語の冒頭には、貝島が小学校教師になったいきさつが語られている。「多くの平凡人と同じやうに知らず識らず小成に安んずるやうになつた。そのうちには子供が生れる、月給も少しは殖えて来る、と云ふやうな訳で、彼はいつしか立身出世の志を全く失つたのである」とまとめられているように、ここで結論として強調されているのは、「立身出世」をあきらめた貝島が仕方なく「小学校教師」の職を全うすることになったという点である。この部分は一見すると単に個別的な貝島の事情のようにも読める箇所だが、物語を時代背景の中に置くとき、どのような特質が見えてくるだろうか。

もともと貝島が学問によって「立身出世」を目指そうとしたのは、「旧幕時代の漢学者」の家という家庭環境を社会資本に置き換えようとする欲望に他ならない。貝島が小学校時代を過ごした明治二〇年代は、それぞれの置かれた階級によって、個人の努力や修養次第では「立身出世」を夢想できた、いわば修養主義の時代だったのである。高等小学校卒業後の貝島が「お茶の水の尋常師範学校」を目指し、そこへ入学することの意味もここから考えなくてはならない。

明治前半期まで師範学校卒業生が教員になる割合は必ずしも高くはなかった。師範学校は、教員養成機関というよりも、むしろ「地方における高等普通教育機関の色彩が濃かった」(3)とされている。貝島の時代になると事情は多少異なってくるものの、「当時の彼の考では、勿論いつまでも小学校の教師で甘んずる積りはなく、一方に自活の道を講じつゝ、一方では大いに独学で勉強しようと云ふ気であつた」とあるように、貝島にとっての師範学校進学とは、月給を受け取りながら高等教育を受け、なおかつ卒業後の「独学」に備えて「自活の道を講じ」るためにどうしても通らなければならない道だったのである。(4)当初のこのような目論見を貝島が果たせなくなったのはなぜだろうか。

貝島が「お茶の水の尋常師範学校」に入学した歳を十七歳とすると、それは明治三〇年の設定とみられる。とすれば、彼が師範学校に在学し、教師として安定した立場となるまでのおよそ十年間は、そのまま師範学校の社会的位置の変化が起きた時期に重ねることができるのである。明治三一年、(5)四〇年(6)と、法令が出るたびに師範学校の入学資格年齢が下がり、貝島が入学した明治三〇年時点と比較すると、「予備科」を考慮した場合は三年も入学資格年齢が下がったことになるのだ。師範学校生が低年齢化した背景には就学率増加に伴う教員不足という状況があったのだが、ともあれ、師範学校は高等小学校と直結され、学校体系の中に整然と組み込まれることになったのである。

このような事態が進行していた明治三、四〇年代は、同時にまた、高等学校、高等専門学校、そして大学といった高等教育機関が整備され、本格的な学歴社会が到来することになった時期でもある。そして、それらの学校への入学準備機関として、中学校の地位が上がることになった。これに対し、かつては中学校をそのうちに含み、とりわけ地方においては唯一の高等教育機関であった師範学校の位置は、中等レベルの教育機関へとその相対的地位を下げることになるのである。かくして、明治修養主義的な「立身出世」の過程である〈個人の修養＝社会的地位の獲得〉という構図は、〈中学校→高等教育機関への進学＝社会的地位の獲得〉というかたちにとって替わられることになる。とすると、「もと〳〵、中学校へも上げて貰ふことが出来ないやうな貧しい家庭に育ちながら、学者にならうとしたのが大きな間違ひであつた」という貝島の状況には、教育機関の社会的位置の変遷とそれに伴う社会構造の変質——とりわけ「立身出世」の道筋という意味において——が反映されていると考えられるのである。

さらにこの問題において、ちょうど貝島が就職した時期に、教職制度化の集大成ともいうべき「第三次小学校令」が出され、それを受けた「小学校令施行規則」によって、小学校教員の社会的地位が整備されたことは重要な意味を持つ。これらの法令によって、当初の貝島が立身出世への通過点とし「志を遂ぐるの最初の発途として」[7]考えていた「小学校教師」の職が、社会を構成する職業の一つとして制度的に固定されることになったのである。「子供が生まれ」「月給が殖え」ることから、貝島が「立身出世の志を」喪失していくのは、彼の職業人としての生活が自身の理想を駆逐するだけの力を持っていたことを示してもいる。

このようにして小学校教師が職業として社会構造の中に囲い込まれていくことと、物語の背景となっている第一次大戦下のインフレに伴う教員の生活難とはどのように重なり合っていくのだろうか。

先にも触れたように、大戦中から始まったインフレは人々の生活を圧迫することになるが、殊にこの時期の教師の窮乏ぶりはひどく、その煽りからくる師範学校進学者の減少が大きな社会問題となるほどだった。この頃、新聞や教育雑誌などでたびたび教師の生活難が報じられているが、それらは「教師」という職業の社会的地位の保障と生活の保障とを同時に求めようとする社会的欲求に支えられていた。その中に例えば次のような記事があるが、ここには、当時の教師たちが抱えていた問題点が克明に記されている。

某新聞紙に嘉悦指原両女史の話なりとて教員生活難の一話を掲載せり、曰はく、「月俸三十三円の小学校教員が、月収二十五円の職工にならんとす、其の内情を聞くに、職工なれば世間体を飾るの要なく、母も弟も自由に工場へ出勤さすることが出来る、三十三円では、教員の体面を保ちて、一家を養ふことができぬ」といふに在りと、又曰はく、「七人暮の中等教員は、米価騰貴の為め、止むなく子供等の飯茶碗を小にし、自分等丈三食を二食に減じたり。米廉買券を依頼すれば、拒絶さる、実に止むこと能はず。口には子供に忠君愛国を説けども、静かに自分を顧みると、恐しく世の中が恨めしく、之を呪ふ心が潜んで居ることを自覚し、斯かる眼を以て子供を見ると、其の眉目の間には、亡国の兆が現はれて居る様に見ゆる」云々と。これ実に物価騰貴に伴ふ、教員生活難を語る一材料に過ぎず。斯かる材料は近来陸続我等の座辺に到来し机上に堆く積もるに至れり。

（「教員の生活難」、『教育時論』大七・九・二五）

ここには二つの挿話が紹介されているが、はじめの挿話には彼らの生活難の一因として「教師の体面」が挙げられており、その生活難の原因が単に物価高騰のみではないことが示されている。このあたりの事情は、赤ん坊のミルクを買うことすらできなくなった貝島がそれでも勘定の前借りを申し出ることができないという物語の結末近くの内容と対応しているとみることができよう。また、「体面」を繕わねばならない教師の引き合いに「職工」があげられているが、職業による社会的位置の差という点からすれば、それは後述する「職工の倅」沼倉に対する貝島の視線の質と対応していると考えることができる。

教師の生活の困窮ぶりが既に死活問題にまで及んでいたことは、第二の挿話にはっきりと示されている。その程度は、まさに「飯茶碗を小にし」、「三食を二食に減じ」るほどだったのだ。そして後半の傍線部に示されているように、この生活難は国家体制そのものの問題へと意識的・直接的に関わらせながら捉えられており、体制に対する批判が言外に滲み出ているのである。

これらの問題が並置されていることの意味を考えていくと、国家の基盤としての教育を支える教員の職業としてのアイデンティティそのものを揺るがすような状況の到来を明確に捉えることができるだろう。テクスト冒頭にあった「一とかどの商人」になっていたら「少くとも自分の一家を支へて、安楽に暮らして行くだけの事は出来たに違ひない」という部分が、社会的状況に裏打ちされた、決して大袈裟とは言えない記述であることが分かるのである。

このような状況下、貝島がとった道は東京からG県M市という地方都市への転居であった。この移転はどのような意味を持つのだろうか。

## 2 職業と階級

この物語において、貝島の側から生徒との関わりの質を考える上で無視できないのが東京から一地方都市へ転任した教師という側面である。ここまで述べてきたようなインフレ下の生活難が貝島が東京から移転することの要因なのだが、それが貝島にとってどのようなかたちで意識されたか、次の箇所から確認しておきたい。

東京に生ひ立つて、半生を東京に過して来た彼が、突然G県へ引き移つたのは、大都会の生活難の圧迫に堪へ切れなくなつたからである。東京で彼が最後に勤めて居た所は、麹町区のF小学校であつた。其処は宮城の西の方の、華族の邸や高位高官の住宅の多い山の手の一廓にあつて、彼が教へて居る生徒たちは、大概中流以上に育つた上品な子供ばかりであつた。その子供たちの間に交つて、同じ小学校に通つて居る自分の娘や息子たちの、見すぼらしい、哀れな姿を見るのが彼には可なり辛かつた。

ここには貝島が東京で最後に勤めていた小学校の様子が述べられているが、貝島の生活難は、その小学校での「中流以上に育った上品な子供」と「自分の娘や息子たち」との格差として意識されている。したがってここだけに注目すれば、貝島が考えていた「田舎の町」での「呑気な生活」とは、そうした階級差を意識しなくてもよい生活ということになるであろう。

このことからは少なくとも二つの問題が浮かび上がってくる。まず第一に、同じ教室で学ぶ子供たちの階級差は地方ではあり得ないことなのかということ。そして第二に、こういった問題から逃れようとした貝島の階級意識が転任後にどのようなかたちで現れるのかということである。
そこで、M市転任後の貝島の認識を確認するために次の沼倉の第一印象が述べられた箇所を見てみたい。

顔の四角な、色の黒い、恐ろしく大きな巾着頭のところ〳〵に白雲の出来て居る、憂鬱な眼つきをした、づんぐりと肩の円い太つた少年で、名前を沼倉庄吉と云つた。何でも近頃M市の一廓に建てられた製糸工場へ、東京から流れ込んで来たらしい職工の伜で、裕福な家の子でない事は、卑しい顔だちや垢じみた服装に拠つても明かであつた。貝島は始めて其の子を引見した時に、此れはきつと成績のよくない、風儀の悪い子供だらうと、直覚的に感じたが、教場へつれて来て試して見ると、それ程学力も劣等ではないらしく、性質も思ひの外温順で、むしろ無口なむつゝりとした落ち着いた少年であつた。

傍線部に明らかなように、初対面の沼倉に対するやや過剰な表現を伴った印象を規定しているのは、「職工の伜」という点である。ここで沼倉を「裕福な家の子でない」と特定する眼差しは、転任直後の他の生徒一般に対する印象であった「さすがに県庁のある都会だけに、満更の片田舎とは違つて、相当に物持ちの子弟も居れば頭脳の優れた少年もないではなかつた」という箇所と響き合っている。すなわち、職種や収入に伴う家庭環境から生徒の質は判断されているのだ。貝島がこのような視線を生徒に投げかける人物であることを見逃してはならない。貝島は、階級差に基づく生活レベルの差によって麹町区の小学校を抜け出すことを決意した。そのことと、この部分で生徒の質を判定する基準として家庭の職業をまず考えることとの間には、どのような差異と共通性があるのだろうか。
貝島の転任したG県M市は、妻の出身地という設定から、当時の谷崎の妻、千代子夫人の出身地である群馬県前橋市と考えられてきたが、[8] たしかに周辺の地名や製糸業の盛んな土地柄など符合する点は多い。前橋市の明治四〇年の人口統計[9]によると、製糸業者が27％、職工・労役者24・3％、商人28・4％となっているのに対し、農業に従事する者の割合はわずか8％に過ぎない。つまり、人口の大半を商工業者が占め、製糸業に関わると思われる者がその中心となっているのだ。[10] 文中にも「土地の機業家」が銀行の重役をしているといった内容が見られるように、「生糸の生産」という工業力が街の階級体系の基礎に置かれていると考えられる。すなわち、ここには「土地の機業家」から「職工」までのあからさまな階級の序列を認めることができるのである。

このように考えると、貝島のもつ階級意識は、東京時代と基本的な構造はほとんど変わっていないことが分かるであろう。ただし、以前と決定的に異なっているのは、貝島自身がここで述べたような産業資本に基づく階級秩序とは無関係のところにいる点である。東京時代に「華族」・「高位高官」といった階級と同列に置かれたことによるコンプレックスはここではほぼ払拭されているとみてよい。しかし、ここにこそ、職業としての「小学校教師」の微妙な位置があると考えるべきでもある。つまり、社会全体の構造が貨幣経済を中心とする価値体系に転換し聖と俗の階級をコミュニケートするようになったとき、それまで「聖職」と考えられていた「小学校教師」の社会的位置がどのように変質するかが問題となるからである。この時期のインフレによる小学校教師の「生活難」は、この視点から捉え直すべきであろう。このような経済状況の変化と、体制側による教育制度の整備と、この両方が同時に展開していたのが大正前半期の特質なのだ。この時代に「小学校教師」が直面した事態を貝島の立場から次に考えてみたい。

3　王国と革命

現実の教師の困窮ぶりをよそに、大戦中から「戦後教育」をめぐる議論が盛んになる。早いものでは、開戦後半年も経たないうちに雑誌に掲載された評論もあったほどだ。

これらの議論を大づかみに見ていくと、はじめは「国家主義教育」に偏っていた論調が[11]、大正デモクラシーの思潮のもとで次第に生徒の「人格・個性の重視」へと移っていくことが窺える。ただし、それらの中で問題にされている「個人人格の修養」とは、あくまでも「国家」を中心に据えて、それに奉仕する「国民」の育成ということが念頭に置かれていたのである[12]。

このような考え方は、大正一〇年前後に盛んに議論される「大正自由主義教育」の基本的な理念まで通底している。すなわち「日本の教育は、どんなに表面的には自由であり、民主的であるようによそおっても、「国家」に奉仕する教育という根本的な性格からそれてはならないのだった。これは明治以来の日本の教育がもつ性格だったばかりでなく、明治の末年以後、帝国主義の段階にはっきりとふみ込んだ日本の資本主義社会が要請した教育の性格でもあった[13]」のである。

そこで次に、このような時代背景を念頭に置きながら貝島と生徒との関わりの質を考えてみたい。

生徒に対する貝島のスタンスが決定的に変質するのが修身の時間である。この時間を転換点として、貝島の認識が変化し、それに伴って学級内での沼倉の位置が単なる「餓鬼大将」とは異なったものとなる。

貝島は、普段の授業では「極く打ち解けた、慈愛に富んだ態度を示して、やさしい声で生徒に話しかける」が、「修身の時間に限つて特別に厳格にする」という習慣を持っている。すなわちこの時間は、生徒の人格指導といった、いわば「聖職」としての教師の立場が最も発揮される時間なのである。この時間を特別な授業として扱う貝島は、十分そのことに自覚的だったと言ってよい。

この時貝島の行った講話は、二宮尊徳についてであった。働きながら勉学に励み「マタケンヤクヲシテ、ノチニハエライ人ニナリマシタ」(14)という少年時代の金次郎のストーリーは、「「貧乏人の子供」の努力目標になる人物。つらさくるしさを耐えしのいで立派になる人物」(15)として好んで修身の教科書に取り上げられている。(16)ここには「教育制度と官員登用のルートによって、人々の上昇意欲を吸収し」「立身出世の回路を用意して、へたをすると反逆に転じかねないエネルギーを、すいとろうとした」(17)明治政府のねらいをみることができよう。そして、貝島はかつて、この立身出世譚を夢想した人物なのである。(18)したがって、この講話には、貝島の教師としての全人格が投影されていると考えることができるのである。

貝島は、机の上に開いて置いた修身の読本を伏せて、つか〳〵と沼倉の机の前にやつて来た。さうして、飽く迄も彼を糺明するらしい気勢を示しながら、場合に依つては体罰をも加へかねないかのやうに、両手で籐の鞭をグツと撓はせて見せた。生徒一同は俄かに固唾を呑んで手に汗を握つた。何事か大事件の突発する前のやうな、先とは意味の違つた静かさが、急に室内へしーんと行き亙つた。

ここは、この時間の規律を乱そうとする沼倉に対し、貝島が教師として学級の秩序を守ろうとする箇所であるが、生徒を威圧するために用いられている「籐の鞭」は、時間中繰り返し登場し教室の秩序を保つ権威の象徴というべきものである。しかも、ここでの修身の読本を伏せて沼倉の方に歩み寄るという貝島の身振りには、与えられたマニュアルから離れて自らの人格そのものによって生徒と対峙し「指導」しようとする姿勢が明確に表されている。

しかし、このまさに教師に与えられた権力が行使されようとしていたその瞬間に、多くの生徒が集団で沼倉をかばい、あまつさえ身代わりとして自分を処罰するよう貝島に迫る。そして結局、生徒たちに押し切られたかたちになって貝島は沼倉を懲罰することをやめてしまう。すなわち、生徒たちは、集団の力によって教師の持つ「籐の鞭」に象徴された権力に真っ向から立ち向かい、勝利を得たのである。

このように考えてみると、沼倉が〈革命〉の時間に修身の時間を選んだことには重要な意味が見出せるはずである。先にも述べたように、修身こそ教師が最もその人格を発揮させて生徒指導をすべき時間であり、また、その思想の中核に国民国家たる〈王国〉が顕現する時間でもある。それを十分に自覚する貝島が相手だからこそ、逆に学級の権力を奪い取るまたとない機会として沼倉は仕掛けたと考えられるのである。(19)

この時間の後、貝島は沼倉の「勢力を善い方へ利用して、級全体の為めになるやうに導いてやらう」と考え、その旨を伝えながら指導を続けることを企図するのであるが、この時既に、学級という〈国家〉の権力は貝島から沼倉に移っており、貝島は「担任教師」として保持していたはずの聖なる立場から失墜していたのである。次の箇所には、このことに気づかないまま方針転換しようとする貝島の内面が述べられている。

> 自分は二十年も学校の教師を勤めて居ながら、一級の生徒を自由に治めて行くだけの徳望と技倆とに於て、此の幼い一少年に及ばないのである。自分ばかりか、総べての小学校の教員のうちで、よく餓鬼大将の沼倉以上に、生徒を感化し心服させ得る者があるだらうか。われ〳〵「学校の先生」たちは大きななりをして居ながら、沼倉のことを考へると忸怩たらざるを得ないではないか。われ〳〵の生徒に対する威信と慈愛とが、沼倉に及ばない所以のものは、つまりわれ〳〵が子供のやうな無邪気な心になれないからなのだ。全く子供

と同化して一緒になつて遊んでやらうと云ふ誠意がないからなのだ。だからわれ〳〵は、今後大いに沼倉を学ばなければならない。生徒から「恐い先生」として畏敬されるよりも、「面白いお友達」として気に入られるやうに努めなければならない。……

はじめの傍線部に明確に語られているように、「自由に治める」というレベルで貝島自身が沼倉よりも劣っていることをはっきりと自覚している。そしてその思いは「自分ばかりか、総べての小学校の教員」というように一般化されていく。つまり貝島は、自分と沼倉との関わりを「教師」のあり方そのものの問題へと接続させているのだ。この点について貝島は、末尾の傍線部に示されているように、「教師」の位置を「恐い先生」から「面白いお友達」へと転換すべきだと認識しているのである。貝島のこの発想には、教師をもはや「聖職」として特権的に位置づけることができなくなった状況が反映されているのだ(20)。

ただし、この貝島の考え方の底に「級全体のため」という思いがあることを見過ごしてはならない。先に述べた「戦後教育」の議論の枠組みから言えば、この貝島の眼差しの延長線上に学校全体を、さらには「国家」を、置くことができるであろう。

ともあれ、この貝島の「指導」以降、学級の秩序は、「籐の鞭」に替わって、沼倉の「閻魔帳」が支配することになる。この新たな秩序形成は、自分が沼倉を「善い方へ」利用したからだと考え「ほゝ笑」ましげに貝島は見る。自らの権力が無効となっていることに気づかないばかりか、むしろ、沼倉を自分の為すべき行為――学級における生活指導――の代理人であるかのように捉えているのだ(21)。このため、彼の権力の及ばないところで、この秩序を維持するための新たな制度作りが進行していたことには気づいていなかったのである。

## 4 ― 資本の制覇

ここまで述べたように貝島は「聖職」としての教師から次第にその位置をずらされていくのであるが、近代教育史において、明治末期から大正前期にかけて教員の地位が低下したと捉える見解は定説となっている[22]。しかし、ちょうどこの時期に書かれた「小さな王国」が、そのような事態を予見した小説として価値を持つなどということが言いたいのではない。ここで問題にしたいのは、様々なレベルで体制の構造改革が行われるこの時期に、最もドラスティックに社会的な位置の転換を余儀なくされた「教師」という職業の、その転換点をどのようにこのテクストが捉えているかということ。そしてその物語から見えてくる第一次大戦後の時代の相とはいかなるものなのかということなのである。これらの問題についてこのテクストに込められた戦略を捉えるためには、貝島が決定的に変質する瞬間がどのような状況下で起きるのか、明らかにしなくてはならない。

貝島の学級では、沼倉が権力の中心となった後、彼を大統領とした擬似国家をつくり、その秩序の中で学級の体制が形成されるようになる。このこと自体、担任である貝島の知らないところで行われており、表面上の級長をよそに、沼倉に任命された「監督官」や「秘密探偵」が生徒の行動を監視するようになっていた。そのうちに、自分たちの間だけで流通するにせ札を発行して、互いの持ち物の売り買いをして遊ぶようになる。この学級の新たな秩序の中心に貨幣が置かれるようになるのである。

　やがて沼倉は一つの法律を設けて、両親から小遣ひ銭を貰つた者は、総べて其の金を物品に換へて市場へ運ばなければいけないと云ふ命令を発した。さうして已むを得ない日用品を買ふ外には、大統領の発行にかゝる紙幣以外の金銭を、絶対に使用させない事に極めた。かうなると自然、家庭の豊かな子供たちはいつも売り方に廻つたが、買ひ取つた者は再びその物品を転売するので、次第に沼倉共和国の人民の富は、平均されて行つた。貧乏な家の子供でも、沼倉共和国の紙幣さへ持つて居れば、小遣ひには不自由しなかつた。始めは面白半分にやり出したやうなものゝ、さう云ふ結果になつて来たので、今ではみんなが大統領の善政（？）を謳歌して居る。

この部分を見ると、彼らのにせ札遊びが実に周到な手続きを踏んで行われていることが分かる。はじめの傍線部に示されているように、彼らは外部の貨幣とは直接交換せず、必ず商品を媒介として外部の資本を取り込み、共同体内部の秩序に従ってそれを流通させているのである。つまり、外部の貨幣との交渉を遮断することで、この不換紙幣はその真実性を獲得しているのだ。この点は実に、貨幣の本質をついていると考えられる。貨幣の価値は、閉じた共同体とそれを形成する秩序によって決定されるのである。そして、この共同体の秩序体系の基本に富が置かれている点に、貨幣の逆説性を見いだすことができるであろう。

吉野作造は「小さな王国」を評して、貝島が「生活の圧迫に苦しめる結果、不知不識共産主義的団体の中に入つていく経過」に「現代人が何となく共産主義的空想に耽つて一種の快感を覚ゆる」ようになった世相の反映を見ている。「今や社会主義とか共産主義とかいふ事は、理論ではない、一個の厳然たる事実であ」り、「事実の上に生活問題を解決しないでは、此等不詳なる傾向の実現傾向は、之を阻止することは出来ない」としているのである。(23)

このような評価に対して、宗像和重は「共産主義思想との類比が、何ほどかは意識されて」いるものの「それほど切実な社会批判が企てられているとは思われない[24]」とし、小仲信孝も「この作品が発表された当時の状況」から「作者谷崎が共産主義思想をどこかで意識していたとしても不思議ではない」が、「過大評価は危険」であるとする。[25]しかし、ここで問題にしたいのは、作者谷崎の意図そのものではなく、このテクストの構造と吉野作造が先のように述べてしまうような状況との出会いにある。つまり、渡邊まさひこが「当代の経済体制に対する痛烈なアンチテーゼたり得ている[26]」としたように、「人民の富」が「平均され」た社会を人々が夢想せざるを得ない状況、逆に言えばそれだけ貨幣経済が浸透し貨幣の力が社会を支配するに至った状況との出会いである。吉野論文は、同時代言説としてこの地点から捉えるべきであろう。

問題は、沼倉共和国が本当に富の平等を実現したユートピアといえるかどうかという点にある。この点について考えるために、次に、この共和国を支えているシステムの検討をしなくてはならない。

もともと沼倉共和国の貨幣は、「大蔵大臣」に任じられた生徒と「秘書官」の手によって印刷され、その刷り上がった紙幣に大統領・沼倉の印が捺印されて作られたもので、共和国における役職に応じて分配されたものであった。[27]つまり、当初は共和国の階級に応じて、貧富の序列がつくられていたのである。それがやがて平均されていくのはどのような仕組みによっているのか。

かうしてめい〳〵に財産が出来ると、生徒たちは盛んに其の札を使用して、各自の所有品を売り買ひし始めた。沼倉のごときは財産の富有なのに任せて、自分の欲しいと思ふ物を、遠慮なく部下から買い取つた。そのうちでもいろ〳〵と贅沢な玩具を持つて居る子供たちは、度々大統領の徴発に会つて、いや〳〵ながら其れを手放さなければならなかつた。S水力電気会社の社長の息子の中村は、大正琴を二十万円で沼倉に売つた。有田のお坊ちやんは、此の間東京へ行つた時に父親から買つて貰つた空気銃を、五十万円で売れと云はれて、拠ん所なく譲つてしまつた。

この部分に示されているように、共和国の貨幣秩序において富める者の筆頭である沼倉は、自身の富と「大統領」の権力によって、部下の持ち物を買い集める。しかし、これらの物品を沼倉が秘蔵していたのでは、先の引用部にあったような人民の富の平均化は起き得なかったはずである。「いや〳〵ながら」沼倉に玩具を売り渡した少年たちも、それによって得た貨幣に価値を与えるために、さらに別の商品を市場に流出させたであろうし、また、他の少年から商品を買いつけもしたであろう。こうして、沼倉共和国の市場は拡大し、「毎日授業が済むと」「多勢寄り集つて市を開くやうに」なるのである。このように考えると、結果的に沼倉の「徴発」は、貨幣の流通を生み出すために行われたとみることができる。沼倉の権力は資本主義的な市場経済の活動を促すために発動されたのだ。

しかし、これだけではまだ、「富の平均化」という事態が生じるためには、不十分である。玩具をはじめとする商品を多く所有する者がそれだけ多くの貨幣を得るにすぎないからである。ここで再び先の引用部に立ち返って確認すると、人民の富が平均していく過程で、「商品の転売」が行われていたことが分かる。すなわち、この共和国の市場では、常に商品に対する貨幣の余剰という状態が続いているのである。したがって、商品の売買には必ずそれ自体が価値を生む、という転倒が起きるのだ。言い換えるなら、貨幣が新たな貨幣を生むという逆説である。したがって、この市場経済において最も富める者とは、商品を多く所有する者でもなければ、貨幣を多く所有する者でもない。いかに頻繁に売買をしたか、つまり、いかに貨幣の流通に関わったか、ということこそが重要なのだ。[28]

商品取引それ自体が貨幣価値を生む力となり、不換紙幣のみが増大していくこの状況は、沼倉共和国の経済が、慢性的なインフレ状態にあることを示している。このような中で、この国家のもつ価値体系の幻想が崩れるとすれば、この閉じた体系が外部に開かれることによって相対化される瞬間をおいてより他にない。

物語の結末近くで、赤ん坊のミルクを買うわずかの金銭もなくなり、かといって「教師の体面」のゆえに前借りもできない貝島が、沼倉たちのにせ札を手にする。ここで貝島は、特別待遇として「百万円」を受け取り、自らの「教師」という立場を売り渡すのである。そしてそれを使い、半ば錯乱状態で現実の店からミルクを買おうとして結果的に前借りを申し込むことになるのだが、この時、生活難の一因でもあった「教師の体面」を放棄したのだ。貝島がこのような行為に及ぶきっかけが、貨幣によって秩序づけられた沼倉共和国の価値体系に一旦身を置いたことにあるのは言うまでもない。

ここには、かつて「聖職」であったはずの教師も国家に管理された一つの職業としてその社会システムの中に組み込まれていく、という状況が寓話的に表されている。それは、彼らがこの後行うことになる生徒の〈自由・自治・自学・自習〉を標榜した「大正自由教育[29]」と国家との関係も暗示することになる[30]。すなわち、〈改造〉時代の果てに辿り着いた地点は、「想像の共同体」というよりも、資本経済を仲立ちとしたいわば「契約の共同体」とでも言うべきものであって、国家と個人とが、共通言語とそれによって再構成された王権[31]を基底とした幻想のみではなく、貨幣を仲立ちにした、より強固な契約関係を結んだことを意味するのだ。こう考えると、「大正教養主義」・「大正デモクラシー」といった思潮さえも、「大正国家主義」と言い換えてもよいほど、国家と個人の関係を別のかたちで強化するものであった、そうした側面を反映していると考えることができるだろう。

しかし、問題はそれだけにとどまらない。結末部での貝島の行動は、先に述べておいたような、沼倉共和国の貨幣と外部の貨幣との交わりの瞬間でもあるのだ。そしてそれは、この共和国の秩序を支えていた価値体系が崩壊する瞬間を意味する。この事態が示しているのは、資本主義国家の価値体系の基盤である貨幣が、実は、閉じられた国家という共同体において国民の契約のみを根拠として成り立っているに過ぎないのだという側面を顕わにしている。さらにまた、沼倉共和国の虚構性に気づくとき、貝島学級という〈小さな王国〉――日本という国家体制のミニマムなモデル――の擬似性と虚構性を浮かび上がらせることになるだろう。

「小さな王国」は、〈改造〉時代を契機として出現しようとしていた「大正的なもの」の内実を、そして、国家という〈共同体〉が宿命的に抱える構造的な矛盾を、聖職としての教師が職業としての教師に転換する物語を通して暴いているとみることができるのである。

**注**

(1) 関礼子「教室空間の政治学―『一房の葡萄』・『小さな王国』を中心に」(『日本文学』一九九七・一)は「小さな王国」と有島武郎「一房の葡萄」との間に共通する「教室」という空間の意味を分析することで、そこに孕まれる権力構造や異空間性を浮かび上がらせている。

(2) 小林幸夫「「小さな王国」論―二人の〈しゃうきち〉」(『作新女子短期大学紀要』第一〇号、一九八六・一二)

(3) 陣内康彦『日本の教員社会―歴史社会学の視野』(東洋館出版社、一九八八・一一)

(4) 明治三五年一〇月創刊の雑誌「成功」には、明治三七年一〇月~翌三八年五月号まで「苦学法としての○○」といった苦学のための職業を紹介する記事が連載されるが、「牛乳配達」「人力車夫」などと並んで三八年一月号に「学校教員」が取り上げられている(大久保蘆洲「苦学法としての学校教員」)。

(5) 「尋常師範学校生徒募集規則」が一部改正され、男子の尋常師範学校の入学資格年齢が十七歳以上から十六歳以上へと引き下げられた。

(6) 「師範学校規程」が公布され、尋常師範学校への入学資格年齢が男女とも十五歳以上に、予備科は十四歳以上に制定された。

（7）前掲（4）「苦学法としての学校教員」。
（8）日本近代文学大系第三〇巻『谷崎潤一郎集』（角川書店、一九七一・七）の橋本芳一郎による注釈、宮城達郎「谷崎潤一郎『小さな王国』」（『解釈と鑑賞』一九六九・四）など。
（9）『前橋市史』第四巻（前橋市、一九七八・一二）に、明治四二年刊行版「明治四〇―一九〇七―末現在調、前橋市統計書」に基づく産業別人口統計が掲載されている。
（10）前掲（9）『前橋市史』は製糸業を「幕末以来の前橋の街で花形産業と讃えられていた」とし、市中の商家を職業形態によって分類した上で「当時の前橋街というのが、製糸産業を主体にした街であった」としている。また同書によると、職工においても、製糸業に関わる仕事に従事する者は、大工（14％）に次ぐ割合（13％）を占めている。
（11）例えば、『教育時論』の大正四年九月五日号の社説では、「文明国に於ける国民の教育は、皆国家主義の教育であるといふことは、間違ひのない断である」とし、さらに「国民各個の自由や幸福」を「教育の目的」とすることを批判して「国家主義の徹底すべき教育」を奨励している。
（12）『教育時論』の大正七年二月五日号に「戦後教育の本義」と題する評論が掲載されている。ここでは戦後の国民教育に関して「自修啓発の精神」の「涵養」が重視されているが、「個人々格の完成ありて後始めて国体の健全なる発達を期し得可し」とあり、さらに「我国に於ける戦後教育の根本問題として、先づ個人々格の徹底的修養を為し、其各自の修得したる根本思想を出発点として、国家の一員たる事を自覚せしむるやう……云々」と述べられている。
（13）玉城肇『日本教育発達史』（三一書房、一九五六・一〇）
（14）『尋常小學修身書』巻二（第二期国定修身教科書、明治四三）
（15）井上章一（文）・大木茂（写真）『ノスタルジック・アイドル二宮金次郎』（新宿書房、一九八九・三）
（16）二宮金次郎は、前掲（14）第二期国定修身教科書においては、「親の恩」「学問」「勤倹」など、七つの徳目にわたって取り上げられている。

(17) 前掲(15)。

(18) 小仲信孝は「欲望する子どもたち—「小さな王国」論」(『跡見学園女子大学短期大学部紀要』第三二号、一九九六・二)で、「夢の実現を断念して、非エリートの道を歩まざるを得なかった貝島の心の支え」として「金次郎主義」(見田宗介)的な出世観があったことを指摘している。

(19) 小林幸夫は前掲(2)で、この状況を生徒の側から分析し、「教師というクラスの絶対者と一生徒である自分を公然と二者択一させる形で行った」沼倉の〈仕掛け〉により、彼らが「服していることを示すことで己れのアイデンティティを獲得」したと指摘し、ここに沼倉のクラス全体に対する「まなざし」の「政治的な力学」を読みとっている。

(20) 唐澤富太郎は『教師の歴史—その生活と倫理』(創文社、一九五五・四)において、特に第一次大戦後、「教師全般が職業人化」し、「自己の職業に対する自尊心を失い、また他人もこれを尊敬しなく」なっていったことを指摘している。

(21) 宗像和重は「谷崎潤一郎「小さな王国」」(『国文学』一九八五・一〇)で、このような貝島の認識は子供を「既知の、操縦可能の存在」・「大人が「善導」すべき未熟な存在」とみる「思いあがり(というよりも「幻想」)」によるものとしている。

(22) 前掲(3)(13)(20)の他、石戸谷哲夫『日本教員史研究』(講談社、一九六七・一)など。

(23) 吉野作造「我国現代の社会問題」(『中央公論』大正七・一〇)。この同時代評は、これまでにも「小さな王国」を論ずる際、必ずと言ってよいほど引用されてきた。この論に従って作品の共産主義的経済体制との類似点を評価しているものに、例えば、伊藤整『谷崎潤一郎の文学』(中央公論社、一九七〇・七)、渡邊まさひこ「谷崎潤一郎「小さな王国」論」(玉川学園女子短期大学紀要『論叢』第一九号、一九九四・二)などがある。

(24) 前掲(21)。

(25) 前掲(18)。
(26) 前掲(23)。
(27) この国家において、沼倉以下、数人の役職に就いた者が特権的に貨幣を多く得ていることは言うまでもないが、それ以上にここで見逃してはならないことは、貝島の長男でこの学級の生徒の一人である啓太郎が、沼倉から「特別の庇護」を受けている点である。啓太郎は、「先生の息子」という点のみによって他の特権階級に属する者たちと同列に扱われているのだ。つまり、この国家では、あらゆるものが資本として意味を持ち、貨幣による価値体系の中に位置づけられているのである。
(28) 小林幸夫は前掲(2)で、沼倉の〈交換経済〉と二宮尊徳的な貝島の〈節約経済〉とを対置し、沼倉たちの経済が、「節約しても追いつかないほど収入の絶対量が乏しい」といった「危機をやすやすと回避し」ていることを指摘している。
(29) 大正デモクラシーのもとで自由を標榜した教育運動。なかでも木下竹次の学級経営論は、学級の中に立憲国家をモデルとした自治組織をつくることを提唱、木下論を受け継いだ清水甚吾は自らの理想の学級を「学級王国」と呼んだ。自治的学級を表すこの標語は、同じ時期に手塚岸衛らも用いている。以上、志村廣明『学級経営の歴史』(三省堂、一九九四・四)を参照。
(30) この時期の社会制度の整備に伴う国家による教師の囲い込みが最も顕著となるのが、大正六年に開かれた「臨時教育会議」である。この前後から、教育雑誌や新聞などのメディアで困窮する「小学教員の優遇策」ということがしばしば話題になっているが、この会議では、インフレ下の小学校教師を救済するために国庫からの支出が検討され、それまで市町村単位で賄われていた小学校教師の給料を国が補助することになった。当時の物価高騰はこの時決定された増俸分程度ではとても追いつかないほどの激しさであったが、翌大正七年にこの時の「市町村義務教育費国庫負担法」とともに出された「文部省訓令」で地方財政の補助よりも教員の増俸が目的である旨が強調されたことが示すように、この法令によって、国家の教員に対する思想統制がより強まったのである。

(31) ベネディクト・アンダーソン『想像の共同体—ナショナリズムの起源と流行』(1983、邦訳は白石隆・白石さや訳、リブロポート、一九八七・一二)では、「文化的根源」としての「宗教共同体と王国の二つの文化システム」が「想像の文化共同体」へと組み替えられていく過程に「出版資本主義」の発達に伴う「出版語の固定化」をみている。

# 第5章 サラリーマンと女学生——「痴人の愛」における〈教育〉の位相

「痴人の愛」(『大阪朝日新聞』大正一三・三・二〇～六・一四、『女性』大正一三・一一～一四・七)は、大正末期を舞台に社会風俗をモデル化して描かれた作品であり、殊に、物語の舞台となった都市空間とモダン文化の関わりについては多く指摘されてきた。(1) 河合譲治という男の手記のスタイルをとっているが、譲治の属する大正期の都市に出現した新中間層はいわゆる「大衆文化」の中心的な担い手なのだ。したがって、譲治を物語の風俗的な背景の中に置くとき、その特徴はいっそう際立つ。また一方で、譲治の妻となるナオミを、「カフェ」「ダンス・ホール」「海水浴」といった風俗に積極的に乗り出していく人物として捉えれば、そこに彼女の娼婦性が生み出されていく契機を見出すことも可能だろう。

しかしここでは、そうした新しさではなく、むしろ譲治の平凡さ、「模範的なサラリー・マン」と自らを規定するような、社会的な凡庸さに着目したいのである。その平凡さの中に、制度を越境する契機が含まれていると考えられるからだ。

「痴人の愛」は、サラリーマンの譲治がカフェで見初めた女給見習いのナオミを自分好みの女性に育てようとする物語である。特に、前半七章までのところでは、譲治がナオミを引き取り、〈教育〉する様が描かれている。

ナオミがその「娼婦」性を発揮して、慶応の学生たちの間を「荒らし廻る」ようになるのは、譲治の〈教育〉が三年以上も続けられた後のことなのである。その結果、ナオミは譲治が考えていた女性像とは異なった方向に成長し、逆に、譲治はナオミによって〈教育〉されるような立場に陥る。(2) ただし、これが譲治にとって望ましいことであったかどうかを問うのが本論のテーマなのではない。ナオミの変貌と、それによって譲治が騙され続けていくという事態のきっかけを、譲治の平凡さの中に見出したいのである。

## 1 学歴と社会資本

譲治が置かれた社会的環境を確認するために、まず、彼が自身の経歴を述べている箇所を見ておきたい。

こゝで私は、私自身の経歴を説明して置く必要がありますが、私は当時月給百五十円を貰つてゐる、或る電気会社の技師でした。私の生れは栃木県の宇都宮在で、国の中学校を卒業すると東京へ来て蔵前の高等工業へ這入り、そこを出てから間もなく技師になつたのです。そして日曜を除く外は、毎日芝口の下宿屋から大井町の会社へ通つてゐました。（一）

ここで確認したいのは、「月給百五十円を貰つてゐる」サラリーマンであること、そして「蔵前の高等工業」出身であるということである。

大正七（一九一八）年当時で、上級職の国家公務員の初任給が七十円であるから、(3)「月給百五十円」は、決して薄給とはいえない。(4) 河合譲治は、給与という面だけでみるなら中級以上のエリート・サラリーマンなのである。

そして、エリート・サラリーマンとしての譲治は、「高等工業出身」という学歴の高さに支えられている。

この「高等工業出身」という肩書きが譲治の社会的アイデンティティを考える上で大きな意味を持つことは、『大阪朝日新聞』の連載中断後、その続きを発表するにあたって『女性』に掲載された「はしがき」に示されている。

> 此れは長編ではあるが、一種の「私小説」であつて、今までのところ筋は甚だ簡単である。「私」と云ふのは高等工業出身で、宇都宮在の豪農の伜で、現在では会社の技師を勤めている河合譲治と云ふ男。妻のナオミ（奈緒美）はもとはカフエエの女給であつたが十五の歳に譲治に引き取られ、非常に彼に可愛がられて、贅沢にハイカラに育つた女。そして今では譲治の歳が三十二、ナオミの歳が十九になつてゐる。ここでは夫婦が鎌倉へ避暑に来てゐる所から始まる。これだけ知つてゐて貰へば、初めての人でも読んで行くうちに自然と分る筈である。もうそれ以上の梗概を書く必要はない。
>
> （『女性』大正一三・一二）

この短い「梗概」の中で、「高等工業出身」という要素は、譲治という人物を捉える上で、不可欠なものとして書き込まれているのである。さらに、作者によってこの手記が「一種の「私小説」」と規定されている点に注目したい。ここでことさらに「私」が強調されているのは、単なる一人称の語りの小説とすることよりも、手記を書く「私」を、ある現実的な社会状況の中に置こうとする意図の方が強く働いたためと考えられる。この明示された「私」の素性の中で、「高等工業出身」が、生まれや現在の状況に先行して述べられているという点を見過ごしてはならない。もちろんここでは、谷崎がそのような学歴を強調するためにこの書き方を選んだということが言いたいのではない。大正末期の社会において、このような経歴の述べられ方が自然であったということを確認しておきたいのである。

そこでまず、高等工業出身の「私」という視点から、この物語の語り手である譲治の位置を捉え直してみたい。「痴人の愛」の連載時期は大正一三年から一四年にかけてであるが、仮に譲治がこの手記をしたためている時期を小説発表時に重ねてみると、譲治がナオミに出会ったのは、その八年前のことだから、大正五、六年頃ということになる。(5) その時点で二十八歳だったとすると、「高等工業」に入学したと思われる十七、八歳の頃は、概ね明治三九年から四〇年頃である。したがって譲治は、明治三〇年代の後半に、宇都宮の中学で蔵前の高等工業に入学するための準備をしていたことになる。

ちょうどこの明治三〇年代後半頃から、高等学校の入試激化にともなって、官立の高等専門学校もかなりの難関になっている。(6) たとえば、明治四〇年九月に『中学世界』の増刊号として「最近受験界」と題する受験特集号が刊行されているが、その直前にあたる明治三〇年代後半あたりから既に『中学世界』誌上に受験情報の記事が増えており、この増刊特集号は、その発展したものと考えてよいだろう。(7) ここに掲載された記事を見ていくと、既に過熱し始めていた受験の中でも、殊に高等専門学校の人気の高さと入学の困難さを窺い知ることができる。(8)

明治三〇年代から大正初年代にかけての「文部省年報」に載せられた統計を見ていくと、東京高等工業を中心に、全国の高等工業でほぼ年を追って入学志願者数と入試倍率が上昇していくことが分かる。(9) また、官立の高等学校や専門学校の各学校別の入学志願者数と入学者数がこの年報に載せられるようになるのは、明治三三年度の『第二八年報』からで、この年から過去五年分程度の入試状況の統計が毎年載せられるようになる。中学校の入試状況がもっと以前から掲載されていることからすると、それまでは、高等学校や専門学校の入試競争はさほど問題になっていなかったのだと考えられよう。「最近受験界」の刊行は、このような傾向の反映とみてよい。

同じ『中学世界』の明治四〇年六月の増刊号として刊行された「学府の東京」という特集号には「立身就業の

諸方面」という記事が掲載されている。ここには、「政治家」から始まって「音楽家」や「美術家」まで、希望の職業に就くためにはどのような学校を選択すべきかということが述べられている。この中の「工業家」について書かれた部分を見ていくと、「工科大学に入ることの出来ぬものは、高等工業、一歩下がっては甲種工業学校だとか……」などと述べられているように、それぞれの学校ごとの個別性は無視されて、帝国大学を頂点としたヒエラルキーの中に序列化されていることが分かる。(10)この論調は、同じ「学府の東京」に掲載されている「都下各学校評論」という記事でも同様で、この中の「東京高等工業」を紹介した文章では、「工科大学ほど高尚な学問をせぬ代りに早く技術を修むるの便あり。工科大学が技師養成所とすれば、此学校は技手養成所なり」（傍点引用者）とあるように、一見学校の個別性を強調したかのような表現の中にも、卒業後の職業的階層に基づいた序列を示す記述が織り込まれているのだ。この記事の筆者にとっては「技師」と「技手」との差は大きいらしく、「工科大学を除けば先づ第一位」としながらも、高等工業を「俗物養成所なり」とまで極めつけているのである。

これらの言説には、「立身出世」を保証する「進学」が一部の特権階級だけのものではなくなり、出身階層よりもどの学校を出たかということが社会的な価値を持つようになる時代の到来が刻印されている。譲治の受けてきた明治末期の教育の質を考えるとき、既に現在の学歴（学校歴）社会につながるような枠組みが形成されていたことを踏まえておく必要がある。立身出世主義が、中高等教育機関への進学熱へと集中させられた結果と考えることができるだろう。譲治が「国の中学校を卒業すると東京へ来て蔵前の高等工業へ這入り」、その後高給取りのサラリーマンへと「立身出世」する過程は、まさにこのような時代背景の中で捉えなくてはならないのである。

「学歴」ないしは「学校歴」が重視されるようになった社会状況において、明治前半期まではあった自己と現実の社会との関わりも変質してゆく。唐木順三は、大正教養主義の成立を、明治修養主義の持っていた「経世済民と修業への意志」という「型」の喪失だとしているが、(11)明治末期から大正期にかけての学歴社会の到来は、この文脈の中に置くことが可能であろう。すなわち、ある理想に基づいて社会における自身の役割を規定するというあり方は、試験に合格して学歴を手にするという「順路」に則った「立身出世[12]」を目指す者の志向するところではなくなったのである。

学歴をめぐるこのような状況の本質を捉えるために、ピエール・ブルデュー『ディスタンクシオン[13]』を参照したい。これは、フランス社会に基づいて述べられたものであるが、「学歴」の社会的な位置づけを考える場合、日本の状況をみる上でも援用することができると思われる。

教育システムは制度化された分類を操作するものであり、社会階層に対応する「レベル」ごとの区分や、理論と実践、構想と実行といった社会的分割を果てしなく反映する専攻・学科への分割により、それ自身が社会界のヒエラルキーを変形した形で再生産する客体化された分類システムであって、外見上はまったく中立的なしかたで社会的分類を学歴上の分類へと変容させるとともに、純粋に技術的な、したがって部分的で一面的なものとして経験されるようなヒエラルキーではなく、全体的かつ本性に根ざしたものとしてのヒエラルキーをうちたてるのであり、こうして社会的価値を「個人的」価値に、学歴上の威厳を人間としての威厳に、それぞれ同一視させるよう人々をしむけてゆく。学歴資格が保証するとみなされている「教養」は、支配者側の定義における「完璧な人間」をかたちづくる基本的構成要素の一つであり、その結果、教養が欠けていることはその人のアイデンティティーと人間としての威厳を傷つける本質的な欠陥とみなされるので、あらゆる公式の状況、すなわち自分の身体、振舞い、言葉遣いをもって「人前に姿を見せ」、他人の前に出なくてはならない場合、その人は沈黙を強いられてしまうのである。

はじめの傍線部にあるように（少なくとも日本の場合は「専攻・学科」のみならず学校ごとの序列という問題も関わってくるのだが）、教育システムの区分は、「社会的分割」の反映と考えることができる。その「客体化された分類システム」こそ、「学歴」の本質であろう。そして、後半の傍線部にあるように、「学歴上の威厳を人間としての威厳に」「同一視」させるようなシステムにおいて、学歴によって保証された「教養」は、制度的な意味で、いわゆる「人格」の基本的な構成要素ともなるのである。

ただ、ここで注意しておきたいのは、このような「学歴資格」という社会資本が前面に出されるとき、先に述べておいたように、譲治たちサラリーマンのアイデンティティを支える「高学歴」という肩書きが、彼らの出身階層の差を無化するものとなることである。つまり、出身階層が出身学校にすり替わるとき、彼らの持っていた階級的特性とそれによる慣習、すなわちブルデューのいう階級的ハビトゥスは社会性を失うことになるのだ。生まれながらにして上位の階級的ハビトゥスを持つ「文化貴族」(14)に対して、例えば譲治のような中間層のいわば「文化庶民」たちは、個々の上昇志向に支えられて上位の階級的ハビトゥスを規範とした文化的慣習の獲得を目指すことになるのである。そのメルクマールが「趣味」であった。

本格的な学歴社会の始まった明治四〇年前後から「趣味」という言葉が流行し、『趣味』という雑誌までが発行されるが、この雑誌は坪内逍遙を中心とした文化改良運動の一環として高級趣味を家庭に普及させようという目論見のもとに創刊された啓蒙雑誌である(15)。創刊号に掲載された「「趣味」発行の趣旨(16)」の「理想的読物と娯楽とを家庭に供し」という表現からは、家庭をある「理想」に基づいた慣習によって啓蒙しようという姿勢を読み取ることができる。結婚や家庭に対する譲治の意識もまた、この文脈の中で捉えることが可能なのではないだろうか。

## 2 結婚とハビトゥス

結婚に対する譲治の意識は、次にあげた、ナオミを引き取る理由との関わりの中で述べられている。

たとひ如何なる美人があつても、一度や二度の見合ひでもつて、お互の意気や性質が分る筈はない。「まあ、あれならば」とか、「ちよつときれいだ」とか云ふくらゐな、ほんの一時の心持で一生の伴侶を定めるなんて、そんな馬鹿なことが出来るものぢやない。それから思へばナオミのやうな少女を家に引き取つて、徐にその成長を見届けてから、気に入つたらば妻に貰ふと云ふ方法が一番いゝ。何も私は財産家の娘だの、教育のある偉い女が欲しい訳ではないのですから、それで沢山なのでした。（一）

末尾の傍線部で譲治が述べている「教育のある偉い女」とは、結婚の条件として出されている以上、「女学校出の」などといった意味の、社会的価値の認められた教育を受けた女性のことを指していると思われる。ただ、この部分での問題は、譲治がそのような「財産家の娘」とするような結婚を「ナオミのやうな少女を引き取つて」育て、結婚することとの対極に位置づけていることである。つまりここには、「財産」や「教育」といった社会的な価値に基づいた結婚をする場合、「お互の意気や性質」といったものが抑圧されてしまう危険性が示されているのだ。譲治がここまで述べたような教育制度をめぐる過渡期を過ごしてきたこと、そして何より、ナオミに対して何らかの〈教育〉を施そうとしているということを考え合わせると、この点を簡単に見過ごすことはできない。

明治末期から大正期にかけて刊行され、広く読まれた女性啓蒙雑誌である『女学世界』の大正四年一月号に西田敬止「女学校式と世話女房式」という記事があるが、ここには、同じ女学校の生徒であっても、山の手出身か下町出身かという出身地域によってその気質に大きな隔たりがあると述べられている。その上で、下町出身の女学生を「世話女房式」と呼び、山の手出身の女学生を「女学校式」と呼んでいることからも、高等女学校が上層階級のハビトゥスを規範としていることが分かる。しかし、「女学校出身」という肩書きが「財産の所有」といったことと同様に結婚の条件として呈示されるとき、それは山の手／下町といった出身階層によるハビトゥスの差異を隠蔽するものともなる。「学歴」には、それだけの社会的な価値があるのだ。譲治が結婚に関して「お互の意気や性質」を重視するのは、「学歴」がハビトゥスを隠蔽するものであるということに意識的だったからであろう。「元来が田舎育ちの無骨者」で「人づきあひが拙」いことを自覚する譲治は[17]、自身の「豪農の伜」「高学歴」といった結婚の好条件を否定してでも、「見合ひ」や「世話をされる」形式の社会的資本に基づいた関係よりも、個人の「意気や性質」に基づいた結びつきの方を欲したのである。

当初の譲治がナオミに対して「兎に角此の児を引き取つて世話をしてやらう。そして望みがありさうなら、大いに教育してやつて、自分の妻に貰ひ受けても差支へない」（一）と考えていたことでも分かるように、その〈教育〉は二段階を想定していた。二人の生活が始まろうとするときも、住居の選択や部屋の意匠についてできるだけナオミの意見を採用して、「彼女の趣味を啓発するやうに」（三、傍点引用者）努めている。この結果得られた「お伽噺の挿絵のやうな」（二）家で擬態に満ちた生活が一年近く続くうちに、譲治はナオミを妻にする決心をするのである。

こうした経緯を見ると、譲治が結婚に際して最も重視していた「意気や性質」とは、ナオミとの間に限って言えば「氏や育ち」といった階級的ハビトゥスを指すのではなく、「ハイカラ趣味」といった類型的な嗜好を植えつけることで、とりあえずは果たされるものだったことが分かるのである。つまり、ナオミを「引き取つて世話」することとは、彼女の「意気や性質」を、その容姿も含めて、譲治の「趣味」に仕立て上げることだったのである。そしてこの段階では、譲治は、自らの〈教育〉によってそれが達成されるであろうことをほとんど疑っていなかったのであり、このとき、ナオミの「千束町の娘」であることの階級的ハビトゥスは無視されていたのである。先に、譲治を明治修養主義的「型」を喪失した「立身出世」型人間であると捉えておいたが、彼の志向は、やはり大正教養主義の一側面としての趣味教育に向かっていたのである。では、次の段階に考えられていた妻としてのナオミ像とはどのようなものだったのか。

譲治は初めて二人が関係を結んだ夜、「お前ももつと学問をして立派な人になつておくれ」（五、傍点引用者）と語りかける。譲治がナオミに妻として期待する方向は、ここで「立派な人」と表現されているような「漠然と」したものである。しかし、漠然としているだけに、ナオミの個別性から離れたある規範を想定し、その定型の中にナオミを価値づけていこうとする意図が読みとれる。これに対してナオミは、「一生懸命勉強しますわ、そしてほんとに譲治さんの気に入るやうな女になるわ」（同）と答える。つまりナオミは、譲治の個別的な嗜好に即した女となることを望んでいるのであり、彼女の意識の中には定型としての妻といった自己規定はないのである。

この両者の認識のずれが顕著となるのが、譲治がナオミに英語を教える場面である。[18] それは、社会的な意味でナオミが譲治の妻になるための〈教育〉の一環なのである。譲治はナオミの英語能力のうち、特に、日本語に翻訳することや、文法を解釈する点において問題を感じ、個人教師のところに相談を持ちかける。ところがこのアメリカ人教師は、ナオミの発音の美しさとリーディングの巧みさを褒めて、譲治に取り合おうとしない。そこで彼は、自ら和文英訳と文典をナオミに教えることにするのである。[19] この場面で、ナオミが西洋人教師に褒められ、譲治の考えに適応した「西洋人の前へ出ても耻かしくないやうなレディー」（五）になるべく成長しつつあるにもかかわらず、譲治は、「ナオミは恐らく」中学「二年生にも劣つているように思へ」（六）たと、学校の教育を規準とした判断を下すのである。

英語と云ふものを別問題にして考へても、文典の規則を理解することが出来ないやうな頭では、全く此の先が案じられる。男の児が中学で幾何や代数を習ふのは何の為めか、必ずしも実用に供するのが主眼でなく、頭脳の働きを緻密にし、練磨するのが目的ではないか。女の児だつて、成るほど今までは解剖的の頭がなくても済んでゐた。が、此れからの婦人はさうは行かない。まして「西洋人にも劣らないやうな」「立派な」女にならうとするものが、組織の才がなく、分析の能力がないと云ふのでは心細い。（六）

ここには、譲治がナオミに期待している「学問」の質が明確に示されている。実際に身につけた知識が「実用」的かどうかということよりも、「学問」を通して「組織の才」とか「分析の能力」といったものを身につけるべきだと考えているのである。そして、これらのことができないナオミに対して、譲治はさらに「此れが出来ないぢや学校に行けば劣等生だよ」とまで言って、ナオミを罵る。

明治国家の基本を家庭に置き、賢母養成を主眼とした女子教育の必要性は明治啓蒙期からみられたことであるが、明治二〇年代後半から三〇年代にかけて、知識や道徳性に基づいた家庭の管理能力が、妻としての女性の役割として重視され始める。これは、西洋風に家庭を夫婦中心の家族として捉えようとする志向の現れとみることもできるが、この動向がさらに進んだ結果、社交界における女性のあり方をも含めた良妻の育成が重視されるようになる。女学校の高等教育に担わされた役割は、明治末期に出された女学生の手引書の一つ、『現代女学生宝鑑』[20]にも示されている。すなわち、「内に居てスウヰトホームの女王たる婦人は外に出でゝは交際界の女王たるべく、叉良人をして内顧の患なからしむる賢婦人である、而してこれが修養は一に此の学生時代にあるのだ」。このように説かれている女性のあり方は、譲治がナオミに期待する「何処へ出しても耻かしくない、近代的な、ハイカラ婦人」(六)という方向性と軌を一にしている。高等女学校では、家庭を経営するための徳操や人格の教育を根幹とし、裁縫や料理といったすぐに役立つものよりも、「文科、理科の学科や音楽体操」といった「趣味」的なものの教育の方が「人格を造り頭を練る大切な人間の土台となる」[21]として重んじられており、それは男子の中学校に相当すると考えられていた。[22]つまり、男子が高学歴を得て立身出世するために受ける教育と、女子が良妻として家庭を経営し、外部と交際するために受ける教育とが重ねられていたのである。

このように見ていくと、譲治が考えていた「立派な人」あるいは「偉い女」とは、実は単なるハイカラ趣味を身につけた美しい女ではないことが分かる。それはまさに「何処へ出しても耻かしくない」女、つまり、社会的に上層階級のハビトゥスを規範とする「良妻賢母」としての「型」にはまった女のことだったのである。譲治の〈教育〉の方法の根本には、自らが育ってきた学校制度としての教育が濃密に反映されており、自らがエリートの位置に上り詰めた道筋を辿らせようとする意図をはっきり読みとることができるのである。それは、〈趣味教育〉の本質でもあった。

しかし、譲治の英語教育は失敗に終わり、ここから譲治はナオミに対する〈教育〉全般の失敗を感じることになる。その結果「やつぱり育ちの悪い者は争はれない、千束町の娘にはカフエエの女給が相当なのだ、柄にない教育を授けたところで何にもならない」(七)と、自分の〈教育〉の失敗の原因をナオミの「千束町の娘」という出身階層に求めるのである。つまり、上位の階級を規範にハビトゥスを均質化する狙いがあったはずの趣味教育が、その失敗によってナオミの階級的ハビトゥスを逆に浮かび上がらせてしまったのだ。

譲治は「あきらめ」を感じながらも「次第に彼女を「仕立て丶やらう」と云ふ純な心持を忘れてしまつて、寧ろあべこべにずる〳〵引き摺られるやうにな」ってしまう。この逆転した関係が、譲治の〈教育〉の積み重ねによって形成されたものであることに彼自身は気づかず、ナオミの「肉体」の「美しさに誘惑され」た結果と考えて、「精神の方面では失敗したけれど、肉体の方面では立派に成功した」と、〈教育〉の成果を「満足するやうに自分の気持を仕向け」るのである。こうして譲治は逆に〈教育〉される立場になり、やがてナオミに騙され続けるという事態に陥ってゆくのであるが、このようなナオミの主体を作り出す〈教育〉の構造を明らかにしなくてはならない。

## 3 ―〈学校〉の内と外

再び、前半部に戻って、個人教師のもとに通うナオミに対する、譲治の視線の質を確認したい。

ナオミは銘仙の着物の上に紺のカシミヤの袴をつけ、黒い靴下に可愛い小さな半靴を穿き、すつかり女学生になりすまして、自分の理想がやう〳〵かなつた嬉しさに胸をときめかせながら、せつせと通ひました。をり〳〵帰り途などに彼女と往来で遇つたりすると、もうどうしても千束町に育つた娘で、カフエエの女給をしてゐた者とは思へませんでした。髪もその後は桃割れに結つたことは一度もなく、リボンで結んで、その先を編んで、お下げにして垂らしてゐました。（三）

譲治の〈教育〉の一端として、ナオミは「すつかり女学生になりすまして」英語と音楽の個人教師のところに通う。この部分の描写は、もちろん手記の筆者である譲治の視点から描かれたものだが、この傍線部には、ナオミの女学生姿――モードが、彼女の出身階層を隠蔽するものであることが明示されている。ここを見ても、譲治は、ナオミの〈教育〉において、学校教育と同様のハビトゥスの均質化を目指していたことが分かる。

先にも述べたように、この後、ナオミが慶応の学生たちと肉体関係を結び、「ヒドイ仇名」をつけられるところまで「堕落」していく過程は、譲治には認識されていない。殊に、ナオミがニセ女学生としての〈教育〉を経ることが、慶応の学生たちとの関係を作るきっかけになったことには最後まで譲治は気づこうとしないのである。ナオミが出ていった後、浜田からすべてを知らされたときも、単に「氏や育ちは争はれない」と考えるに過ぎない。しかしナオミの「堕落」は、階級的ハビトゥスによってのみ決定づけられたものではないはずである。むしろ、それと譲治が施した〈教育〉との関わりの中にこそ、要因は求められるべきなのだ[23]。

先にブルデューの言説を引用して確認したように、上層階級のハビトゥスを規範とした趣味教育による「教養」に、「学歴」という構造化された客観的な「型」が与えられるとき、それは体制側の文化的支配の有効な手段となる。譲治もこの枠組みの中でナオミを〈教育〉しようとしたのだが、ナオミに〈女学校〉という枠組みを与えなかったばかりか、ナオミが単にファッションとして「女学生」を模倣しているにすぎないことさえも十分に認識していなかったのである。つまり、譲治は「学校」や「家庭」といった制度的なものの外側では、自身の施す〈教育〉が社会資本として機能しないことに気づいていないのである。ここに、ナオミに現れた〈教育〉の効果を譲治が予想できない理由がある。

ナオミには、施された趣味教育の社会的アイデンティティとしての「学歴」はもちろん、女性がその成果を生かすべき「家庭」も与えられてはいないのである。このとき、それらの枠組みを失った趣味教育は、それ自体が持つ制度的な目的から乖離して、様々な社会的主体の模倣者を生産する装置として機能することになる。したがって、ナオミの辿り着く先は、譲治とのいわゆる「家庭」でもなければ、既存の社会的位置から「自立した女」

としての主体でもない。譲治を騙し、その経済力を基盤としたニセの淑女という姿。それは、階級的資本や学歴資本といった社会資本からも、そして西洋人という特権性からも、少しずつずれたところで顕われるものなのである。(24)

このように考えると、譲治をはじめとする学歴エリートの持っていた「教養」とは、「学校」という制度に囲い込まれたときにのみ社会性を発揮するものでしかないことに気づくことができるであろう。そしてその外側にいる者、すなわち「教養」を社会資本とすることのできない者にとっては、それは全く別の、自身が持つ個別的な価値を社会へと媒介する手段となるのである。ナオミの場合、その個別的な価値とは彼女自身の「肉体」であり、その個別的な資本を売り込む手段として、譲治に施された〈教育〉は利用されることになったのだ。

## 4――女子教育と音楽

ここまで、譲治の教育観のもつ制度的な側面が譲治の意図と認識とは別のところでナオミに作用していく過程を捉えてみた。

次に検討しなくてはならないのは、そうした譲治の教育からナオミがどのようにして逃れていったのか、また、あべこべに譲治を教育するような立場にさえなるのはどのようなことが契機となったのかといった点である。

しかし、譲治の手記から成るこの物語から、ナオミ自身の意識を抽出することは難しい。むしろ、譲治を一般的なサラリーマンとみなし社会的な側面からその行為を意味づけたように、ナオミの意識の個別性も同様の位相から捉えるべきであろう。そこで、とくに、譲治の関知しないところでナオミがどのような時を過ごしていたのか、考えるための手がかりとしたいのが、この物語における〈音楽〉である。

既に述べたように、ナオミが学ぶもののうち、英語に関しては、譲治自身が直接指導する場面があり、そこには譲治の教育観と制度に対する意識が如実に顕れていた。その意味づけについては、先行論でさまざまな考察がなされている。[25]しかし、英語と同時に習い始めたはずの音楽については、これまでほとんど触れられてこなかった。小森陽一は、物語の前半部七章までのナオミについて「十代の後半を、昼間は一人ぼっちにされ、夜と休日だけ「遊び」「生活」をおくらされることを強いられた」と指摘する。[26]確かにこのような生活を送ったことがナオミを「常識的な」妻とは違った存在にさせてしまった要因であることは否めない。またそれは、当初の譲治が望んだことでもあった。しかし、この囲い込まれた生活の中で、唯一譲治の管理下から離れることができたのが、音楽のレッスンの時間だったのだ。

そこで、ここからは、このテクストの微細な情報からナオミが習おうとしていた音楽の時代的な特質を明らかにし、そこからナオミの志向性について考えたい。その上で、この手記の書き手である譲治が、どこまでも音楽について書こうとしなかった――あるいは「音楽について分からない」と繰り返し書いたのは、なぜなのか、その無関心さのうちに孕まれるイデオロギーを抽出してみたい。

譲治に同居を持ちかけられた際に「習いたいものは何か」と問われたナオミは、即座に「音楽と英語」と答える。しかし、女学校へあがるには年齢が遅すぎることや、「音楽と英語だけなら、女学校へ行かないだつて別に教師を頼んだらいゝ」という譲治の勧めによって、個人レッスンを受けることになる。

次に引用するのは「お伽噺の家」でのナオミの日常が描かれた箇所である。

彼女は午前中は花壇の草花をいぢくつたりして、午後になるとからツぽの家に錠をおろして、英語と音楽の稽古に行きました。英語は寧ろ始めから西洋人に就いた方がよからうと云ふので、目黒に住んでゐる亜米利加人の老嬢のミス・ハリソンと云ふ人の所へ、一日置きに会話とリーダーを習ひに行つて、足りないところは私が家でとき〴〵浚つてやることにしました。音楽の方は、此れは全く私にはどうしたらいゝか分りませんでしたが、二三年前に上野の音楽学校を卒業した或る婦人が、自分の家でピアノと声楽を教へると云ふ話を聞き、此の方は毎日芝の伊皿子まで一時間づゝ授業を受けに行くのでした。ナオミは銘仙の着物の上に紺のカシミヤの袴をつけ、黒い靴下に可愛い小さな半靴を穿き、すつかり女学生になりすまして、自分の理想がやう〳〵かなつた嬉しさに胸をときめかせながら、せつせと通ひました。（二）

およそ三年近くもの間、譲治と過ごす時間帯以外は、このような生活が続くと考えてよいのだが、英語に関しては譲治自らが「家でとき〴〵浚ってやる」ほど熱心に手ほどきしようとしているのに対して、音楽の方は「全く」「どうしたらいゝか分か」らず、人伝に得た情報に従って、「ピアノと声楽」のレッスンに「毎日」通わせることにするのである。

英語教育に関して、譲治が徹底してナオミを自らの管理下に置こうとし、ナオミに対する失望が英語そのものに対する両者の認識の差に起因していたことは既に述べた。文典を理解できず、和訳のできないナオミを「劣等生」と決めつけ、彼女の発音の巧みさやミス・ハリソンの褒め言葉などまったく意に介さない譲治は、学校教育としての英語を唯一の規範として疑わないのだ。ナオミの英語の「知識」の低さを嘆く譲治は、「一体ナオミは、音楽の方はよく知りませんが、英語の方は十五の歳からもう二年ばかり、ハリソン嬢の教を受けてゐたのですから、本来ならば十分出来てゐゝ筈」（六）だとする。この判断においても、「音楽」に関してはほとんど関心を向けていないことが分かるだろう。いやむしろ、わざわざ英語教育に対する熱心さを際立たせるために、音楽に対するその無関心さが対置されているとさえ思われるほどである。

音楽に対するこうした譲治の無関心さが決定的に顕れているのが、次の箇所である。

「あれ？　あれはあたしのお友達よ、浜田さんて云ふ、……」

「いつ友達になつたんだい？」

「もう先からよ――あの人も伊皿子へ声楽を習ひに行つてゐるの。顔はあんなににきびだらけで汚いけれど、歌を唄はせるとほんとに素敵よ。いゝバリトンよ。此の間の音楽会にも私と一緒にクワルテットをやつたの」（八）

この場面は帰宅した譲治がそこに居合わせた浜田と邂逅し、それをナオミに尋ねた時の会話である。この後、ダンス・ホールで「ナオミがどれほど引き立つか、どう云ふ踊りツ振りをするか、それを見たいのが主」（十）であるとしてダンスを始めることなどと引き較べてみると、ナオミが衆目の中で演じるパフォーマンスを譲治が見過ごすことなど考えられないことである。にもかかわらず、ここでの二人のやりとりからすると、譲治がこの音楽会に出席していないことは間違いないだろう。

譲治の〈音楽〉に対するこのような無関心さに気づくとき、ナオミの英語の拙さをハリソン嬢のところに談判に行き、その上自らが家庭教師代わりになってまで施そうとしていた「英語教育」との対照性がさらに際立つ。物語文中に譲治が自身の音楽の「素養」や「知識」がないことを嘆じる記述はあまりにも多い。「女学校教育」の模倣として英語と音楽を同一の地平に置くとすれば、両者の間になぜこれほどの差が生じるのだろうか。

女学校教育が男子の中学校と同じく「高等普通教育機関」として位置づけられたのは、明治三二年二月、勅令として「高等女学校令」が公布されたことによる。小山静子は明治三四年に公布された「中学校令施行規則」と「高等女学校令施行規則」をもとに、それぞれの科目別の週あたり授業時間数を比較しているが、それによると「中学校と比べて、高等女学校では、漢文、博物、物理及化学、法制及経済が学科目として存在せず、外国語は随意科目扱いである。それに数学や外国語の授業時間数は中学校の半分以下であり、その分、修身、家事、裁縫、音楽にあてられていた」[27]。ここには「高等女学校令」公布後に時の文部大臣樺山資紀が述べた「高等女学校の教育は其生徒をして他日中人以上の家に嫁し、賢母良妻たらしむるの素養を為すに在り、故に優美高尚の気風温良貞淑の資性を涵養する」[28]という女学校教育の目的が反映されていると思われるが、「賢母良妻」の「優美高尚の気風」を「涵養」するために、音楽は、家事や裁縫といった実学的なものとは別の重要な位置を占めていたことが窺える。

女学系の雑誌において、女子教育における音楽の役割については、主に明治四〇年前後から、その効用が指摘されるようになる。例えば、典型的な「良妻賢母」論として、鳩山春子「高尚なる家庭を作る方法」(『女学世界』明治四一・一)があるが、この記事では、国家のために妻の果たすべき役割として「男が働きやすい家庭、子の養育」ということがあげられ、「清き家庭」を作るために「読書、音楽、美術、詩歌等に就いての高尚な趣味を家庭に入れる」ことの必要性を説いている。また、「良妻賢母の養成」を趣旨とした啓蒙雑誌『女鑑』でも同じ時期から家庭における音楽教育を熱心に勧める記事が急速に増えている[29]。これらの記事は例えば明治三〇年代に『女学雑誌』で西洋音楽を「甚だしき流行」(明治三六・七)とか「同一時勢」(同・九)であるなど一つの流行現象として捉えられていたのに対して、明確に規範としての教育制度の文脈で語られているのである。

こういった発想は先述した雑誌『趣味』においても同様である。高級趣味の普及を目的としていたこの雑誌においても、音楽は家庭の「趣味」を高尚なものにしていく機能をもっていることがしばしば強調されている。それは西洋的な「スヰトホーム」を規範とした「高級趣味」の実現であった。[30]『女学世界』においても、上流階級の子女が音楽を趣味としていることは繰り返し書かれており、まさに「趣味」の発揚の一つとして、音楽がその役割を担おうとしていたことは明らかであろう。[31]

しかし、このような女学生を啓蒙しようとする立場と、その教育を受ける女学生の立場とを単純に連動させることはできない。本田和子は、明治の女学生を男子中心の公教育から排除された「無用者の集団」として、その「ひたすら「男性的ではない」ありように存在証明が求められた」としている。「官界でも実業界でもない地平に探られる国家有用の途」として彼女たちの前に掲げられたのが「良妻賢母」という「目標」だった。しかし、「進学の道も実業に就く道も、曖昧に閉ざされ」た女学生たちは、「将来の生き方に架橋するすべもないままに、曖昧に宙吊りにされた「現在」だけを享受することになる」[32]というのだ。本田はこのような「異化性」を逆手に取った女学生たちが、彼女たちにのみ共有可能な「幻想共同体」を形成し、「少女文化」とでも言うべき「治外法権的文化圏」を作り上げたとする。このように、「現在」だけを生き抜こうした女学生たちと規範としての社会制度との乖離こそ問題にすべきであろう。ましてやナオミの場合は、〈女学校〉さえ与えられず、音楽のみが譲治の干渉をまったく受けずに享受できるものだったのだ。

## 5　譲治の〈教育〉認識

さて、ここまでは英語と音楽に対する譲治のスタンスの差に基づいて考察を進めてきたが、次に、英語と音楽の両者に関わる言説が出会う部分を検討してみたい。

「まあ、さうでいらつしやいますか、でもねえ、何でございますわ、そりやジエンルマンはレディーよりもモー・モー・デイフイカルトでございますけれど、お始めになれば直きに何でございますわ。……」

此の「モー・モー」と云ふ奴が、又私には分りませんでしたが、よく聞いて見ると“more more”と云ふ意味なのです。「ジエントルマン」を「ジエンルマン」、「リツトル」を「リルル」、総べてさう云ふ発音の仕方で話の中へ英語を挟みます。そして日本語にも一種奇妙なアクセントがあつて、三度に一度は「何でございますわ」を連発しながら、油紙へ火がついたやうに際限もなくしやべるのです。

それから再びシユレムスカヤ夫人の話、ダンスの話、語学の話、音楽の話……ベトオヴエンのソナタが何だとか、第三シンフオニーがどうしたとか、何々会社のレコードは何々会社のレコードより良いとか悪いとか、私がすつかりしよげて黙つてしまつたので、今度は女史を相手にしてぺらぺらやり出すその口ぶりから推察すると、此のブラウン氏の夫人と云ふのは杉崎女史のピアノの弟子でゞもありませうか。（八）

これは譲治が初めてダンスを習いに行った場面で、ナオミの音楽とダンスの先生である杉崎女史から「ジエームス・ブラウンさんの奥さん」という女性を紹介された箇所である。譲治は、杉崎女史を含めて「此の、「わたくし」と云ふやうな切口上でやつて来られる婦人連」を「最も苦手」と感じながらも、どうすることもできずにいる。

ここで譲治は「ブラウン夫人」の饒舌ぶりに圧倒されているのだが、それ以上に注目したいのは、譲治がこの夫人の英語混じりの日本語に全く対応できていない、という点である。譲治は夫人の使う英語を日本語の「奇妙なアクセント」と並置して、それが奇妙な訛りででもあるかのように捉えている。しかし、夫人の話す「ジエンルマン」も「リルル」も、英語の正確な発音からすればこのように聞こえてしまっても無理がないことなのである。[33]むしろ、gentleman＝「ジエントルマン」、little＝「リツトル」としか解することができないことは、譲治が英語というものに対して、紙に書かれた文字記号を通してしか認識できていないことを如実に物語っているのだ。[34]

そのことに無自覚なまま、譲治は、次に夫人の話す会話の内容を全く理解できない領域のものとして耳に入れることになる。その内容というのが音楽に関わるものなのである。

当初譲治は、稽古の順番を待ちながらおしゃべりしていたこの女性を「身なりは派手にしてゐ」るが「ちよつと看護婦上りのやうな顔だちの女」と見ている。ところが杉崎女史から紹介を受け、外国人の「細君」であることを知り「さう云はれゝば看護婦よりも洋妾《らしやめん》タイプ」だと認識するのである。この「ブラウン夫人」に対する眼差しには、譲治の西洋人に対する距離の置き方が示されている。譲治は「趣味としてハイカラを好み、万事につけて西洋流を真似し」ながらも、「男振りに就いての自信がな」く「交際下手と語学の才の乏しい」ために、「外人団のオペラ」や「活動写真の女優」に対して「彼等の美しさを夢のやうに慕」うことしかできないのだが、その周辺にいる人物に対してはこのように極めて差別的な言説を用いて表現しているのだ。この夫人に対する眼差しはそのままシュレムスカヤ夫人との対照性において「白いやうでもナオミの白さは冴えてゐない、いや、一旦此の手を見たあとではどす黒くさへ」感じられるなどと評価する場面（九）にも通底している。だが、ここでの問題は、夫人の扱う英語をネイティヴ・ヴォイスとしての英語からずれたところに置き、ある種の違和感の中で捉えようとしている点にある。しかし、譲治の規範としている英語は、かつてナオミに文典や和訳を中心に施した英語教育と同じく学校教育の外に出ることのない英語そのものであり、それは文範や文法書などの教科書の上のみで享受されたものにほかならないのである。この問題と、彼にもたらされる音楽の情報は同質のものと見てよい。すなわち、ここで譲治の耳に届くのは、楽曲そのものからは遠い、作曲者の名や曲名といった「知識」でしかなく、それらと旋律や曲想といったものを繋ぐことができずにいるのである。

物語において音楽は、ダンスとの関わりで繰り返し現れている。その文脈中では、たとえばダンスの持っていた「新時代の流行」「不健全なもの」といったイメージと重ねられてもおかしくはないものである。しかし譲治は、ナオミの音楽教育を明らかにそれとは異質のものとして捉えている。それはしばしば、近寄りがたい畏怖の対象としてさえ扱われているのだ。このような譲治の発想を裏付けるのが次の箇所である。

主人夫婦と女中が二人、これだけが住まへるやうな、所謂「文化住宅」でない純日本式の、中流の紳士向きの家へ引き移る。今迄使つてゐた西洋家具を売り払つて、総べてを日本風の家具に取り換へ、ナオミのために特にピアノを一台買つてやる。かうすれば彼女の音楽の稽古も杉崎女史の出教授を頼めばよいことになり、英語の方もハリソン嬢に出向いて貰つて、自然彼女が外出する機会がなくなる。（十九）

これは、物語の後半においてナオミと「慶応学生」との関係が明らかなものとなり、「美名に憧れ」て始めた「シンプル・ライフ」がナオミの「ふしだら」（傍点原文）の原因であると考えた譲治が、「「お伽噺の家」を畳んで、もつと真面目な、常識的な家庭を持つ」決心をする場面である。譲治はその手始めとして「純日本式の、中流の紳士向きの家へ引き移る」ことを目論むのだが、この「西洋家具」の「総べてを日本風の家具に取り換へ」ようとする中にあって、ピアノだけはナオミのために買おうとするのである。もちろんここに述べられているように、ナオミの外出の機会を減らそうという発想に因るものであるが、注目すべきなのは、ナオミと音楽の繋がりを断とうとする意志を譲治が持たないことにある。

家庭に於けるピアノの普及は、明治四〇年代頃から次第に高まっている。西原稔は大阪の大手楽器販売店のピアノ販売台数をもとに明治四〇年以降「コンスタントに」売れ続けた結果、殊に明治末年から大正はじめにかけて「飛躍的に台数が増加」し、「ピアノの普及」とそれを「所有することのステイタス」の高まりをみている。[35] ここで取り上げられている『大阪毎日新聞』の記事を次に引用しておこう。[36]

大阪市を通じて現に各学校に備へてあるピアノの数は約百台、個人の家庭にあるのが約二百台と註せられる。大阪市に約三百台のピアノは、戸数人口から見てその分布の数は必ずしも多くはないが、それでも三年前に比べると、俄に非常な増加を示してゐる。今では多少生活に余裕のある家庭、殊に新しい家庭などでは、その家族の趣味好尚を高める必要上、或ひは慰安娯楽の情操器具として、一台は備へたいものの一つとなつた。

（「ピアノを弾く女」大正二・四・一九）

西原は「この記事の家庭に備えられたピアノの数が二百台という数字は、そのままこの町の上流階級の家庭数を反映している」としているが、まさに譲治が考えていた音楽教育は、繰り返し確認したように、上層階級の「趣味」を家庭に持ち込もうという、このコンテクストにおいて捉えるべきなのである。モードとしての「女学生」から新時代の流行としてのダンスへと移っていったナオミとは、全く正反対の志向性であったと言わざるを得ない。

## 6 歌声の近代

次に〈音楽〉そのものがこの物語において果たす機能について考えてみたい。

物語においてナオミの歌が引用される場面は二箇所あり、いずれも鎌倉の浜辺を舞台にしている。一つ目は、初めての鎌倉での海水浴の場面（四）であり、二つ目は二度目の鎌倉行きでナオミと慶応学生との関係が露呈する場面（十五）である。鎌倉という同じ土地を舞台にしているが、その内容は著しく異なっている。しかし、ナオミの「唄ごゑ」を譲治が書き取る数少ないこれらの場面は、譲治のナオミに対する認識に決定的な変化がもたらされる契機となった点では共通しているとみることもできる。

まずは、最初のナオミが「サンタ・ルチア」を歌う場面を見てみたい。この場面に至る直前、鎌倉に向かう電車の中で「逗子や鎌倉へ出かける夫人や令嬢」たちと乗り合わせることになり、二人ともすっかり「気後れ」を感じてしまう。彼女たちとナオミを見比べた譲治は、「社会の上層に生れた者とさうでない者との間には、争はれない品格の相違があるやうな気がし」、「氏や育ちの悪いものはやはりどうしても駄目」（四）ではないかと思う。これは譲治がナオミに失望を感じる最初の場面であり、後に自身の〈教育〉の無力さを感じる箇所へとつながっていく。この時の二人の「気後れ」は鎌倉到着後も続き、結局、当初の予定とは異なった「土地では一流か三流」の旅館に落ち着くことにするのだ。しかし、いざ海に出ると、ナオミ自身が元気を取り戻し、海水浴などで楽しんだ後、夕暮れ時に二人で海に船を漕ぎ出す。

――そして、そんな折には彼女はいつも海水着の上に大きなタオルを纏つたまゝ、或る時は艫に腰かけ、或る時は舷を枕に青空を仰いで誰に憚ることもなく、その得意のナポリの船唄、「サンタ・ルチア」を甲高い声でうたひました。

O dolce Napoli,

O soul brato,

と、伊太利語でうたふ彼女のソプラノが、夕なぎの海に響き渡るのを聴き惚れながら、私はしづかに櫓を漕いで行く。「もつと彼方へ、もつと彼方へ」と彼女は無限に浪の上を走りたがる。いつの間にやら日は暮れてしまつて、星がチラチラと私等の船を空から瞰おろし、あたりがぼんやり暗くなつて、彼女の姿はたゞほの白いタオルに包まれ、その輪郭がぼやけてしまふ。が、晴れやかな唄ごゑはなか〳〵止まずに、「サンタ・ルチア」は幾度となく繰り返され、それから「ローレライ」になり、「流浪の民」になり、ミニヨンの一節になりして、ゆるやかな船の歩みと共にいろ〳〵唄をつゞけて行きます。……

かういふ経験は、若い時代には誰でも一度あることでせうが、私に取つては実にその時が始めてゞした。私は電気の技師であつて、文学だとか芸術だとか云ふものには縁の薄い方でしたから、小説などを手にすることはめつたになかつたのですけれども、その時思ひ出したのは嘗て読んだことのある夏目漱石の「草枕」です。（四）

この場面で譲治の印象を形作っているのが、ナオミの「唄ごゑ」であることが分かるだろう。そしてこれまで経験したことのない、歌声と情景との融和した世界が、譲治にとって「縁」の薄かった「文学だとか芸術だとか云ふもの」に対する連想を呼び起こすのである。すなわち、歌うナオミの声が、歌ってこなかった譲治自身の「電気の技師」に至るまでの経験を相対化させるのだ。それは公教育を規範とした教育を施すことで上層階級を模範とした「立派な人」にナオミを仕立て、そのような存在と結びつこうとした譲治の発想を根底から覆してもおかしくないほどの経験ということができよう。もしかしたら、このような場面における二人の関係こそ、ナオミが最も望んでいたあり方だったのかも知れない。

しかし、以降で同じような状況が訪れることはほとんどなく、結果的にナオミは、譲治の知らないところで

「慶応学生」らと乱れた生活を送るようになる。次の鎌倉行きでそれが露呈するのであるが、ナオミの生活に疑念を抱いた譲治が待ち伏せする場面で、二度目のナオミの歌が引用される。

降りると忽ち、彼等の陽気な唄声が私の耳朶を打ちました。それもその筈、彼等は僅か五六歩に足らぬところを、合唱しながら拍子を取つて進んで行くのです。

Just before the battle, mother,

I am thinking most of you, ……

それはナオミが口癖にうたふ唄でした。（十五）

この場面で譲治が耳にするのは、ナオミの「ソプラノ」ではなく、男子学生たちの歌声が中心となった合唱である。しかも、この唄はナオミが「口癖にうたふ」ものであり、おそらく日常においてはナオミ一人の歌声で繰り返し聞いてきたはずなのだ。暗闇で待ち伏せする譲治は、普段耳にするナオミの唄とこのように男子学生に取り巻かれて歌っている唄とを対照的に捉えることになったはずである。男たちの声に混じり合ったナオミの歌声を物陰に潜んで聞くという身振りには、この場面での譲治の状況がそのまま暗示されているのだ。

この場面の直後、譲治はナオミの裏切りを知ることになる。そして、一旦はナオミを許すものの、二人の関係は完全にそれまでとは異質のものになり、譲治自身が「ナオミは私に取つて、最早や尊い宝でもなく、有難い偶像でもなくなつた代わり、一箇の娼婦となつた」と自覚するような関係にまで行きつき、「肉体の魅力、たゞそれだけに引き摺られ」（十八）るようになる。そして、繰り返されたナオミの裏切り行為を経て、譲治は彼女を追い出してしまう。

以上のように、ナオミの歌声は、譲治自身の認識を改めさせ、彼の知らなかったナオミ像を浮かび上がらせる場面に効果的に配置されているのである。ナオミの歌声が直接引用されているのはこの二箇所のみだが、他の数多い〈音楽〉に関する記述は、規範としての公教育のみの中で生きてきたエリートとしての譲治の存在を相対的に浮き彫りにする機能を果たしているのだ。このような〈音楽〉の機能を念頭に置いて、最後に次の箇所を見てみよう。

……それから一体、何分ぐらゐ立つたでせうか？　私がアトリエのソオフアに靠れて、彼女が二階から降りて来るのをぼんやり待つてゐた間、……それは五分とは立たない程の間だつたか、或は半時間、一時間ぐらゐもさうしてゐたのか？……私にはどうも此の間の「時の長さ」と云ふものがハツキリしません。私の胸にはたゞ今夜のナオミの姿が、或る美しい音楽を聴いた後のやうに、恍惚とした快感となつて尾を曳いてゐるだけでした。その音楽は非常に高い、非常に浄らかな、此の世の外の聖なる境から響いて来るやうなソプラノの唄です。もうさうなると情慾もなく恋愛もありません、……私の心に感じたものは、さう云ふものとは凡そ最も縁の遠い漂渺とした陶酔でした。

（二十五）

追い出されたはずのナオミが「荷物」を運びに「お伽噺の家」に戻ってきた場面、譲治は、二階にこもっているナオミを階下で待つとき、こうした「陶酔」感を得るのである。

ここまで繰り返し述べてきたように、譲治は敢えて背を向けるようにして〈音楽〉に対してきた。しかし、ここで譲治は、この日の「西洋の婦人」と見紛うほどに「理想的な美しさ」を備えたナオミから受けた印象を音楽に譬えて表現している。その「崇拝の的」としか言いようのない存在に打たれて、その「説き尽」くし難い印象を音楽に仮託して語っているのである。
この時、譲治は自らの内的な〈音楽〉を聴いたのであり、それはある文化的な規範を伴うものではなく、また、肉体を目的ともしない、ナオミとの新しい関係の出発点となったに違いない。それはまさに、ナオミを当初の印象——西洋人＝メリー・ピクフォードによく似た少女——としてではなく、西洋人そのものとして、譲治にとっての畏怖の対象たる崇高性を身にまとった女性として認識したところから始まろうとする、この日から再開される二人の関係性を象徴するものとなっているのだ。

以上見てきたように、「痴人の愛」は、「学校」という制度に保証された「趣味教育」を受けて社会的に成功した男が、その外側にいる女にそれを施すという出来事を通して、この時代の「教養」や「趣味」の持つ制度性と特権性を暴いた小説として読むことが可能であろう。そして、ナオミにとっての〈音楽〉がそうだったように、制度に囲み切れないままはみ出していった「趣味」や「教養」といったものが、この時代から始まる〈大衆〉消費文化の強力な下支えとなっていくのである。

**注**

（1）吉見俊哉『都市のドラマトゥルギー—東京・盛り場の社会史—』（弘文堂、一九八七・七）、また、吉見論を援用した小森陽一「都市の中の身体／身体の中の都市」（佐藤泰正編『文学における都市』笠間書院、一九八八・一）、平野芳信「『痴人の愛』論（二）—恋愛のシミュレーション」（『山梨英和短期大学紀要』第二三号、一九九三・一）など。
（2）小森陽一「谷崎『痴人の愛』記号論的読解」（『毎日新聞』一九八六・九・一三）。「痴人の愛」は譲治がナオミに知り合ってから「現在」に至るまでの「足かけ八年」間を記した手記であるが、最終二十八章の書き出しに「話はこれから三四年の後のこととなります。」とあるように、八年間のうちの後半の出来事はほとんど記されていない。

（3）週刊朝日編『続・値段の明治大正昭和風俗史』（朝日新聞社、一九八一・一〇）、森永卓郎監修『明治・大正・昭和・平成　物価の文化史事典』（展望社、二〇〇八・七）による。

（4）神奈川近代文学館所蔵の原稿によると、「痴人の愛」執筆時には「月給二百五十円」であった。この原稿の写真は『新潮日本文学アルバム・谷崎潤一郎』（新潮社、一九八五・一）などでも確認できる。

（5）安田孝「痴人の『愛』」（『谷崎潤一郎の小説』翰林書房、一九九四・一〇）は、「文化住宅」や「ダンスホール」の発生時期と照らし合わせても「出来事相互の時間的な先後関係にも無理はない」とし、さらに注記では、鎌倉の海岸でナオミが歌ったサンタルチアも当時の流行歌であったとしている。

（6）竹内洋『立志・苦学・出世―受験生の社会史』（講談社現代新書、一九九一・二）による。

（7）「最近受験界」が成功を収めたことは、この後、『中学世界』が年二回ほどの割合で同様の受験特集の増刊号を出していくことや、この特集号の形態を大正期以降の受験専門雑誌が踏襲していくことなどからも分かる。

（8）例えば、巻頭の安部磯雄「学生と受験」では、試験対策のみの、知識の詰め込みといった勉強の弊害について述べられ、そのような勉強を助長する受験制度が批判されている。また、当時の受験状況の解説記事「最近受験界の趨勢」では、高等学校や各種の専門学校の入学志願状況を踏まえながら、その中でも近年になって高等工業や高等商業の入学がとりわけ困難になって来たことが強調されている。「十数年前までは、専門学校へ入学するものも少数で、随つて入学も差したる困難もなかつた。（…）処が今日ではさうは行かぬ。中学の卒業生は、年々歳々増加して、何万といふ大数に上り、それが皆高等専門の学校に進まうといふものばかりだからたまらない。」こういった状況は、「高工受験術」や「高商入学試験合格実験談」といった記事にかなりのページが割かれていることからも窺える。

(9) 例えば、明治三〇年度と四〇年度のデータを比較すると、この十年間に入学者数がおよそ二・五倍になったにもかかわらず、入試倍率（入学志願者数）は三・二四倍（三三五人）から五・五九倍（一四八六人）に増加している。

(10) このような学校の序列化は、当時の受験生が『中学世界』に寄稿した「東京高工入学試験失敗記」（明治四〇・六）などにもみることができる。

(11) 唐木順三『現代史への試み』（新版、筑摩叢書、一九六三・一〇）

(12) 竹内洋、前掲（6）。この時代に至って、『学問のすゝめ』などで述べられていた抽象的な「勉強」「学問」といったものが、具体的な入学試験問題のためのものに移行したという。

(13) ピエール・ブルデュー『ディスタンクシオン〔社会的判断力批判〕』（1979 邦訳はⅠ・Ⅱ分冊、石井洋二郎訳、藤原書店、一九九〇・四）、引用は『ディスタンクシオンⅡ』所収「第7章　必要なものの選択――庶民階級」に拠る。

(14) 前掲（13）。

(15) 南博・社会心理研究所編『大正文化』（勁草書房、一九六五・八）による。

(16) 『趣味』（明治三九・六）

(17) 平野芳信は「『痴人の愛』小論―意匠としてのモダニズム―」（『解釈と鑑賞』一九九二・二）で、このような性質から立てられた譲治の職場での「君子」という評判を、「一種の蔑称」としている。

(18) 永栄啓伸は「痴人の愛―追憶の『お伽噺の家』―」（『谷崎潤一郎論―伏流する物語―』（双文社出版、一九九二・六）で、譲治の目指すナオミ像を「近代化の波に含まれる実体なき高揚のイメージ」として捉え、「錯覚」しながらそれを「鵜呑み」にしたのは「当時譲治だけではなかった」と指摘し、ナオミにとっては「所詮〈遊び〉でしかなかった」英語教育に「〈知〉に支えられる教養」の具体的な投影を読み取っている。

(19) この場面で譲治は、「遊び」と「勉強」の区別がつかないナオミの態度に憤りを感じるが、教師を気どる譲治の態度は、譲治が馬になったり、パパさん／ベビーさんと呼び合ったりするような、二人の日常的な「遊び」の延長としての擬態とナオミに映ったとしても無理はない。

(20) 星野すみれ『現代女学生宝鑑』（益世堂書店、明治三九・七）

(21) 桑木厳翼「学問は無用の用」（『女学世界』大正四・一〇）。『女学世界』では、高等女学校の教育が実用向きでないことがしばしば話題にされている。

(22) 明治三二年二月、「高等女学校令」が公布され、高等女学校は、法令上男子の中学校と同じ「高等普通教育」機関として位置づけられたが、小山静子は『良妻賢母という規範』（勁草書房、一九九一・一〇）で、「両者はその内実において大差があった」ことを指摘している。しかし、『女学世界』の記事や譲治の言説からすると、両者の一般的なイメージや社会資本としての価値は、ほぼ同列に置いて差し支えないと思われる。

(23) 前掲(17)平野論では、「良家の令嬢としての女学生ルックを身にまといたかった」に過ぎないナオミは、その「空しい虚偽の生活」の果てで、結局「彼女本来の姿に戻るしかなかった」と述べられている。ナオミが階級的ハビトゥスを保持し続けたことは確かであるが、慶応学生や西洋人、そして譲治との関係を考えるとき、譲治の〈教育〉を経ることで獲得したものも見過ごすことはできない。

(24) ナオミが譲治の期待通りになっていないことが、鎌倉行きの列車で乗り合わせた良家の夫人や令嬢、女優春野綺羅子、西洋人シュレムスカヤらとの比較の中で描かれていることも、模倣者／偽物としてのナオミを示している。

(25) 前掲(5)安田論のほか、同(18)永栄論など。

(26) 前掲(2)。

(27) 前掲(22)小山静子『良妻賢母という規範』。

(28) 文部省編『歴代文部大臣式辞集』（文部省大臣官房総務課、一九六九・三）

(29) 例えば山田源一郎「家庭における音楽」（明治三九・一二）、江木冷灰「女子と音楽」（明治四〇・三）など。

（30）例えば下田歌子「婦人と遊芸」（明治四二・一）では、「音楽歌舞」を「品性の高い優美な者」とした上で、「西洋でも立派な音楽を持っている国程、其国は文明の度が進んで居ると云はれて居る位」であるとしている。
（31）例えば秋雨女「令嬢の寮舎生活」（明治四一・五）、神谷磯子「居留外国人の生活状態」（明治四三・一）など。
（32）本田和子『女学生の系譜―彩色される明治』（青土社、一九九〇・七）
（33）竹林滋『英語音声学』（研究社、一九九六・九）によると、これらの語の発音は一般米語（General American）における／t／の「たたき音化」によって日本語のラ行音に近い音声になるとされている。
（34）物語の末尾あたりでナオミが西洋人と話している場面があるが、そこでも讓治はナオミの英語を「彼女がぺら〳〵まくし立てるのを聞いてゐると、何しろ発音は昔から巧かつたのですから、変に西洋人臭くつて、私には聞きとれないことがよくあります」（二十八）と語っている。
（35）西原稔『ピアノの誕生』（講談社選書メチエ、一九九五・七）
（36）前掲（35）。

# 第Ⅲ部

## 歴史へのパースペクティブ

# 第6章　大衆としての読者――「乱菊物語」の方法

「乱菊物語」（『東京朝日新聞』『大阪朝日新聞』昭和五・三・一八〜九・六夕刊）の発表に先立って『東京朝日新聞』に掲載された連載予告（昭和五・三・一四夕刊）には、「大衆小説」という角書きが付されている。それが谷崎の直接的な指示によるものかどうか定かではないが[1]、この連載予告が、「乱菊物語」の読者に対し、いわゆる「大衆文芸」に通底するような冒険活劇への期待を抱かせるものとなったことは想像に難くない。

もともと通俗的な読み物として享受されてきた小説群は、明治期の「書き講談」と呼ばれた講談筆記ものから、新講談、読み物文芸などと展開したが、大正後半期にかけての資本主義の成熟に伴ったジャーナリズムの商業主義化によって〈大衆〉と名指される新たな読者層を得たことで、「大衆小説」「大衆文芸」と呼ばれるようになっていた[2]。

「大衆小説」は、都市を中心とした小説購買層の裾野の広がりを象徴する現象であり、既成文壇にとって無視できない存在となった。作家たちは「文壇小説」「高級物」と対置しつつ大正末期から盛んに議論の対象としたが、「大衆小説」を通して理想的な文学のあり方を探究する際、自分たちと異なる階級を無視するわけにはいかなくなった。これは単に当時の社会主義思想の流行だけによっているのではない。教育の普及は、全体としては読書

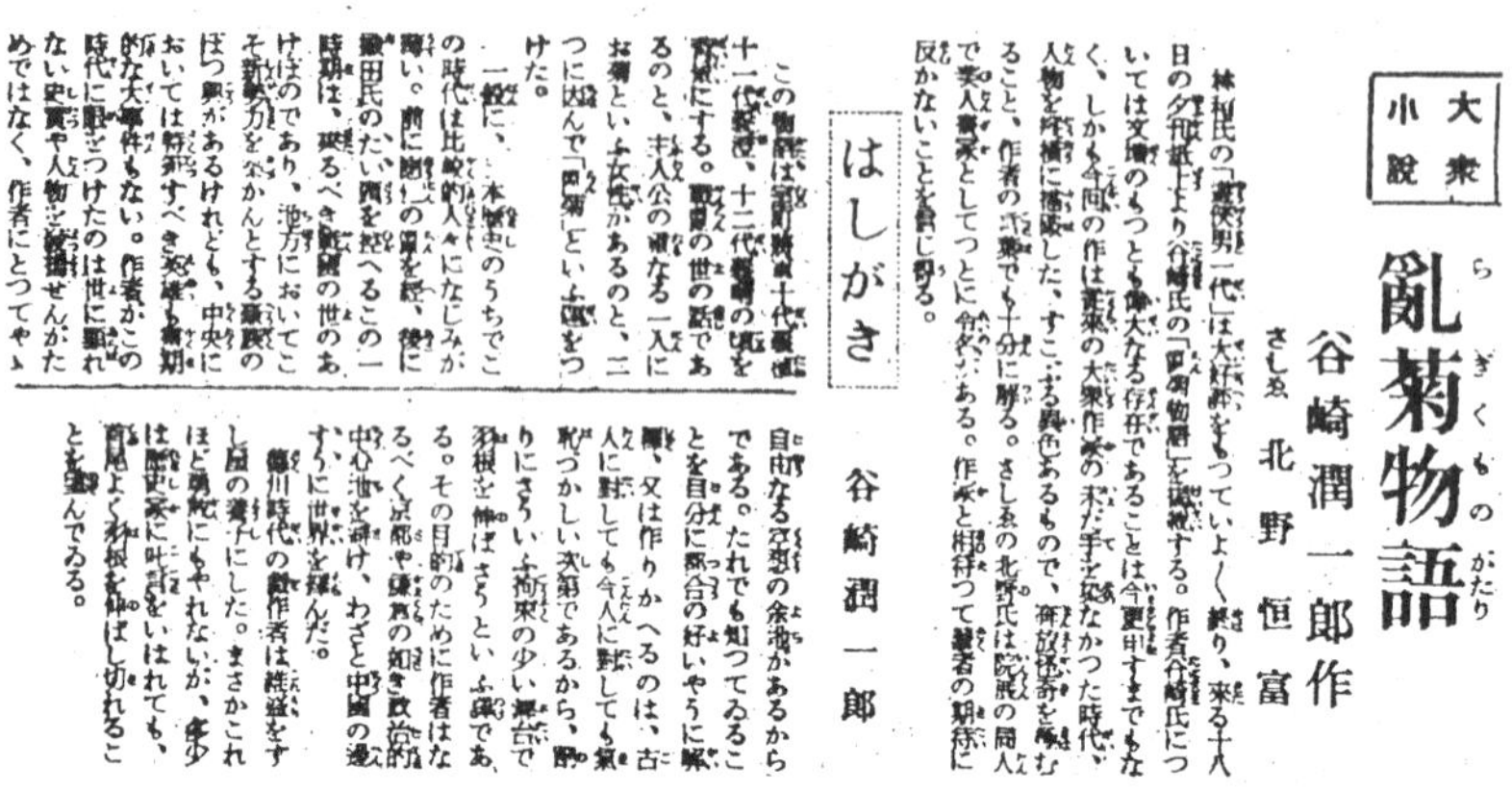

大衆小説

# 亂《ら》菊《ぎく》物《もの》語《がたり》

谷崎潤一郎作
さしゑ 北野恒富

林和氏の「[illegible]男一代」は大好評をもつていよく終り、来る十八日の夕刊紙上より谷崎氏の「亂菊物語」を連載する。作者谷崎氏については文壇のもつとも偉大なる存在であることは今更申すまでもなく、しかも今回の作は[illegible]の大衆作家の未だ手を染めなかつた時代、人物を縦横に描破した、すこぶる異色あるもので、さしゑの北野氏は院展の同人で美人畫家としてつとに令名がある。作家と相待つて讀者の期待に反かないことを信じ得る。

はしがき

谷崎潤一郎

この物語は室町幕府十代將軍[illegible]、十二代將軍の頃を背景にする。戰國の世の話であるのと、主人公の[illegible]なる一人にお姫といふ女性があるのと、二つに因んで「亂菊」といふ題をつけた。

一般に、日本歴史のうちでこの時代は比較的人々になじみが薄い。前に應仁の亂を經、後に織田氏のたい頭を控へるこの一時期は、來るべき戰國の世のあけぼのであり、地方においてこそ新勢力を築かんとする豪族のぼつ興があるけれども、中央においては特筆すべき[illegible]的な大事件もない。作者がこの時代に眼をつけたのは世に顯れない史實や人物を穿鑿せんがためではなく、作者にとつてやゝ自由なる空想の余地があるからである。たれでも知つてゐることを自分に都合の好いやうに曲解、又は作りかへるのは、古人に對しても今人に對しても氣恥づかしい次第であるから、[illegible]りにさういふ拘束の少い舞台で羽根を伸ばさうといふ譯である。その目的のために作者はなるべく京都や鎌倉の如き政治的中心地を避け、わざと中國の邊すうに世界を採んだ。

徳川時代の戲作者は[illegible]をすし[illegible]の事にした。まさかこれほど無難にもやれないが、多少は歴史家に叱言をいはれても、なるべく羽根を伸ばし切れることを望んでゐる。

『東京朝日新聞』昭和5.3.14夕刊

能力の向上をもたらしたが、そこで与えられた教養は、制度的で一般的なものでしかなかった。また、大正期は労働者が都市に本格的に流入した時期でもある。いわゆる「大衆物」を意識し始めた作家たちは、このような読者全体を対象とした創作をする必要に迫られていたのだ。つまり彼らがまず直面した問題は、〈大衆〉という新たな市場を目の前にしながら、そこで何を売り物とすべきかということだったのである。

このような状況の中、谷崎もまた、昭和初年代に「大衆」および「大衆文芸」に関する発言を頻繁に行うようになる。[3]「乱菊物語」連載中の昭和五（一九三〇）年七月、『文藝春秋』は「オール読物号」と題した臨時増刊号を刊行するが、[4]この大衆小説特集号の巻頭には谷崎による「大衆文学の流行について」と題したエッセイが掲載されている。

もし告白小説や心境小説を以て高級と云ふならば、（此れも「饒舌録」中に言及したことだが、）さう云ふものは決して小説の本流ではないと私は考へる。小説と云ふものは、矢張り徳川時代のやうに大衆を相手にし、結構あり、布局ある物語であるべきが本来だと思ふ。さうして実はその方が、多くの場合、所謂高級物よりも技巧の鍛錬を要し、何等の用意も経験もない者がオイソレと書くことは出来ないのである。

私は、過去何年間かの自然主義時代、心境小説時代と云ふものを文学史的に見て、結局それは今日の大衆文学時代を生み出す準備期であつたと解釈する。さうして今や徳川時代に劣らざる真の軟文学旺盛時代が再現されんとしつつあるのだと考へる。

（『文藝春秋』臨時増刊「オール読物号」昭和五・七）

谷崎は、必ずしも〈大衆〉をめぐる現象をその同時代的特質あるいは「流行」において捉えようとしたのではない。むしろ、敢えてそれを小説の「本流」と述べているように、自らの小説の創作方法を検証し大きく転回させていくための参照項として位置づけていたのである。そしてここでも明記されているが、こうした発想は、昭和初年に発表した「饒舌録」（『改造』昭和二・二〜一二）での言及に基づいているのだ。

そこで本章では、谷崎が最初に「大衆文芸」あるいは「大衆小説」といった言葉を積極的に用いた「饒舌録」を取り上げて谷崎の〈大衆〉への意識を捉えたい。「乱菊物語」に至る過程をふまえながら作品言説を検討することで、自らの創作のターゲットを〈大衆〉として見据えた谷崎が、この時期の読者とどのような有機的なつながりを持とうとしたか明らかにしてみたい。

## 1　大衆読者の発見

「饒舌録」は、当初、文芸時評として企画され、そのような誌上予告までなされていたが、連載開始にあたって谷崎自身がそれを否定し、「何かしら文学芸術に関することを」「想ひ出すまゝを独り言のやうにしやべる」と宣言して始められたエッセイである。芥川龍之介との間で交わされたいわゆる「小説の〈筋〉論争」の舞台となった著作として谷崎の随筆中でもっとに名高いものであり、ここで表された「独り言」には、小説創作をめぐる方法論的な意識が反映されている。谷崎が自らの主張を述べる際の梃子にしたのが「大衆文芸」なのである。まず、この「饒舌録」に込められた問題意識を取り出してみよう。

「饒舌録」連載第一回で谷崎は、小説は「うそのことでないと面白くない」とし、「身辺雑事や作家の経験をもとにしたもの」は、ごく少数の例を除いて「書く気にもならないし読む気にもならない」と述べる。この発言は、既成文学／文壇の中心的位置を占め続けていた私小説や心境小説などに対する異議申し立ての表明と考えられなくもないが、それだけではない。

> かう云ふと何か、小説はうその話に限る、無いことを有るやうにでつち上げたものでなければならぬ、と、そんな主義でも抱いてゐるやうに取られさうだが、決してさう云ふ次第ではない。事実小説でもいゝものはいゝに違ひないが、たゞ近年の私の趣味が、素直なものよりもヒネクレたもの、無邪気なものよりも有邪気なもの、出来るだけ細工のかゝつた入り組んだものを好くやうになつた。此れは或は良くない趣味だと思ふけれども、さうなつて来た以上仕方がないから、まあ当分は此の傾向で進んで行かう。(『改造』昭和二・二)

すなわち、谷崎が支持する「うその話」とは、たとえば作者の実生活をモデルにしたかどうかといったことではなく、小説を創作する際の方法の問題として述べられている。その意識が「細工のかゝつた入り組んだもの」という表現に反映されているのだ。谷崎はこのような小説こそが「空想の世界として見る気になれる」ものだとし、この立場から中里介山「大菩薩峠」を高く評価していくのである。

此の頃はまた大衆文芸と云ふやうな物が流行り出したが、此れだけの気品のある文章はその後一つとして見当らない。思ふに「大菩薩峠」がたゞの通俗小説ではない所以は、実に此の気品にあるのである。筋がどうの、性格がどうのと云ふことは、寧ろ第二の問題である。（同）

「大菩薩峠」に対する「たゞの通俗小説ではない」という評価は、谷崎にこの作品を薦めたという泉鏡花の言にもとづいたものだが、この評価の基底に置かれた「文章の気品」は、「おつとりとした優しみ」のある文体として書かれてはいない。しかし、「筋」や「性格」といった物語の内容を支えるものよりも上位に置かれたこの「気品」こそが、「大菩薩峠」を「たゞの通俗小説」、つまり「流行」りの「大衆文芸」と一線を画させるのである。

ここで評価の基軸に置かれている「気品」とは、谷崎が文学を評価する際にしばしば用いる常套句の一つである。その用いられ方は文脈によって様々であり単純に意味づけることは難しい。この箇所でも「大菩薩峠」にそれがみられるというのだが、直接的にどのような要素を指しているのか判然としないものである。「饒舌録」においては、この要素を以て「大菩薩峠」を「真の大衆文芸」と呼んで評価するのである。したがって、「たゞの通俗小説」と「真の大衆文芸」を分かつものを考えることこそ、この時期の谷崎が目指したある理想型を明らかにすることに繋がるであろう。

連載冒頭では「想ひ出すまゝを独り言のやうにしやべる」とし、議論は「一切黙殺する」と述べていたにもかかわらず、連載第二回で、「新潮合評会・第四十三回（一月の創作評）」（『新潮』昭和二・二）における芥川の「筋の面白さに芸術的価値はない」、それに谷崎は惑わされている、とした批判に対する反論を述べていく。ここから「小説の〈筋〉論争」が開始されるのである。

よく知られているようにこの論争は、芥川が「筋の面白さ」を否定し「詩に近い小説」あるいは「小説の純粋性」に価値を見出そうとしたの対し、谷崎は「構造的美観」という概念を提出しながら「筋の面白さ」を無視すべきではないと論じるなど、互いの小説の価値をめぐって議論したものである。谷崎が自らの主張を展開していく上で賞揚しつつ提示したのが、「真の大衆文芸」であるところの「大菩薩峠」だったのだ。

両者の主張は最初からかみ合わないものであったが、とくに、論争の出発点から谷崎が価値の中心に置いた「構造的美観」は次のように示されていた。

筋の面白さは、云ひ換へれば物の組み立て方、構造の面白さ、建築的の美しさである。此れに芸術的価値がないとは云へない。(材料と組み立てとはまた自ら別問題だが、)勿論此ればかりが唯一の価値ではないけれども、凡そ文学に於いて構造的美観を最も多量に持ち得るものは小説であると私は信じる。

(…)

芥川君の「筋の面白さ」を攻撃する中には、組み立ての方面よりも或は寧ろ材料にあるのかも知れない。

(『改造』昭和二・二)

谷崎は、芥川の主張とのずれを、「組み立て」と「材料」のいずれに注目しているか、という点に見ながら、一方で、芥川が問題にしていない「組み立て」を「構造的美観」と呼び、小説ジャンルの中心的な価値であるとするのである。谷崎がこれほどまでに固執する小説の「組み立て」とは何を意味しているのだろうか。「饒舌録」における谷崎の主張の根幹を捉えるために、一旦、論争の文脈から離れ、「饒舌録」に先だって書かれた「芸術一家言」(『改造』大正九・四〜一〇)を見てみたい。

ほとんど夏目漱石「明暗」を批判するために書かれたこのエッセイにおいて、谷崎は、「明暗」を論じるための引き合いとして里見弴「恐ろしき結婚」を取り上げている。谷崎はまずこの作を「此れは拵へ物だ」と感じた、と述べる。

私が「恐ろしき結婚」を不出来だと云ふ主な理由は、あれを読んだあとで「此れは拵へ物だ」と感じたことである。勿論拵へ物だから必ず悪いと云ふのではない。中には拵へ物でなければならない小説もあらう、が、要するにあの物語の世界には芸術的必然性が乏しいと云ふのである。思ふに作者はあの物語を書くに方つて、最初に或る概念を作り、一つの目標を立て、さうしてその概念なり目標なりに充て嵌めたものを写実的に書かうとしたに拘らず、書いて居るうちに作者の昂奮が次第に作者を駆り立てゝ、性急に目標へ届かせようとした為めに、知らず識らず写実から空想の世界へ突入してしまつたのではないだらうか？　私は敢て空想と云ふので虚構とは云はない。なぜなら、その空想は作者の心持の内では実感があるやうに思へるから。たゞ其の現はされ方が焦燥に過ぎて上すべりがして居るのである。さうして、此の空想と写実の世界の継ぎ目の処に、見逃し難い空隙があるやうに思ふ。作者はその空隙を一と跳びに跳び越えて、いち早く結論に到達してしまつて居る。

（『改造』大正九・四）

この前提に従いながら、引用部に続けて「恐ろしき結婚」の具体的な内容を取り上げて、その内容についての批判に頁が費やされる。その上で、空想と写実が「渾然と」しないため、「心理的不自然」さが際立ち「恐ろしかるべき物語でありながら、ちつとも恐ろしくない」とその失望感がまとめられる。

ところが谷崎は、こうした批判の後で、「拵へ物だと思つたのは読んだ後のことで、読みつゝある際は其れを考へる暇もなく終りまで引張つて行かれた」とも述べるのである。つまり、「恐ろしき結婚」を「拵へ物」だとみる読後の違和感や不自然さの印象は、読書経験のただ中においては感じられることはなく、そこに写実と空想の間の「見逃し難い空隙」は意識されなかったというのだ。

谷崎のこうした主張は、読者と関わる構成上の問題を言っている。すなわち、「恐ろしき結婚」は、読後の反省意識からすれば失敗作でありながら、読書行為の過程である部分を積み重ねていく「組み立て」においては成功しているという、特殊な小説ということになる。だからこそ、読者に対する小説構成の方法を述べるにあたって、この作品は取り上げられたのであろう。

こうした一方で、「明暗」に対しては、「作者の理智」によって作られた「うその組み立て」をもった作品であるといった決定的な批判が下される。ここでの批判は、「恐ろしき結婚」にみられたような作者の「芸術的感激」がないことをその理由として述べながら、やはり小説の「組み立て」の問題からなされているのである。谷崎は芸術を、「部分は全体を含み全体は部分を含まねばならない」「一箇の有機体」であるとし、「明暗」が「整然として居るやうに」見えながら、論理的に過ぎているために作者の「感ずる力と生み出す力」がともに現れていないと断じているのだ。

凡そ完全なる組み立てと云へば、一部分の糸を引けばそれが全体へさし響くやうな、脈絡あり照応あるものでなければならない。一局部を壊せば全体が壊れてしまふほど密接な関係で、部分々々がシツカリと抱き合つて居なければならない。組み立てと云ふと、或る静的状態——或る形を想像するが、形よりは寧ろ力である、緊張し切つた力の持ち合ひである。

（『改造』大正九・七）

ここに示されている部分と全体の相互関係を認識できるのは、先にも述べたような読書過程においてより他にない。したがって、谷崎の言う「組み立て」とは読書行為を牽引する「力」のことであり、読書行為を通して認識する部分と部分が結びつくその運動の中に小説の全体像は喚起されなくてはならないというのだ。谷崎が小説創作における読者の存在とその読書行為の現場性を強く意識していたことは、このエッセイの末尾近くにおかれた、「明暗」に対する辛辣な評価にも認められる。

私をして忌憚なく云はせれば、あれは普通の通俗小説と何の択ぶ所もない、一種の惰力を以てズルズルベッタリに書き流された極めてダラシのない低級な作品である。多くの通俗小説の作家が、女子供の興味を目安にして書いてゐるやうに「明暗」の作家は、二十から三十前後の学生や、官吏や、会社員あたりを目安にして、その興味に投ずるやうに書いたに過ぎないのである。女子供はセンチメンタルな甘い筋を好むが、学生や官吏は薄ツぺらな屁理屈を好む。「明暗」に屁理屈が多いのはまことに偶然でないと云へる。

(『改造』大正九・一〇)

すなわち谷崎は、あらかじめ固定的な読者を念頭に置いてそうした読者に迎合する小説は価値を持たないと考えているのである。そのような創作は、谷崎が「組み立て」と呼んだ、芸術の中心的価値となるべき「力」を持たないというのだ。ここで注目すべき点は、「明暗」を批判する言説のなかで、それを「普通の通俗小説」と同列に置いていることである。これは、「饒舌録」で「大菩薩峠」を賞揚する時に述べた「たゞの通俗小説ではない」という表現にも通底する。

このようにみると、谷崎が「構成力」と呼ぶ小説の「組み立て」と、「大菩薩峠」で見出した文章の「気品」とは、ほぼ同一の地平で捉えることができるだろう。「真の大衆文芸」、すなわち「気品」を持った「大衆文芸」とは、読者それぞれに、読書経験のただ中における物語の構成を促すような文体を持った小説を指していると考えられるのだ。

このように、昭和初年の谷崎にとって大衆文芸は、読者に対する言説のあり方を価値付ける指標として用いられている。(5) したがって「饒舌録」から三年後に書かれた「乱菊物語」が「大衆物」として強く意識された作品であるとすれば、ここまで述べたような意味での「組み立て」の実践をそこに見出せるはずである。

「乱菊物語」の出発点における谷崎の創作意識をみるために、まずは、新聞連載開始に先立って掲載された「はしがき」(6)の言説を確認しておきたい。

> 一般に、日本歴史のうちでこの時代は比較的人々に馴染が薄い。前に応仁の乱を経、後に織田氏の擡頭を控へるこの一時期は、来るべき戦国の世の曙であり、地方においてこそ新勢力を築かんとする豪族の勃興があるけれども、中央においては特筆すべき英雄も画期的な大事件もない。作者がこの時代に眼をつけたのは、世に顕はれない史実や人物を発揚せんがためではなく、作者にとつてや、自由なる空想の余地があるからである。誰でも知つてゐることを自分に都合のいゝやうに解釈し、また作り替へるのは、古人に対しても今人に対しても気恥かしい次第であるから、割にさういふ拘束の少い舞台で羽根を伸ばさうといふ訳である。その目的のために作者は成るべく京都や鎌倉の如き政治的中心地を避け、わざと中国の辺陬に世界を選んだ。
>
> （『大阪朝日新聞』昭和五・三・一三、『東京朝日新聞』昭和五・三・一四）

谷崎は「乱菊物語」で、表面的には歴史小説という大衆文芸の典型的なスタイルを打ち出しながら、当時の歴史小説ではほとんど題材にされなかった時代を選んでいる。その理由は、作者の「自由なる空想」を発揮するためと述べられている。この「空想」の力が、作者の「構成力」すなわち「組み立て」につながるものであるとすれば、ここで発揮される「空想」は、作者のみの問題ではなく、読者にも関わる問題だったはずだ。そして、この「空想」による読者個々の読書体験としての歴史へのアプローチは、たとえば教育制度にもとづくような画一的な歴史認識からずらされていると考えることができるだろう。

このような方法によって物語を創作するためには、読者が物語の言説を自らの言説として主体的に構成することのできる場が必要なはずである。見てきたように、谷崎は読書行為のただ中での「経験」を重視すべきであると考えていた。そしてそこにこそ、「写実」と「空想」の間の「空隙」を感じさせない「実感」を見出していたのである。

したがって、谷崎にとって、「大衆小説」は、大衆としての自らの位置を読者それぞれが物語の中で確認し得るようなテクストでなくてはならなかったはずである。とすれば、たとえば本章冒頭で示した「大衆小説」という連載予告の角書きには、「大衆のための〈大衆に読ませる〉小説」と、「大衆を描いた小説」という二つの意味を認めるべきであろう。この前提において、「乱菊物語」における〈大衆〉の位置を次節から検討してみたい。

## 2　伝説を語る者たち

「乱菊物語」は、室町幕府末期の播州室津を舞台に、室の遊女かげろふをめぐって播磨の若き領主赤松上総介と代官浦上掃部助が争う前半部と、赤松家・浦上家それぞれが求めた都の上臈の「見せ競べ」に敗れた掃部助が赤松家の連れてきた美女を奪う顛末が描かれた後半部で構成されている。女を奪還すべく掃部助を討つための兵を上総介が挙げたところで物語は中断、そのまま未完となった作品である。

　ここではとくに物語前半部に注目したいのだが、物語の中盤にあたる「小五月」の章までのところは、かげろふが「二寸二分四方の函の中へ収まる十六畳吊りの蚊帳」という宝を手に入れるまでの顚末と、先を争ってかげろふを側室に迎えようとする上総介と掃部助が、その一方で貴族の上臈を求めるためにそれぞれ都に家来を遣わし美女捜しをする挿話の、二つのストーリーが交差している。

「室の長者」として遊女の頂点に立つかげろふは、明の豪商からの求婚に対して、自らを御簾の陰に隠すことでその階級的な価値を高められるだけ高め、その挙げ句に遊女の起源「花漆」の伝説になぞらえた宝を婚礼の条件として示すのである。蚊帳は、かげろふ自身の価値を「花漆」と同格かそれ以上の存在とするためのものなのだ。すなわち、この宝をめぐる物語には、「名もない」商人でしかない男が、富を背景に階級差を超えて「室の長者」と契りを結ぼうとすること、そしてまた、かげろふが特別な宝を手に入れて伝説の遊女になろうとすること、といった階級をめぐる二重の闘争が描かれていると考えられるのである。

　こうした室津を舞台にした物語の一方で、かげろふに求婚する二人の田舎大名は、貴族生活の模倣をするために「風流学」を学ぼうとして、都の上臈を側室に迎えようとしている(7)。しかし、これは上臈の側から言えば、零落した自分の身を大名に売って再び栄華の中に身を置くことを意味するであろう。したがってここにも、一方では武士から貴族へ、もう一方では政治的な敗残者から権力者へという、それぞれの階級意識とその闘争が認められるのである。「乱菊物語」の前半部には、男と女の買う／買われるという関係の上に、それぞれレベルの異なった階級闘争が錯綜した形で積み重ねられているのだ。

　ここから読書行為の過程における「組み立て」を問題にした谷崎の意図を捉えるためには、これらの闘争がどのような方法によって物語化されているか、考えなくてはならない。まずは、物語の冒頭あたりに置かれ、室の遊女の価値を支えている「花漆」という存在がどのように描き出されているか、次で確認しておこう。

そも〳〵室といふ所は、ずつと昔、遠くは神武天皇の東征、神功皇后の三韓征伐の時代から内海における良港の一つに数へられてゐたから、上り下りの船の人々の相手となつて旅情を慰める女、――「室の遊女」といふものも久しい以前からあつたに違ひない。伝説によると、延喜の御代にいづこともなく天女のやうな一人の美女が流れて来て、名を「花漆」と呼んで、この津に住んでゐた。それが初代の室君であつて、本邦における遊女の濫觴をなしたといはれる。さうしてこの物語のころには、世は応仁文明の戦乱の余波を揚げて、近畿は素より、中国、四国、九州の国々までも大小名の間に権力の争奪が絶える折なく、日本国中一箇所として静謐な土地はなかつたにも拘らず、室の泊りは古へから加茂神社の社領として代々の太守から特別の保護を受けてをり、免税地となつてゐた上に、世間が物騒になればなるほど、兵士や物資の運搬のために港は一層賑はつたから、この津ばかりはいつの時代にも繁盛をつゞけて、遊君の館も花漆の昔に変らぬ栄華を誇つてゐたのである。

（「発端」）

これは新聞連載第二回の前半部分にあたる箇所だが、ここではまず、「室」という土地と遊女との関わりが語られている。語り手は、「ずつと昔」から変わらない、室の地勢や港としての特質から、「室の遊女」が「久しい以前からあつたに違ひない」という推測を下し、それを「花漆」をめぐる「伝説」の存在によって裏づけようとしているのである。しかし、ここでは、「遊女の濫觴」である「初代の室君」たる「花漆」は、出自の曖昧な一人の美女であると述べられているに過ぎない。つまり、「そも〳〵」と、物語の背景としての起源を述べようとすることが示されていながら、それ自体に関わる内容は何も語られてはいないのだ。

この「室の遊女」をめぐる空白の起源としての「花漆」の栄華は、「遊君の館も花漆の昔に変らぬ栄華を誇つてゐた」と語られているように、「この物語のころ」の状況から逆に類推して捉えることで埋められている。すなわち、物語の起源である「花漆」は、実体的に捉えられる存在ではなく、「伝説」という、複製された言説の反復によって支えられるものなのだ。しかもそれは、起源を志向しながら常に語られる現在時の状況を反映しながら断続的に意味づけられるという性格を持つ。したがって、この時、コンテクストを与えられていない読者は、遡行できない起源と、起源の曖昧な現在時との間に放り出されることになるであろう。

そこで読者が、遊女「花漆」をめぐる解釈の総体を「伝説」としてとりあえず括り、この物語の時代における遊女のイメージを想定しようとするなら、物語を読む現在時における「遊女」、すなわち近世以来の遊郭のイメージからの類推から捉えるしかない。

しかし読者は、中古の遊女と近世のそれとを同一に考へてはならない。最初の室君花漆は「室君」といふ敬称が示す通り、ほんたうに室の「君」であり、土地の「長者の娘」であつて、その家に客となることが出来る者は、公卿とか武将とかいつた類の、上流の貴人に限られてゐた。たとへば最初の室君によつて建立された五箇の精舎の跡といふのが今でも残つてゐることを思へば、それだけの富と力を備へてゐた花漆は、名実共にあの美しい海港の女主人公であつたであらう。それればかりでなく、西行法師の撰集抄や土地に伝はつてゐる口碑によれば、彼女は実に普賢菩薩の化身であると信じられてゐた。（「発端」）

先の引用部に続くこの部分で、読者の意識は、近世の「遊女」の意味から再び「延喜の御代」という「中古」の一時期と、そのコンテクストに連なるとされている物語の時代の、不特定な「遊女」の意味に揺り戻されることになる。そして、先に「いづくともなく」「流れて来た」「花漆」が「初代の室君」あるいは「遊女の濫觴」と位置づけられていたのに対し、ここでは、「最初の室君花漆」と捉え直され、さらに、「土地の「長者の娘」」として「上流の貴人」のみを客として扱っていたといった「筋目」の正しさが強調される。

その「室の長者」としての「富と力」を裏づけるのが、「今でも残つてゐる」という「五箇の精舎の跡」[8]なのである。また、「最初の室君花漆」の個別性は、彼女が「普賢菩薩の化身」であったという伝説に拠っている。そしてこの伝説は、『撰集抄』という古典の記述と「土地に伝はつている口碑」という、「五箇の精舎の跡」と同様に読む現在時においても参照可能であると思われるようなプレテクストの組み合わせに支えられているのである。

しかし、伝説の起源を裏づけるかのような材料がいくつか示されているものの、仮にこの全てを参照したとしても、起源としての「花漆」を特定することにはならない。むしろこうした材料は、伝説の起源そのものではなく、想像力による起源への志向を促すものに他ならない。したがって、コンテクストを持たない読者がこれらに目を向けようとするとき、物語の現在時と読む現在時それぞれの経験は、起源への距離感において等質となるのである。

このように考えれば、遊女の起源としての「花漆」の実体にはほとんど意味がなくなり、むしろ、その解釈の複数性にこそ注目すべきであろう。そして、「花漆」という呼称そのものもまた、それぞれ異なった時代における「室」で最も権威ある遊女「室君」に与えられた称号として捉えるほうが自然であると思われるのだ。[9]

そのことは、続く部分に「花漆」伝説を受けて幾人かの遊女の名が列挙されることにも表されている。遊女たちはそれぞれに物語を持ち、様々な文脈の中で語られてきたはずであるが、「友君」以外の遊女は「それらの事蹟を委しく述べるまでも」ないとされている。こうした評価は、遊女たちを「遊女の濫觴」たる「花漆」の類型として一括りにする。すなわち、ここで「それらの事蹟」を述べないことが、かえって彼女たちを「花漆」の伝説に連なる女として認識させることになるのだ。そして、中古の昔から時代が下って「この話の始まるころ」になっても、遊女「花漆」は依然として遊女の原型として様々な場所で生き続け、室においても「尾野町の館」でそれが受け継がれていることが了解されるのである。

つまり、遊女「花漆」をめぐる認識は、主体の不明確な複数の声に支えられた言説の反復によって起源が曖昧にされ、そこから生じる多義性のうちにある。この解釈の反復をここでは「伝説」と呼んでいるのだ。したがって、花漆をめぐる言説を自ら解釈しようという意志を持つ者なら誰であろうと、伝説の担い手になれる可能性が開かれていると考えられるのである。

## 3　群集としての大衆

ここまで述べたような伝説を支える複数の言説の主体は、どのような存在として物語に位置づけられているのだろうか。「花漆」の末裔として物語に表されているかげろふをめぐる言説に注目してみよう。

此の祭礼にこんなにも前景気が沸き立つのは、当社加茂別雷神の御威徳もさることながら、一つには音に聞えたかげろふ御前の艶姿が人気を呼ぶのであることは云ふ迄もない。平素は室の長者として、それこそ神殿の御神体のやうに御簾の奥深く垂れこめてゐる女、その分際でない者には黄金の山を積んでさへも容易に顔を見せない女、さうして而も、はる〴〵と大明国から貢の船が慕つて来る程にも、美貌の噂の隠れない女、——その人が古への花漆の姿を現じて、七年に一度の祭の行列の中心になる。性空上人ではないが、誰でも生身の普賢菩薩を拝みたいと願ふ者は、此の機会を逸したら更に七年の月日を待たなければならない。だから一遍も拝んだことのない者は勿論、此の前の時に一度見た者でも、花ならば今が盛りの絶頂にあるその歳頃に期待をかけて、再び感激を新たにすべくひしめき合つて集まるのである。

（「小五月」）

「平素」は室の長者として御廉の奥深くに住み、「その分際でないものには黄金の山を積んでさへも容易に顔を見せない」かげろふだが、七年に一度の小五月祭で、階級差を超えて「名もない者たち」の眼前に「古への花漆の姿を現じ」たその身をさらすことになる。小五月の祭礼に集まった群集の眼差しは、「生身の普賢菩薩」という言葉に示されているように、かげろふその人ではなく、「古への花漆の姿を現じて」練り歩く「いま花漆」とでもいうべき伝説の女を具現した姿に向かっている。つまり、この七年に一度の祝祭による日常の秩序からの解放は、同時にまた、彼らに日常の秩序を再認識させる儀礼ともなっているのである。[10]

このような群集の期待を集めた「白衣の女菩薩の一隊」の行列でかげろふを取り巻くのは、「めい〳〵の個性的な「美」が眼立たぬ代りに、そこに一種の、重ね写真に似た典型的な美女の」「ある理想的な端麗な容貌が、面を被つたやうに各々の顔に刻まれてゐる」十二人の傾城である。

かげろふ御前は、恰もこれらの十二人の神々の首座に君臨する女神であつた。彼女の顔にも特に此れといふ個性の輝きは認められない。たゞ十二人の代表する理想的な美が彼女の一身に具現して、一段と高められ、引き締められ、純潔にされ、典型的なものゝ、粋が凝つてゐると云ふべきであらう。

（「小五月」）

行列の中のかげろふは、腰元たちの美を純化したものとして表象されている。つまり、十二人の傾城の集団によって表される「美」があるからこそ、それを見る者たちは、かげろふを「美」の「典型的なものゝ粋が凝」つた存在として認識できるのである。先にも述べたように、かげろふはその身を「花漆」に重ね合わせている。とすれば、十二人の傾城はそのまま「花漆」の末裔たちに位置づけられよう。その意味からいえば、この遊女の一隊は、「花漆」伝説そのものを演じたものとして捉えることができるのである。このように描き出されているかげろふの美を認識する過程は、「花漆」の美を末裔たちの系譜の上に想定することとパラレルな構造と言ってよい。

ここでのかげろふの美は、「典型的な美」と述べられるほか何の具体性もない。しかし、この行列を目の当りにしている群集の視点に立つことによって、読者は、花漆の「伝説」を志向する位置に身を置くことになる。この時、かげろふとその美をめぐるイメージは、読者それぞれの個別的な想像力に委ねられているにもかかわらず、ある共通の認識の枠組みを与えられているかのような錯誤を生じさせるものでもある。

このように、読者の意識を物語世界のただ中へと引き込む力を持つ言説は、複数の匿名の存在である「名もない者たち」の位置から発話されたものである。七年に一度の小五月祭に集まる群集は、「花漆」を見るという禁忌を犯すことによって日常の階級秩序から一時的に解放される。繰り返し述べるが、この時読者は、彼らと同じ位置に立つことになるのだ。

しかし、この年の小五月祭は、伝説の反復としての祝祭にのみ留まるものではない。なぜなら、群集の欲望は、「生身の普賢菩薩」だけではなくこの日もたらされるであろう「蚊帳」にも向かっているのだから。群集にとって「蚊帳」がもつ意味はどのようなものと考えるべきであろうか。

物語には、小五月祭に先立って、蚊帳を手に入れるために助五郎一味によって仕掛けられた立て札とそれに返答した海龍王の貼り紙が示されている。立て札には、宝を持って来た者に「陽炎ガ一身永ク其人ノ望ミニ任スベシ」という文面が書かれており、これを読んだ者たちは、その持ち主が「出ると云ふ者と出ないと云ふ者とで賭け」を始めたり、持ち主を予想したりする者のほか、自ら宝を見つけ出そうとする者まで現れることになる。蚊帳は、明の豪商に対してそうだったように、立て札を読んだ者にとってもまた、かげろふとの間の階級差を無化する装置として機能し始めるのだ。

この立て札が出た時点で、室における階級秩序に基づいた体系は崩壊する。立て札の内容を知った者たちは、既存の秩序が無化されたことによって、室における〈閉じた群衆〉から〈開いた群衆〉[11]へと変質する契機を得たことになるのだ。そしてこの混乱の中、小五月祭に蚊帳を持参するという海龍王の返答が貼り出されるのである。

ここで彼らの関心は、蚊帳の行方から海龍王への興味に移行する。かげろふにとって「花漆」をしのぐ宝を手に入れることは、新たな「かげろふ」伝説の起源になることを意味する。祭りにひしめき合って集まった群集の欲望は、海龍王というまだ見ぬ超越的な存在によって蚊帳が出現するその瞬間を目の当りにし、新たな伝説を紡ぎ出す者になろうとすることにほかならないのである[12]。

結局、小五月祭の行列が練り歩いている最中に一羽の鳩によって、空から海龍王の書いた貼り紙とともに蚊帳はもたらされることになる。この貼り紙は、漢文書きだった立て札とは異なり、誰にでも読めるような仮名書きの平易な文体で書かれている。そのため、貼り紙を目にする群集は、口々にその文句を読み上げ感嘆し合った。こうして群集は、海龍王への期待の達成と、その言説を自分のものとして読むという、二重の歓喜に包まれることになったのである。

小五月祭の儀式の中でも一番晴れの行事であつた練りものは、此のやうにして滞りなく済んでしまつたが、町の騒ぎはなか〳〵鎮まりさうにもない。
一つの祭礼が終つて、又新たなる祭礼を迎へたやうに、人気は更に沸騰し、往来の人通りは前にも優る混雑を見せた。

云ふ迄もなく、それは此の港の誇りとして後の世までも伝へられるであらう稀代の宝物が、——而も一旦は全く絶望してゐたものが、——首尾よく万人環視の中に天から降つて来たからである。小五月の祭が七年に一度しかないものなら、こんな奇蹟は千年に一度とある筈がない。だから土地の人たちは、祭礼以上の馬鹿騒ぎをして大浮かれに浮かれ抜いてもなほ物足りないはしやぎ方である。

(「小五月」)


群集の歓喜と喧噪は、小五月祭の祭礼をはるかに凌ぐものとなった。彼らは、「花漆」伝説の反復としての祝祭から自由になり、世俗の権力者である二人の田舎大名はもちろん、蚊帳を手に入れたかげろふまでも後景に押し遣るほどの勢いで、「馬鹿騒ぎ」する。この時、海龍王を捕らえることでかげろふを自分のものにしようとした二人の田舎大名の目論見は完全に駆逐され、さらに、彼らを利用して蚊帳のみを手に入れようとしていたかげろふと助五郎一味の企みもまた、失敗に終ったのである。それらに対し、階級闘争の傍観者の位置にいたかに見えた群集は、出来事を解釈し自らの言説で語ることのできる位置を獲得したのだ。すなわち、蚊帳がかげろふの存在と一体化した瞬間を目にし、それを送り届けた「海龍王」の口上を読み取った彼らは、「後の世までも伝へられるであらう」伝説を紡ぎ出す者になりえたのである。階級差のために対象と直接関わることのできない群集は、伝説を紡ぐ主体となることで、既存の階級秩序から自らを解放したのだ。

「花漆」伝説をめぐるこうした顚末は、かげろふの物語と交差していた二人の侍による都の上臈捜しにおいて、彼らが本来の「主君の花嫁捜し」という目的から離れて、直接姿を見ることのできない「やんごとない際」の姫を覗き見ようとしていたことと通じるところがある。彼らは、姫の側近に繰り返し「鼻ぐすり」を支払うことで、姫の裸身を見るという自らの欲望の主体にずれていく。つまり、田舎大名と都の上臈の階級闘争の媒介者でしかなかったはずの二人の侍は、その闘争を媒介する貨幣を主体的に扱う位置に移行することで、自らが置かれた階級意識を無化する契機を得ていたのである。あらためて確認するまでもないが、貨幣は異質のものをコミュニケートさせる意味において、言葉とよく似ている。このように考えれば、一見幕間狂言にも似た二人の侍の物語は、かげろふと蚊帳をめぐる物語における「名もない者たち」の〈伝説〉への関わりのアレゴリーとして位置づけることができるであろう。

しかし、小五月祭の終わる「小五月」の章を最後に、物語を紡いでいた「名もない者たち」の存在は後景に押しやられ、かげろふや二人の田舎大名といった権力者と、幻阿弥や海龍王といった超越的な力を持つ者たちの存在が前景化されていくことになる。もはやここまで積み上げられた階級闘争の物語はそこには見られず、いわゆる「大衆物」らしい活劇的な要素が物語の中心を占めることになるのである。(13)そして、連載中断直前の最後の章である「夢前川」に至っては、ここまで権力者の一人とされていた赤松政村＝上総介の内面をめぐる物語へと変質する。(14)このような内容の質的転換と「乱菊物語」の中断とは無関係ではないであろう。(15)つまり、物語から大衆の姿が消えるとき、「乱菊物語」は、大衆から離れたところに新たな物語の展開を見出すよりほかなかったのである。

が、本章で問題とした「乱菊物語」の出発点とその前半部からは、物語の内容の上でも、また、その言説の上でも、〈大衆〉を巻き込もうとする谷崎の意図を充分に窺うことができるのである。谷崎は新たに出現した〈大衆〉という読者層を見据えながら、その既存の階級から自由な位置に立つ読者に、「群集」の質の転換を体験させ、彼らを伝説／言説の主体に置くことを企図したのである。つまり、「乱菊物語」の構想には、あらかじめ目の前にしていた量としての〈大衆〉を、物語を自らの主体をかけて紡ぎ出す、質としての〈大衆〉へ変換しようとする戦略を認めることができるのだ。

注

（1）この角書きは『大阪朝日新聞』の連載予告（昭和五・三・一三夕刊）の方にはないものだが、記者の手によると思われる予告文に「いふまでもなく、この小説は氏がはじめて筆を執つた大衆読物で（…）」とあるように、『東京朝日』と同じく「乱菊物語」を大衆物として位置づけようとする意図を認めることができる。

（2）「大衆文学」の概念については、昭和二年から七年にかけて平凡社から「大衆文学全集」が発刊されたことで一応定着したとみられている。だが、それ以前に文学における「大衆」の意味は、「通俗」的な読者、「プロレタリアート」、「民衆」といった意味から、読者一般を包括的に表すなど様々であり、それが大衆文芸の捉え方の多様性を生み出していた。例えば、大正一五年七月に『中央公論』で大衆文芸論の特集が組まれているが、ここで発表された論文、エッセイが用いる大衆および大衆文芸の概念は必ずしも一定していない。

（3）まとまったものとして、本章で取り上げた「饒舌録」、「大衆文学の流行について」のほか、「直木君の歴史小説について」（『文藝春秋』昭和八・一一〜九・一）などがある。

（4）『文藝春秋』が初めて出版した臨時増刊号で、挿絵も含めた大衆文学特集。『文藝春秋』は同年一一月にも同様の臨時増刊号を発刊し、翌昭和六年四月より定期月刊誌『オール読物』を創刊する。

（5）伊藤整は『谷崎潤一郎の文学』（中央公論社、一九七〇・七）で、「乱菊物語」は、谷崎が「大衆文学という形を借りて」「読者とのつながり」の回復を目ざしたことを指摘している。谷崎にとって、大衆文学が一つの試みに過ぎないことは、前掲「大衆文学の流行について」における「私自身に就いても、自分が此の後長く大衆物を扱ふかどうかは別問題」という発言が示している。

（6）前掲『東京朝日新聞』の連載予告に付されている。なお、『大阪朝日新聞』では同内容の文章が「作者から読者へ」と題されている。

（7）「室の長者」であるかげろふを側室に迎えようとするのも、この時代の遊女が、貴族の遊びを司る存在であったことをふまえれば、単なる色好みというよりも、宮廷生活への憧れによるものであると考えるべきであろう。

（8）「室の長者」の権威を示す「五箇の精舎」は、花漆が「四寸四分四方の函の中に収まる八畳吊りの蚊帳」を朝廷に献上した時の褒美を用いて建てられたものである。このことからも、蚊帳が、かげろふにとって単なる伝説の宝である以上に、自らのアイデンティティに関わる品であることが分かる。

（9）長野嘗一は『谷崎潤一郎―古典と近代作家―』（明治書院、一九八〇・一）で、「花漆」の典拠研究を行っているが、特定できず、谷崎が「乱菊物語」執筆前の実地調査で聞いた「土地の伝説を紹介したと解すればよい」と推測している。

（10）今村仁司は『群衆―モンスターの誕生』（ちくま新書、一九九六・一）で、日常的秩序の形成過程を「隠しつつ露わにする」このような儀礼的メカニズムが、群衆に内包された暴力圧力を解消するものであることを説いている。

（11）エリアス・カネッティは『群衆と権力』（1960　邦訳は岩田行一訳、法政大学出版局、一九七一・一一）において、境界を持ち、無秩序的な増大に対する欲求の代償として、一定時間内の儀礼的な行為とその反復が行われることで、その存続力が強化された群衆を「閉じた群衆」と呼んでいる。それに対して、際限なく増大し、到るところに存在する自然発生的な群衆を「開いた群衆」と呼び、前者から後者への移行が、現代の都市の急激な成長などによって頻発していることを指摘している。

（12）カネッティは前掲（11）で、群衆の特質の一つとして、「群衆はある方向を必要とする」という点をあげ、その到達しがたい目標が、新しくより優れた種類の組織の形成につながる可能性がある、と述べている。

（13）篠永佳代子は「谷崎潤一郎と大衆文学―「乱菊物語」を軸として―」（紅野敏郎編『論考　谷崎潤一郎』桜楓社、一九八〇・五）において、「燕」「むしの垂れ衣」「夢前川」に「大きな断層」があったことを指摘し、「舞台空間の拡大と劇性」をねらった、これら「傍系の各篇」が、大衆を相手にした構成に必要であったと述べている。

（14）前掲（13）篠永論では、「夢前川では胡蝶の造型に作者の関心が集中した気味があり、全篇からは分離した一篇になっている」と指摘されている。

(15) 連載中断の直接の理由については、朝日新聞記者への書簡（昭和五年八月二四日付、小倉敬二宛）に基づいて、その私生活における問題が繰り返し指摘されてきた。その他、この小説の構成的破綻がその理由であるとする日夏耿之介『谷崎文学―日本近代心理之考察』（朝日新聞社、一九五〇・三）や、作品の構想自体にその理由を見出す三瓶達司『近代文学の典拠―鏡花と潤一郎』（笠間書院、一九七四・一二）などがある。

# 第7章　メタヒストリーとしての小説

## ――「「九月一日」前後のこと」から「盲目物語」へ

大衆を読者としてイメージした「乱菊物語」（昭和五）は、兵庫県の西、室津を舞台に、戦国時代初期の地方大名どうしの勢力争いを扱った作品であった。第6章で確認したように、新聞連載開始に先立って紙上に掲載された「はしがき」には、歴史上のマイナーな時代と土地を選ぶことで「自由なる空想の余地」を見出して創作するといった、小説創作において〈歴史〉を扱う際の自身の位置の取り方が表明されていた。作品独自の世界を構築するために一般的な歴史認識の拘束力から離れる必要があるというのだ。第2章で扱った「武州公秘話」（昭和六～七）も、通俗性の強い歴史小説として「乱菊物語」とほぼ同様の意識で書かれた作品とみることができよう。

〈歴史〉に対するこうした谷崎の意識からすれば、本章で扱う「盲目物語」（『中央公論』昭和六・九）は、上述した二つの歴史小説に対し、やや異質な作品と言わざるを得ない。「盲目物語」は、戦国時代末期、いわゆる織豊政権下の時代を舞台に、時の権力者であった織田信長の妹にして悲劇の戦国女性の代表格というべきお市の方の運命を描いた作品なのである。先の二作品と異なって、歴史上きわめてメジャーな人物を中心に、浅井長政と織田信長、柴田勝家と羽柴秀吉といった大名どうしの争いという、まさに「誰でも知つてゐる」歴史的事象を扱った物語なのだ。つまり、先に挙げた「乱菊物語」の「はしがき」にあった言に従えば、「盲目物語」は作者が想像力を働かせるには非常に不自由な条件の作品なのである。なぜ谷崎は、このようなリスクを負うことを選択したのだろうか。こうした疑問から出発して、本章では、谷崎にとって〈歴史〉を叙述することと〈小説〉を書くことがどのような方法論的な意識の上で結びついているのか考えてみたいのである。

本章ではまず、「盲目物語」の検討に先立って、谷崎が昭和初年に直面した文学の価値をめぐる葛藤の中から、「九月一日」前後のこと」という一見奇妙な作品を取り上げたい。この作品は、昭和二(一九二七)年一月という昭和改元直後の時期に『改造』誌上に発表されたものであり、題名にある「九月一日」が表象する事件、すなわち「関東大震災」をめぐってまとめられたものである。第6章でもふれた芥川との「小説の〈筋〉論争」の発端となった「新潮合評会・第四十三回(一月の創作評)」で「日本に於けるクリップン事件」(『文藝春秋』昭和二・二)とともに議論の俎上に載せられ、出席者から批判の的となったことでも知られるが、谷崎の自選によって刊行された新書判の『谷崎潤一郎全集』(中央公論社、一九五八・一~一九五九・七)に入れられていないばかりか、没後の全集(同、一九六六・一一~一九七〇・七)でも、第二十二巻の「随筆小品」の項に分類されている。つまり、〈小説〉としては、これまでほとんど顧みられることがなく、むしろ身辺雑記のような文章としてジャンル分けされてきた作品なのである。[1][2]

この〈小説〉といえるかどうかさえ微妙な作品をもとに、谷崎が震災以後三年以上を経た時点から、どのような言説の布置によってこの事件を捉えようとしたか検討しよう。ここから、谷崎にとって〈歴史〉を用いた小説創作について考えるヒントを得たいのだ。それを手がかりに、「盲目物語」という大文字の〈歴史〉を扱った作品の叙述の方法を明らかにしてみたい。

## 1　アイロニーとしての〈小説〉

芥川との「小説の〈筋〉論争」の過程で谷崎は、「構造的美観」を小説の価値の中心に据えながら、中里介山「大菩薩峠」を「たゞの通俗小説ではない」「真の大衆文芸」であると絶賛した。「筋の面白さに芸術的価値はない」と主張する芥川への反駁の中で述べられたこの表現が、「構造的美観」に仮託して、当時無視できなくなっていた〈大衆読者〉を自らの創作に取り込むことを企図していたことの現れであることは、第6章で確認したとおりである。

こうした主張を展開する一方で谷崎は、「饒舌録」第二回において「「九月一日」前後のこと」について、次のように述べている。

> 合評会で宇野君が「九月《ママ》一日前後のこと」を詰まらないと云つてゐるのは、作者自身も同感である。正に「あれは小説ではない」のだ。「かう云ふものを見ると、此の人の文章は古くて実に常套的だ」と云はれても、一言もない。自分が悪いと思つたものをケナされるのは、いゝと思つたものを褒められるのと同様に愉快だ。あんなものを面白がられては却つて気持が悪い。
>
> （「饒舌録」昭和二・三）

引用文中の「合評会」が芥川との論争のきっかけとなった記事を指すことは言うまでもない。既に述べたように、この席上で「「九月一日」前後のこと」は「日本に於けるクリップン事件」とともに合評の俎上に載せられた。合評会での芥川の発言は、議論すべき二編の小説についての言及というよりも小説創作上の一般的問題に向かっており、趣旨は、「筋の面白さ」に偏りがちな谷崎の創作全般に対する批判であった。この引用部は、その芥川発言を受けた反論の中で出されたものである。

確認してきたように、芥川と谷崎の論争は「小説」の価値そのものをめぐってたたかわされたものである。したがって、ここでの「あれは小説ではない」という合評会での宇野浩二の発言をそのまま引き受けた言説を、たとえば「地震記事」としては評価する、[3]といった内容で捉えるべきではむろんない。むしろ、「小説」として発表された作品を「小説ではない」と断定することの意図を問うことで、谷崎が考える「小説」の意味と価値を考えなくてはならないのである。

しかし、芥川との論争における谷崎の発言の枠組みを直接「「九月一日」前後のこと」に当てはめることはできない。むしろ、引用部に示された「あれは小説ではない」、さらに「古くて実に常套的だ」という言説には、「「九月一日」前後のこと」は、「〈筋〉の面白さ」を追求したものではない、という谷崎の開き直りを読むべきであろう。したがって、ここで谷崎の肯定する〈筋〉について検討するためには、「「九月一日」前後のこと」そのものの構造を分析し、そこから、「饒舌録」でのアイロニカルな発言に込められた「小説」概念への意識に迫る必要がある。

## 2　年代記という仕掛け

「「九月一日」前後のこと」は、「私」の地震体験を年代記的に記したテクストである。それは、幼少期の体験から始まり、「九月一日」の大地震――のちに「関東大震災」と名づけられることになる地震との遭遇をもって閉じられている。この間に布置された大小様々な地震体験の断片は、地震に対する「私」の恐怖心によってひと繋がりのものとして並べられているのである。

このテクストは、次のような言説によって始められている。

今から約十年前、大正五年の秋頃であつた。私は「病蓐の幻想」と題する短編を書いて、同年九月か十月号の中央公論へ発表した。それは地震に対する恐怖と、それに基く幻想とを主にして取り扱つたもので、私はその中に、明治二十七年の夏の地震、――私が九歳の時に目撃した光景に就いて、下の如く回想してゐる。

――

この書き出しには、いくつかの時間が入れ子状になって示されている。「明治二十七年」を含み込んだ「大正五年」といった画定された時間が示された上で、そこから「約十年」の後、という曖昧な距離によって、冒頭の「今」は位置づけられているのである。しかし、仮にこの年代記を歴史叙述の実践とみるなら、語りの現在である「今」が言説の起点として重要であることは言うまでもない。にもかかわらず、こうした形式で「今」を過去からの繋がりによって示されるだけの時間軸上の一点としてのみ設定されることには、この物語全体の言説の価値が反映されていると考えられるところである。

この直後にその一節が引用される「病蓐の幻想」(『中央公論』大正五・一二)は、神経衰弱と歯痛に苦しむ男がその病蓐で大地震の幻想に悩まされる、という物語である。ここには、地震幻想の原体験とされる「明治二十七年夏の地震」の「回想」部分が引かれている。つまり、地震恐怖の統辞論によって構成された「「九月一日」前後のこと」における、核心とも言うべきイメージは、かつて一度言説化された〈小説〉の断片を用いることで示されているのだ。したがって、語りの現在である、語り手=「私」の「今」は、「病蓐の幻想」に描き出された「彼」

の記憶と重なりながら、意味づけられているとみてよい。
しかし、「病蓐の幻想」の引用直後には、「「九月一日」前後のこと」の語り手による言説と出来事への解釈が加えられ、テクスト全体における「病蓐の幻想」の言説の価値づけが行われるのである。

私は今日、此の文章を読み返して見るのに、あの時の大地が「大洋の波のやうに緩慢に大規模に、揺り上げ揺り下ろ」したと云ふのは、どうもほんたうとは信ぜられない。しかしながら、子供の頭に非常に恐ろしいと感じたことは、案外正確な記憶を留めるものであるから、当時の私は、事実さう云ふ印象を受けたのであらう。思ふに四つ角へ逃げ出した時には、既に最初の激動が終つて、ゆるい余震が続いてゐたに違ひなく、それが怯え切つた少年の眼に怪しい錯覚を与へたかも知れない。兎にも角にも、此の回想を書いてから更に十年の歳月を隔てた現在に於いても、私はあの時の光景を、矢張此の通りに喚び起すことが出来るのである。それればかりでなく、私は確か前記の四つ角へ母と一緒に逃げたのだつた。そして親子は、余震が止んでしまふまで互にしつかり抱き合つてゐたが、当時の私の身の丈はやう〳〵母の胸のあたりへ届く程であつたと思ふ。なぜかと云ふに、さつき氷水を飲んでゐた私は、どう云ふ訳か逃げる拍子に夢中で筆を握つてゐたので、気が付いて見ると、母の白い胸板に墨が黒々と着いてゐた。

「病蓐の幻想」に描き出された地震体験の印象は、ここで抽出されている「大洋の波のやうに」なった「大地」の表象である。その「上下運動」の様が、ある分量の言説によって、克明に描き出されているのだ。しかし、「「九月一日」前後のこと」の語り手は、その記述に対して、「どうもほんたうとは信ぜられない」と評している。ただし、その懐疑が、地震体験の瞬間（明治二七年）の印象に向かっているのか、あるいは「病蓐の幻想」を書いた当時（大正五年）の印象に向かっているのかについては判然としない。むしろ、その間の時間差を無化するような語りと考えるべきであろう。

いずれにせよ、ここでは、一旦「病蓐の幻想」の記述のような現象が実際に起きるとは「信ぜられない」としながらも、「当時の私」の「怪しい錯覚」かもしれない「印象」をそのままの「光景」として想起できることが述べられているのだ。つまり、事実がどうであったかということに対する、一回性の体験の「印象」とその記憶の優位性が示されているのである。先にも述べたように、この地震体験は地震恐怖の原体験として「私」の裡に刻みつけられており、この時目にしたという「母の白い胸板の墨」は、そのまま地震の記憶の象徴として、「「九月一日」前後のこと」の末尾近く、「九月一日」の地震のまさにその瞬間に再び想起されることになる。

しかし、このように、語り手の〈経験〉に照らし合わせてこの言説の質を規定しようとするなら、まず問題とすべきなのは、「此の文章を読み返して」いる「今日」、すなわち語りの現在時がいつなのか、ということのはずである。引用末尾の「此の回想を書いてから更に十年の歳月を隔てた現在」という言説からすると、それは、テクスト末尾に「大正十五年十二月稿」と明記された執筆時に特定できる。そのことを念頭に置いてみると、このテクストの書き手と読み手は、タイトルに示された大正一二年「九月一日」の地震を既に〈経験〉として共有していることになるはずなのだ。ところが、このテクストにおいては「九月一日」の地震体験は結末部まで徹底して隠蔽され続けている。したがってテクストの年代記的な側面は、「九月一日」の記憶を一旦ペンディングして、語り手が「病蓐の幻想」を引用することで示した一回的な〈経験〉の記憶に読み手それぞれが自らの意識を重ね合わせていくという、書き手（語り手）と読み手の共犯関係の上にしか成立しないものなのである。

このような読み手の認識は、書かれた〈歴史〉を読むときのそれによく似ている。すなわちここには、現在時という〈結果〉を確信犯的に忘却し、記述された過去を〈現在につながる過去の経験〉として読みとるという歴史叙述における読書行為と同様の形式をみることができるのだ。本来ならばここには、読む現在時におけるコンテクストと、歴史上のある一点におけるコンテクストとが相対化され、その間で力関係が発生するはずなのである。とすれば、「九月一日」後として共有されているかのように仕組まれた、「関東大震災」という出来事と、その記憶によって規定される歴史的主体としての読者の位置は、「私」の個別的な地震体験に読み手それぞれの「九月一日」の記憶を今一度重ね合わせて読みとるとき、決定的に相対化されることになるはずなのだ。

そういった相対化に対する意識的な忘却を促しているのが、「「九月一日」前後のこと」の言説なのである。このように考えてみると、「病蓐の幻想」は、「「九月一日」前後のこと」という年代記――歴史叙述において、原体験としての地震恐怖を書きとめた〈史料〉として扱われているとみてよい。すなわち、この言説のシステムにおいては、実際の地震の現場がどうであったかということよりも、〈史料〉に書きつけられた情報＝物語の方が価値をもつという転倒がそのままの形で設定されているのだ。

## 3　コンテクストとしての〈歴史〉

次に、「「九月一日」前後のこと」と、そのプレテクストとしての「病蓐の幻想」との間の、地震恐怖をめぐる情報の質的差異を確認しておきたい。

「病蓐の幻想」の「彼」が地震を恐怖するようになるのは、「明治二十七年夏の地震」の体験も然る事ながら、「自分が生きて居るうちに、どうしても一回、大地震がある」という思い込みに因るところが大きい。この点では、「「九月一日」前後のこと」の「私」も同様である。しかし、両者の間には微妙な差異がある。

「病蓐の幻想」では、かつて体験した地震体験の記憶に、「安政の地震」を経験したという老婆の怪しげな予言が加わることで「幻想」が生み出されている。これに対し、「「九月一日」前後のこと」では、はじめから「安政程度の地震」を念頭に置いた「予覚」が語られている。

「自分の生きてゐるうちに、恐らくは四十になる迄の間に、きつと東京に安政程度の地震がある」――別に此れと云ふ理由もなしに、私にはそんな予覚があつた。そして年々、歳の暮れになると、「あゝ、今年もとう〳〵大地震がなくて済むのかな」と思ひ、どうせ免れない運命であるなら、いつそ早い方がいゝやうな気もした。

すなわち、「「九月一日」前後のこと」の地震に対する恐怖心は、〈史料〉として布置された「病蓐の幻想」の言説と、「安政の地震」という、既に言説化された〈歴史〉的事象とが重なり合ったところで表象されているのである。そして、以下年代記的に並べられている「私」の地震体験は、「明治二十七年夏の地震」を振り返ると同時に、「安政の地震」の「次」、ということを絶えず念頭に置きながら反復されているのだ。この時、〈史料〉としての「病蓐の幻想」の引用と「安政の地震」とは、年代記のコンテクストとして等価なものとなる。

こうして、「「九月一日」前後のこと」では、「病蓐の幻想」における、ある夜の「幻想」として語られた地震との遭遇を、継起的な地震体験に置き換えているのである。この反復される地震恐怖の終焉があるとすれば、それは「安政の地震」と同格の規模の地震が起きること以外にはありえない。そしてそれが「九月一日」への方向性を持っていることは、既にその日の大震災を経験した読者であれば自明のことなのである。「「九月一日」前後のこと」において、「病蓐の幻想」で用いた素材を再び作品化していることの意味もここから考えなければならない。

この物語を貫いている地震恐怖は、安政大地震の次はいつなのか、という強迫的な怯えにほかならない。しかし、既に確認したように、この物語の読者たちは、実は「九月一日」後を生きている者たちであり、いつそれがやってくるか、本当は知っているのだ。つまり、「九月一日」の出来事というのは実際には既に起きていて、「九月一日」の体験を経た後から振り返るかたちで「「九月一日」前後」を構築するというのが、この物語のシステムなのである。

少なくとも同時代の読者は、タイトルに刻印された「九月一日」という日付によって、既に歴史的な事件として言説化され、共通認識として固定化されたある出来事——「関東大震災」と名づけられた事件を想起させられるに違いない。しかし、そこで読者が共通して志向するであろう、その日の類型化された個別体験の記録への期待は裏切られるのである。ここでは、その日に行き着くまでの「私」の体験が「銘記されたコンテクスト」[4]を伴って、語られているからだ。この言説の特殊性に着目しながらテクストを読み取るとき、出来事は、「関東大震災」と名づけられた歴史上の一点を指すものから、〈「九月一日」前後〉という、時間的な幅を持ったものへと変換させられるのである。この時、その中心は、固有名を与えることで一般化される現象ではなく、「九月一日」をめぐる読者それぞれの個別的な時間へとずらされることになるのだ。このテクストのタイトルが、《「九月一日」前後のこと》であるにもかかわらず、「九月一日」以後が全く書かれていないことの異様さもこの視点から捉える必要がある。

つまり、「九月一日」以前が個別的であるのと同様、それ以後も「私」はその個別的な時間をこのテクストを書きつける時まで続けているのだ。そしてこのことは、読者それぞれに、自らの個別的な〈「九月一日」以後〉を呼び起こさせることになるはずなのである。

ここで外されていることとは何なのだろうか。このテクスト中には、「関東大震災」という言葉がまったく出てこないのである。つまり「関東大震災」という固有名で呼び起こされる、ある集団的な記憶のイメージ[5]というものが、物語言説の上では除外されているのだ。そうした意図的な忘却こそが、「「九月一日」前後のこと」における、〈歴史〉を語る視線の特質なのである。こうした認識の操作は、「九月一日」をそれぞれの個別的な記憶や体験として捉え返し、それぞれの「九月一日」後の読者個々のレベルでの生き直しを促すことになるはずである。その意味で、「「九月一日」前後のこと」は、その現場に居合わせたかどうかにかかわらず、「関東大震災」と呼ばれた事後的に価値転換そのものを招くような出来事を、一般化・画一化されることのないそれぞれの生きられた〈歴史〉において経験させようとする、そのような、徹底的に「個」を重視[6]しようとした物語叙述の実験だったのである。

第6章でも確認したように、谷崎は「芸術一家言」（大正九）で小説の「組み立て」について考察しているが、それは読書行為を念頭に置いた創作の方法の模索だった。このことと、「饒舌録」で「組み立て」の整った状態を「構造的美観」と呼んでいることを考え合わせると、「饒舌録」での「大菩薩峠」賞揚の裏には、既に出現していた〈大衆読者〉を射程に入れながらそれに働きかけながら関わっていくための葛藤と模索があったと考えられるのである。ここには、所与のコンテクストに頼るのではなく、読みつつ認識しうる情報によってコンテクストが生み出されるという仕掛けをもったものこそ価値のある「小説」と見なそうとする、谷崎の意図を窺うことができよう。その「組み立て」こそが「構造的美観」という表現によって示された、「小説」の価値の中心だったのである。

このような前提からすると、「筋（プロット）らしい筋はなく、先ず異種テクストとして過去の小説の一部が切り取られて引用・コラージュ（自作の再帰的なインターテクスチュアリティ）が施され、話者「私」によって再記述され[7]」た「「九月一日」前後のこと」の表現は、少なくとも「饒舌録」で構想した「構造的美観を持ち合わせた小説」にみられるような読者をある共通認識に導こうとする発想からは、遠いところにあると言わざるを得ない。

事実、「饒舌録」で谷崎は、こうした表現形式を「小説ではない」と断じ、その同じ文脈の中で「構造的美観」について述べ、読者の参加を積極的に促すような「小説の組み立て」を、理想的な小説形式の中心に置いていた。これを歴史小説の文脈にあてはめるなら、〈歴史〉的コンテクストは、読者をいかにして物語に参画させるかという戦略の上で機能することになるであろう。「「九月一日」前後のこと」は、そこを敢えて断ち切ることによる、別の表現形式が目論まれたものだったのではないか。その意味でまさに「小説ではない」のである。翻って、昭和初年代の谷崎には、自らの小説表現においてこの時期に直面していた〈大衆〉読者をどう牽引していくかということに対する意識が強くあったとみることができよう。

## 4　大衆小説と歴史小説

さて、前節までで確認した歴史叙述と〈記憶〉をめぐる企図をふまえて、ここからは、大文字の〈歴史〉を自らの創作に取り込む際の仕掛けを、「盲目物語」のレトリックに注目することで検討していきたい。

まず、初出発表から単行本化される過程に顕れる「盲目物語」の位置を確認したい。それはまた、〈大衆読者〉の出現による文学の価値転換に際して、谷崎がどのようなスタンスを取っていたかという問題を考えることとも繋がるはずだ。以下二つの書簡を見てみよう。いずれも当時の中央公論社社長、嶋中雄作に宛てられたものである(8)。

長〻延引御手数をかけました盲目物語漸う完結いたしましたについては此れと吉野葛とそれから佐藤の雑誌へ書いた十枚ばかりの短篇とを一つにまとめ単行本にして頂き度おもひますが如何でせうか　私の考へでは三篇ともあまり俗受けはしさうもありませんから多く売るよりもいつそ思ひ切つた贅沢本にして頂きたいのです、枚数は、すべてで四百枚程ですが四号活字で組み装幀等も全部小生に任して頂きたいのです

尚此の外に「新青年」へ歴史物の変態性慾小説を連載しますがこれもいづれ貴社より出さして頂きます　尤もこれは全然内容がちがひますから前のと一緒にする訳には行きません、それで今度の単行本が四百枚で不足ならば今暫く適当な物の書ける迄待つて頂くより仕方がありません

（昭和六年八月五日付）

目下「新青年」連載中の「武州公秘話」は小生近来最も自信あるものにて通俗的にも興味あり、その点「盲目物語」とはちがひ必ず相当に売れるものと確信して居ります、これを出版する契約をすれば初版印税の半分ぐらゐは何処でも貸してくれるものと信じますが、貴社との口約もあること故右出版の条件としてお貸し下されば更に有難く存《ママ》ます

（昭和七年四月一八日付）

いずれの書簡にも、「盲目物語」発表の翌月から連載を開始した「武州公秘話」との比較がなされている点が興味深い。前者では、出版に先立って、「盲目物語」が「俗受け」しないだろうと断言し、多くは売れないからという理由で「贅沢本」の装幀による刊行を要望している。そういった質の作品と「一緒にする訳には行」かないという「歴史物の変態性欲小説」が「武州公秘話」を指すことは言うまでもないだろう。一方、後者は、「武州公秘話」連載中に、同書の中央公論社からの刊行を前提にして印税の前借りを申し込んだものである。文面を見ると明らかなように、こちらは「盲目物語」とちがって、「必ず相当に売れるものと確信して」いるというのだ。

確認しておきたいことは、売れる作品かそうでないかということを基準として、両作品の間に質的差異を見ていることである。そういった区別は、谷崎の意識のどのレベルに基づくものだったのだろうか。
谷崎は、単行本『盲目物語』の出版に際して次のように述べている。

ここにあつめた四篇は、それぞれ独立の作品であるが、いづれも作者の国史趣味乃至和文趣味を反映してゐると云ふ点で、何処かに共通した匂ひがある。作者は今後もかう云ふものを書くかも知れないが、さしあたり、引きつづいて此の方面へ進んで行かうとは考へてゐないので、取り敢へず此れだけを一冊に纏めてみた。
（「はしがき」『盲目物語』中央公論社、昭和七・二）

ここに収められた「盲目物語」以下の四作品（ほかに「吉野葛」「紀伊国狐憑二漆掻一語」「覚海上人天狗になる事」）が直接的に通俗趣味といったものと対置されているわけではないが、先に掲げた書簡の内容と接続させてみると、この時期の谷崎が通俗性と距離をとる際のキーワードとして「国史趣味乃至和文趣味」を置いていることが窺えよう。谷崎は今回の試みが限定的なものであると断ってさえいるのだ。しかし、そうした「盲目物語」の実践を経てしばらく経った頃、谷崎は歴史と文学との関係をめぐって次のように述べている。

われ〳〵の国に於いては、昔から立派な軍記物の文学があり、文学と歴史との関係が甚だ密接なのである。これを古典についてみても、われらが最初に親しんだ文学は、西鶴、近松、或ひは紫式部等の作品ではなくて、平家や、盛衰記や、太平記等の物語か、小説ならば八犬伝、弓張月等の馬琴物であつた。今日でこそわれ〳〵の作る文学はその大部分が現代物であつて、歴史物や記録物は所謂大衆文学の域へ追ひやられた形であるが、もしわれ〳〵の文学史を繙くならば過去に於いては決してさうでなかつたことに気付くであらう。（…）私は歴史物を以て文学の正統だと主張する訳ではないが、作家も批評家も一向その方へ注意を払はず、日常身辺の些事をのみ描いて、それを兎や角と論議してゐる文壇が、いかにも限界が狭小で、びつこの発達をしつゝあるやうに思はれてならなかつた。現代を正視する文学も勿論必要ではあるけれども、過去を再現する文学も決して等閑に附すべきではない。

（「直木君の歴史小説について」『文藝春秋』昭和八・一一）

ここで谷崎は、歴史小説を大衆小説とは別のレベルで扱うことへの積極的な姿勢を打ち出している。そしてまた、いわゆる「心境小説」にみられるような「日常身辺の些事」の対極に「過去を再現する文学」としての歴史小説を位置づけ、その価値を再評価すべきであるとする。この主張は、文学の大衆化という事態を前にして、「饒舌録」で中里介山「大菩薩峠」を「真の大衆文芸」であると賞揚した姿勢と通底している。

こうした発言への展開の中に「盲目物語」を置くなら、それは、既存の文学形式とも「乱菊物語」「武州公秘話」などといった通俗性の高い作品における実践とも異なった、歴史小説の価値を積極的に認めたところでの取り組みだったと考えることができるのである。以下、その方法について検討してみたい。

## 5 「盲目物語」のナラトロジー

「盲目物語」は、基本的に年代記のスタイルを採った物語である。ほぼ時間の推移に従って出来事が並べられている。ただし、語り手が弥市という作中人物の一人であるため、語り手が語っている時点も物語内に含まれており、その語りの現在時は、時系列の上では一番最後ということになる。出来事がすべて終わった後、何年も経った時点で「旦那さま」と呼びかける男に按摩療治をしながら、自己の半生を振り返って語る構成なのである。その内容は、テクスト末尾にいくつかのプレテクストが挙げられているものの、既に指摘[9]があるように、複数の古典プレテクストのコラージュというよりも、ほぼ、前半が『浅井三代記』[10]、後半が『太閤記』[11]を下敷きにしている。とりわけ前半部分は、内容のみならず文体等の表現レベルでも、『浅井三代記』との間に「口語訳かと思われるほどの親近性[12]」が認められるものなのである。後述するように、「盲目物語」は広義の〈翻訳〉行為によって成立したテクストと考えることができるのだ。

はじめに、語り手である弥市の基本的な話型を確認しておこう。

わたくしが申す迄もない、旦那さまはよう御存知でござりませうが、小谷の城と申しましたら、浅井備前守長政公のお城でござりまして、ほんたうにあのお方は、お歳は若うてもおりつぱな大将でござりました。おんち、下野守久政公も御存生でいらつしやいまして、とかくお父子の間柄がよくないと申す噂もムりましたけれど、それももと〱は久政公がお悪いのだと申すことで、御家老がたをはじめおほぜいの御家来衆もたいがいは備前どの、方へ服してをられたやうでござりました。

弥市の語りにはいくつか特徴があるが、引用文中の波線を附した文末表現等に顕れているように、伝聞の記憶と直接体験の記憶とが混在しながらも、語る内容に応じてそれらが書き分けられているということに、まずは留意しておきたい[13]。そして、盲目で行動範囲が限定される弥市にとって、その伝聞体験は、「噂」という不特定で複数の声によってもたらされたものとされている。

また、「旦那さま」という聴き手の存在は、語り手と読者を接続させる機能を果たしている。たとえばこの箇所でも、冒頭「わたくしが申す迄もない、旦那さまはよう御存知でござりませうが」と語られているように、「旦那さま」の知っている話を敢えて語るという姿勢が表されている。この語りが特定の聴き手に向かって発せられていることがまず示されているのだが、さらには、この「旦那さま」が何者であるか示されることがないため、自ずとその知識レベルは物語の外に求められることになる。そのため、物語内の〈語る―聴く〉現場の歴史認識よりも、われわれ読者の歴史認識の方が直接的な準拠枠となるのである。テクストの別の箇所では、「姉川の合戦」がいつだったかという問いを立てつつ「かういふことは旦那さまのやうにもの丶本を読んでいらつしやるおかたの方がよく御存知でござります」と述べる箇所があるが、こうした言説も、「旦那さま」＝聴き手の教養レベルの高さを示すのみならず、その教養レベルにテクストが発表された昭和六年以降の読者を接続させる効果を狙ったものと考えることができよう。[14]

語り手と読者の直接的な関わりは、このテクストがひらがなを多用した表現形式を採っていることでも補強されている。「盲目物語」の読書行為は、読者それぞれに〈声〉を発し、その聴覚イメージによってテクストを捉えることを促すのである。こうした形式に加えて、聴き手に対する「はい、はい、さやうでござります」といった受け応えが、語り手と聴き手を直接結びつける言説の様態を生み出すのだ。これらの仕掛けによって、場面には不在の聴き手の存在を読者に意識させるとともに、読者の位置は、否応なく問いを発した聴き手の位置へとずらされることになる。読者に対し能動的な関わりを促すのである。

一方、語り手弥市もまた、単なる情報の送り手という以上に、積極的にテクストが構成される現場に介入する存在である。先にも述べたように、このテクストは基本的には時系列に即して展開している。しかし、時折、語りの順序を崩すような箇所も認められるのだ。一例を挙げてみよう。

ある日御れうぢをつとめながらお話のお相手をしてをりましたとき、何かのはずみで、おもひがけないおことばを伺つたことがあるのでござります。その日は最初れいになく御きげんのていでござりまして、小谷のころのこと、長政公のおんこと、そのほかいろ〳〵古いことをおもひ出されておきかせ下さいましたついでに、ひと〻せ佐和やまのおしろにおいてのぶなが公とながまさ公と初めて御たいめんなされたをりのおものがたりがござりました。

小谷城落城後、清洲城に連れ戻されたお市の方は、「ある日」、約定を裏切り夫を死なせた兄信長に対する批判を弥市に洩らす。引用部は、その「おもひがけないおことば」を口にする前のお市の方が小谷時代の「いちばんしあはせなとき」を回想する箇所である。ここで語られた織田信長と浅井長政の邂逅は、時系列の上では、弥市が小谷城に奉公に上がる以前の出来事である。それがこの場面で語られるのは、清洲での平穏な暮らしの中にもお市の方の哀しみが隠されているといったことを示そうというねらいにもとづいているのは言うまでもない。しかしそれ以上に留意しておきたいのは、お市の方の秘められた内面を知る存在として弥市が設定されており、物語におけるその特権的な位置が、語りの順序の問題として顕れていることである。このほかにも、いくつか時系列から外れた挿話が配置されているが、多くは、弥市が直接物語の展開に関わったか、あるいは弥市自身の独自の判断が事後的に明かされる場面なのである。

物語におけるこうした弥市の位置づけが語りの表層に顕れ、慎重な情報整理のもとで行われる他の部分の語りとは一線を画した様相を呈する場合がある。

もつとも物のあやめは、かんのよいめくらにはおほよそ手ざはりで分るものでござりまして、わたくしなども、どんなにいろじろでいらつしやいますかはひとのうはさをきくまでもなくしようちいたしてをりましたが、おなじ白いと申しましても御身分のあるおかたのしろさは又かくべつでござります。ましておくがたは三十路にちかくおなりあそばし、お年をめすにしたがつていよ〳〵御きりやうがみづぎは立たれ、ようがんます〳〵おんうるはしく、つゆもしたゝるばかりのくろかみ、芙蓉のはなのおんよそほひ、そのうへふくよかにお肥えなされたおからだのなよ〳〵としてえんなることゝ申したら、やはらかなきぬのおめしものがする〳〵すべりおちるやうでござりまして、きめのこまかさなめらかさはお若いときよりまたひとしほでござりました。

先にも見たように、弥市の語りに視覚的な情報が出てくるときは伝聞形式の文章で表されるように書き分けられていたはずだが、傍線箇所は、例外的に、弥市の語りに視覚表象が顕れる部分である。言うまでもなく、弥市の特権性は、お市の方に直接触れることができるという点にある。傍線部は、その前後に語られたお市の方に触れた印象（波線部）が、本来は認識し得ないはずの視覚的印象に置き換えて表されているのだ。

こうした弥市の位置は、後に超越的な権力者となった秀吉がお茶々を側室に迎えたという話を聞いて、秀吉がずっとお市の方に懸想していたことがその原因であることを自分だけが知っているといった物語の結末部分へと繋がっていくのである。

以上のような「盲目物語」の語りの基本的な形式をふまえた上で、次節では、お市の方とは直接関わらない箇所の語りについて検討してみよう。

## 6　傍系挿話の機能

確認したように、「盲目物語」は、お市の方の位置から見た、信長―長政、勝家―秀吉といった権力闘争が物語の主軸を成している。しかし、一方で、そうした内容とは別の、いわば傍系と言ってもよい挿話がいくつか織り込まれてもいるのである。それらの挿話は、物語の上でどのような機能を持っているのだろうか。

一つ目の顕著な例として挙げたいのは、京極高次をめぐる挿話である。高次は、浅井家の元主君の血筋に生まれた武将で母は浅井長政の妹にあたる。小谷城落城後、信長に小姓として取り立てられ、後にはお市の方の次女お初の夫となる人物である。本能寺の変では明智方につき、関ヶ原の戦いでは西軍を「うらぎり」東軍についたとして、物語中に散りばめられた幾度かの挿話のたびに、弥市は辛辣な批判を加えている。

高次が最初に物語に登場するのは、十三、四歳の頃、清洲城に移ったお市の方や姫のもとを度々訪れたという場面である。この部分は、権力闘争とは無関係な、お市の方を取り巻く私的空間でのエピソードである。ここで既に、弥市は、後の高次の所業を挙げて批判するのだが、一方で、後に妻とするお初よりもむしろ長女のお茶々の方を好いていたことなど、弥市の位置でしかなしえない判断までが述べられる。

さやうでござります、おはつ御料人と御えんぐみをなされましたのは、それよりずつとのち、七八ねんもさきのことでござりまして、当時は姫ぎみもおちひさうござりましたから、そんなおはなしはござりませなんだ。なれども此のお児は、おはつどのよりもお茶々どのに人知れずのぞみをかけておいでなされ、それとなくお顔をぬすみ見にいらしつたのではござりますまいか。もちろんどなたもさう気がついたかたはござりませなんだが、子供のくせに大人のやうにおちついていらしつて、むつゝりとおだまりなされ、いつまでゞも御前にかしこまつておいでなされたのは、何かいはくがおありになつたのかとおもはれます。

このようなことを「嗅ぎつけ」た弥市は腰元たちに話すが、「めくらのひがみ」として全く相手にされなかったという。この挿話は、後に北の庄に移ってからお初との内祝言を挙げる箇所で「お茶々どのが「浪人ものはいやです」と仰つしやつておきらひなされましたので、不本意ながらおはつどのをもらはれたのだ」という「うそかほんたうか」ある女中から聞いたとする挿話へ繋がり、さらには関ケ原の折の高次の「うらぎり」もこの時の恥辱が原因ではないかなどと推測するのである。

「盲目物語」における高次は、お市の方や姫たちの居住空間、いわば「奥」に出入りする人物として設定されている。そこでのきわめて私的なレベルでの振る舞いが、やがて歴史の表層に顕れる事象の要因ともなりうることが、弥市によって明かされているのだ。

一方、物語中、弥市が直接経験せず、後に見聞したものとして語られる挿話も少なくない。先に述べた信長が長政を訪ねた場面や、その他にも、例えば小谷城落城の際の浅井方の武将たちの末路をめぐる部分、あるいは、秀吉や勝家を取り巻く武将たちの動向などいくつもの箇所を挙げることができる。こうした挿話の果たす機能を考えるために、次の一例をプレテクストの言説と比較しながら見てみよう。

信長卿（…）被仰けるは汝等か所存として長政に逆心いたさせ数年某にほねををらせつるにくき者共成と被仰けれは石見守雑言して申けるは浅井は信長の様成表裏の大将にてなきゆゑに如此成果申候と申上れは汝生捕にあふ程の侍として表裏を能存たるよとて鑓石つきを以頂を三ツ迄うたせたまへは石見申けるはそれこそ

よき大将の仕わさ成へしいましめ置し者打たまひ御腹いさせ給ふかと種々雑言を申ける信長卿き丶かねさせたまひ頓て打てすてたまふ

（『浅井三代記』[15]）

のぶなが公が、「そのはう共、しゆじん長政にぎやくしんをおこさせ、としごろひごろようも己をくるしめたな」とおつしやりましたので、石見どのは強情な仁でござりますから、「わたくし主人あさゐながまさは織田どの丶やうな表裏ある大将ではござりませぬ」と申しあげますと、のぶなが公かつと御りつぷくあそばされ、「おのれ、ふかくにも生けどりになるほどの侍として、もの丶へうりが分るか」と、鑓のいしづきで石見どの丶あたまを三度おつきになりました。なれどもひるむけしきもなく、「手足をしばられてゐるものをちやうちやくなされてお腹がいえますか、おん大将のこ丶ろがけはちがつたものでござりますな」とにくまれぐちをた丶かれましたので、つひにお手うちになりました。

（「盲目物語」）

ここで挙げたのは、小谷城落城の際に死んでいった武将たちのうち、「あさい石見守」という武将の最期が描かれている箇所だが、引用部と『浅井三代記』原文を比較すると、語られる順序やレトリックまで、ほぼ逐語訳的に原文プレテクストが用いられていることが分かるだろう。こうした箇所を〈翻訳〉してテクストに盛り込むことは、多数の人物の挿話を中心として構成された軍記物の体裁を整えることにも繋がったはずである。

プレテクストをなぞるようなこうした言説は、従来の研究においては、歴史史料に対する谷崎の「律儀さ」[16]の現れであるとか、あるいは逆に「安易な手法」[17]であるといった評価が下されてきた。いずれにしても、谷崎のオリジナリティとは無縁の部分であるといった印象のためか、あまり積極的な評価や意味づけはなされていない。

ただ、こうした挿話は、古典文献をプレテクストとしていることを暗示するといったこと以上に、もとのテクストの言説を保持しながら、全く異質の文脈にあった言説を「盲目物語」のテクストに落とし込んでいくことにほかならない。いわば異なった言語システム間の移行であり、その意味でも〈翻訳〉としての創作行為と考えることができるのである。

このような挿話に対して、先に挙げた京極高次に関する部分だけは、プレテクストが不明であり、弥市の想像や推測による判断が色濃く反映された挿話なのである。しかし、これら質の異なった挿話が混在しているために、〈翻訳〉によって〈歴史〉性が担保される部分と、テクスト独自の物語部分とが交わることになるのだ。これによって、〈歴史〉語りとしての全体的な印象と、その中で特化された位置を占める弥市という語り手の超越性が、相補的に確保されることになるのである。

こうした語りを展開する弥市の語り手としての位置が如実に示されているのが、小谷城落城の際と同様に北の庄城落城に伴う柴田方の武将たちの最期を列挙した後に置かれた次の一節である。

> まあわたくしのおぼえてをりますのはこれくらゐでござりますが、このかた〴〵はそのころもつぱらもてはやしたことでござりますから、さだめし旦那さまも御存じでいらつしやいませう。いづれも〳〵、かんばしい名をのちの世にまでのこされました奇特なひとたちでござります。

ここには、弥市の語る物語が過去の出来事に対する記憶によって構成されているとともに、それを語る現在時の一般認識、そして、「のちの世」として志向される読者の現在までを物語に取り込もうとしていることが窺えるのだ。〈歴史〉を語るこうした姿勢は、読者を取り込む歴史叙述のレトリックそのものでもある。こうした〈歴史小説〉という形式による読者へのアプローチは、いかなる構造を持っているのだろうか。

## 7　〈翻訳〉としての物語

本章前半で、この時期の谷崎が構想していた「小説」の特質について確認した。それは、読者の意識に対する言説の働きかけが語りの力となっているもの、「饒舌録」中の表現で言えば、「構造的美観」をもった言語運用モデルのことであった。そうした意味での「小説」を達成するための方法の一つを〈歴史〉との関わりの裡に試みたのが、「盲目物語」の実践だったのである。この点を確認した上で、谷崎が取り組んだ〈歴史小説〉の特質について今一度考えてみよう。

物語論的側面から歴史叙述の問題を考えるためには、〈歴史〉＝物語において、その前提となる〈事実〉がどのように扱われているかということから検討する必要があるだろう。言語モデルとしての〈歴史〉とは、本来、無秩序な断片として与えられた〈事実〉を、今一度、言説化することによって復原しようとする営為を指す。むろん、断片としての〈事実〉が言説によって完全に復原されることなど原理的にあり得ないのだから、正確には、復原を志向する言説の連なりということになるはずである。これが、歴史叙述における物語化ということであり、復原に至ろうとする〈語り〉そのものを、われわれは〈歴史〉と呼んでいると考えるべきなのだ。

〈事実〉が結果的に復原不可能だということに気づいた上で、それでもなお、われわれにとって共通理解の前提として必要なものがあるとすれば、それは、〈歴史〉という物語のコンテクストということになるだろう。そうしたコンテクストの共有こそが、〈歴史〉の真実性を保証する制度に他ならないのだ。共有されたコンテクストによって、ある種の真実性が担保されている事態を〈歴史〉と呼ぶと言い換えても同じであろう。すなわち、宿命的に〈歴史〉は、あり得た側面を排除していることによって成り立つ解釈共同体の産物として成立しているものなのである。

以上のような前提において、〈歴史小説〉の位置は、たとえば「「九月一日」前後のこと」のような純化された個別体験・記憶のみの言説と、〈歴史〉との中間ぐらいのところにあると仮に考えてみよう。〈歴史小説〉が小説であるためには、まず、既存の〈歴史〉から離れなくてはならない。先に述べた意味でのコンテクストからの脱却が不可欠なのである。それを果たそうとしない限り、〈歴史小説〉は〈歴史〉から自立し得ないからだ。しかし同時にまた、一旦〈歴史〉のコンテクストから離れたとしても、個別体験のみを志向するような言説の側にもつかない地点に留まらなくてはならない。そのためには、〈歴史〉のコンテクストに対する読者の期待も保持しなくてはならないはずである。すなわち、脱―コンテクストとコンテクストに対する期待という、相矛盾する事態を同時に読者に抱かせる地点。ここにこそ、〈歴史小説〉の地平を措定することができるのである。それはまさしく、谷崎が「芸術一家言」で理想の読書体験として掲げていた「読みつゝある際」に読者を据える力の現場にほかならない。この緊張状態は、「盲目物語」においてはどのようにしてもたらされるのか。

「盲目物語」において、あらかじめ構造化された〈歴史〉として配置されているのが、『浅井三代記』と『太閤記』、さらには、昭和初年代の歴史教育その他で培われた既存の歴史認識ということになろう。それを「構造的美観」を備えた「小説」の側に引き込む際に行われる行為こそ、〈翻訳〉と呼ぶべきものと考えてよい。

ここでいう〈翻訳〉には二段階がある。一つは、作家である谷崎がプレテクストを現代口語訳している、という一番外側のレベルである。そして、もう一つは、語り手である弥市が、事態が過ぎ去った後に自らの言語に置き換えて語り直している、いわば物語内部の〈翻訳〉である。そうした二重の〈翻訳〉行為によって成立しているのが「盲目物語」というテクストなのだ。すなわち、他の意味もあり得たという地点を示しつつ、なお、このテクストにおける特殊な〈歴史〉の様態を物語る行為である。

問題は、以上のようなシステムで与えられた物語を、読者がどうやって後付けできるかという点である。〈翻訳〉という物語行為によって語られた「盲目物語」に対し、仮に読者が一つの意味に収斂させるような解釈を目指すとするなら、それは明らかに〈歴史〉を単純に復原しうるものと判断する姿勢以外の何ものでもないだろう。むしろ、この物語からわれわれ読者が要請されていることは、歴史的な事象が一つの意味には回収し得ないものであることを認識し、所与の物語を自らの言葉＝歴史認識に置き換えつつ読むことではないだろうか。その、あり得べき他の意味の可能性をも開いておくこと。そうした行為こそ、読むことのレベルでの〈翻訳〉というべき関わり方になるだろう。そうした、読者一人一人が〈翻訳者〉に似た複数の言語を〈乗り継ぐ主体〉[18]として物語に関わるとき、「盲目物語」は、谷崎が理想とした〈歴史小説〉としての可能性を、最大限に含んだ様相を呈することになるのだ。

## 注

（1）谷崎はこの全集の第一巻巻頭に掲載した「序」で「全集とは云つても、自分で読むに堪へないやうなもの、他人に読まれたくないやうなものは、努めて葬り去ることにした」と述べている。

（2）「「九月一日」前後のこと」は、初出の『改造』で「創作」欄に掲載され、その目次には「小説」という項目が付されている。これが谷崎本人と出版社のいずれの意志によるものかは定かではないが、少なくとも、その前月まで連載していた『青塚氏の話』に続く「創作」が期待され、それに応えるかたちで執筆されたであろうことは想像に難くない。

（3）「合評会」での廣津和郎の発言。

（4）ドミニク・ラカプラ『歴史と批評』（1985　邦訳は前川裕訳、平凡社、一九八九・八）は、歴史記述における「史料主義的方法」と文学テクストの「批評的方法」との間における相互補完的な関係を明らかにし、テクスト読解における解釈の可能性を「コンテクストを「銘記する」―可変的な言語使用」に求めている。
（5）成田龍一「関東大震災のメタヒストリーのために――報道・哀話・美談――」（『近代都市空間の文化経験』岩波書店、二〇〇三・四）は、震災報道の「叙述の形式」の分析を通して、それが「全体」を創出するものであったことを指摘、「当事者たちは、そのかけがえのない一回性の経験を固有・特別なものとせす、ステロタイプ化した震災像を参照枠としてよびこみ、そのもとに体験を従属させ解釈してしまう」と述べている。
（6）井上ひさし・小森陽一編『座談会昭和文学史』第一巻（集英社、二〇〇三・九）所収の座談会「大正から昭和へ」（井上、小森、加藤周一）において、大正デモクラシーの民主化と左翼弾圧の両面を指摘した上で、関東大震災を「個」が「「生まれ始めていた可能性」と「つぶされ始めていた可能性」がせめぎ合っていた」（小森発言）転換点として位置づけられている。
（7）中川成美「モダニズムはざわめく―モダニティと〈日本〉〈近代〉〈文学〉―」（『モダニティの想像力―文学と視覚性』新曜社、二〇〇九・三）
（8）これらの書簡はいずれも水上勉編『谷崎先生の書簡　ある出版社社長への手紙を読む』（中央公論社、一九九一・三）による。
（9）「盲目物語」の典拠については、三瓶達司『近代文学の典拠―鏡花と潤一郎』（笠間書院、一九七四・一二）、野中雅行「「盲目物語」―各節典拠の一覧表―」（『論輯』九、駒澤大学大学院国文学会、一九八一・二）を参照した。
（10）其阿雄山著、一六七一年頃の成立と推定されている。
（11）小瀬甫庵著、一六二五年に成立。
（12）三瓶前掲書（9）。
（13）小宮豊隆は、同時代評「『めくら』の世界　九月の小説について」（『東京朝日新聞』昭和六・八・二九）において、「盲目物語」に「視覚的要素の方が多くとりいれられて」いる点を挙げ、「盲に視覚的要素に富んだ物語を物語らせるについて、必ずそれをその盲が後に他人から聴いた事として書いてゐる」と、谷崎の「用意周到」さを指摘している。
(14) 作品冒頭に、「天文にじゅういちねん」すなわち一五五二年生まれの弥市が数え年六十六歳であることが明記されているのだから、語りの現在時は一六一七年頃と推定される。
(15) 近藤瓶城編『改定史籍集覧』第六冊(近藤活版所、明治三三・一二)に拠る。
(16) 細江光「『乱菊物語』論—典拠及び構想をめぐって—」(『谷崎潤一郎—深層のレトリック—』和泉書院、二〇〇四・三)
(17) 三島潤子「谷崎潤一郎『蘆刈』の構造—古典回帰の内実—」(『國語國文』二〇〇八・一)
(18) 酒井直樹『日本思想という問題　翻訳と主体』(岩波書店、一九九七・三)

# 第8章　歴史叙述のストラテジー――「聞書抄」のレトリック

「聞書抄」は、昭和一〇（一九三五）年一月五日から六月一五日まで『東京日日新聞』『大阪毎日新聞』両紙に連載、のち、昭和一八年一二月に創元社より「潤一郎六部集」の第四部（最終巻）として刊行された。「第二盲目物語」という副題に示されているように、盲目の語り手による歴史小説という点で「盲目物語」（昭和六）に連なる趣の小説である。「盲目物語」の作者である「私」に送られてきたとされる『安積源太夫聞書』という写本をもとに、よく知られた歴史上の出来事に対する異説としてその内容を捉え、写本の物語を紹介しながらそこに書き込まれた言説の質を測定していくというスタイルをとっている。架空の書物すなわち偽書の記述を検証していく展開は、「盲目物語」の翌々年に発表された「春琴抄」（『中央公論』昭和八・六）と同型であり、また、恋い慕う女性のために自ら目を突いて盲目になる人物が設定されるなど、「春琴抄」に通じる点が認められる作品である。

第7章で検討した「盲目物語」は、盲目であるがゆえにお市の方の側近くに仕えることが可能となった語り手を設定し、その語りを受け取る聴き手（旦那さま）と「盲目物語」の読者を歴史認識の上で重ねることで、読者と語り手を直接的に対話させることが目論まれた作品であった。「盲目物語」のリアリティは、読書行為において読者が〈歴史〉に対する知識と認識をコンテクストとしながら、同時に、いかにしてそこから逸脱するかというところにあった。その意味で、よく知られた〈歴史〉を前提とする必要があり、むしろその認識を不可欠とする作品だったのである。

こうした〈歴史認識〉というコンテクストと物語との有機的な結びつきは、「聞書抄」においても、別の形式で活かされている。物語の前提となっている〈歴史〉は、「殺生関白」といわれた豊臣秀次と石田三成の相克、そして、関ヶ原の戦いで敗れた後の石田三成とその一族をめぐる内容である。すなわち、「盲目物語」同様、お馴染みの〈歴史〉が扱われているのだ。しかも、「聞書抄」の場合は、多くのプレテクストの存在が明示され、時にその本文が〈引用〉されてもいる。このテクストの特質の一つは、プレテクストが可視化されて物語の表層に構成されている点にあるのだ。こうした特徴は、作品タイトル[1]にも示唆されている「聞き書き」という形式とどのように結びつき、読書行為にいかなる作用を及ぼすのだろうか。

いわゆる〈古典回帰〉作品群の創作を通して谷崎は、例えば第9章で検討する「蘆刈」（『改造』昭和七・一一〜一二）がそうであるように、出来事を伝え聞き語り継ぐ際のコミュニケーションの力について様々に実験している。とりわけ、南朝の後裔をめぐる〈伝説〉を正史としての〈歴史〉と交錯させることで、〈歴史〉が宿命的に抱えることになる政治性と権力性を問題化した「吉野葛」（『中央公論』昭和六・一〜二）に顕著なように[2]、〈歴史〉と「聞き書き」の関わりをめぐる問題は、この時期の谷崎が取り組んだ主要なテーマの一つであった。こうした物語／歴史を語る際の行為論的な側面は、「聞書抄」においても、意識的に採用されているのである。

「聞書抄」の物語行為は、〈歴史〉という超越的なコンテクストとどう切り結び、また、それを取り込んでいくのか。「聞書抄」の成立過程を追いながら谷崎の試行錯誤の軌跡を捉えるとともに、その物語言説のレトリックを分析することで、この物語に込められた戦略性を明らかにしてみたい。

## 1　材料としての〈歴史〉

「聞書抄」における「聞き書き」という語りの構造と特質は、概ね物語の前半に顕れている。物語中でその所在が明示されるプレテクストのうち、特に注目すべき文献は、歴史学者渡邊世祐が著した『稿本石田三成』[3]（以下、『稿本』とする）である。物語におけるこの書物の位置について考えることで、物語の「聞き書き」形式と〈歴史〉の扱われ方について検討していきたいのだが、本節ではまず、「聞書抄」に先立って書かれた「春琴抄後語」（『改造』昭和九・六）という文章を見てみたい。ここで既に谷崎は『稿本』の価値について述べているのである。

「春琴抄後語」は、そのタイトルの通り、「春琴抄」の「あとがき」ふうに位置づけられるエッセイである。先にも触れたが、『鵙屋春琴伝』という偽書を設定し、その記述内容の真実性の検証を行いながら春琴とその弟子である佐助の評伝に仕立てていく「春琴抄」の方法は、偽書の設定とその真偽の検討過程を記述するという点において、「聞書抄」に繋がる実践と言ってよい。その語りは、物語の材料＝書物に構築された叙述を相対化する行為であり、〈事実〉という単一性を志向して、文献史料とさまざまな証言との交差の上に語り手自らの推測が紡がれてゆく過程そのものが物語を構成しているのである。

「春琴抄」を書くにあたって谷崎は「いかなる形式を取つたらばほんたうらしい感じを与へることが出来るかの一事が、何よりも頭の中にあつた」と、「春琴抄後語」末尾において述懐している。その上で作品発表後に受けた「春琴や佐助の心理が書けてゐないと云ふ批評」に対し「何故に心理を描く必要があるのか」という「反問」を提示するのである。この短いエッセイにおいて、タイトルに掲げた「春琴抄」それ自体について触れられているのはこのまとめの箇所のみである。冒頭から小説における自身の方法論を述べてきたが、つまるところ、「春琴抄」で取り組んだのは「ほんたうらしい感じを与へる」ための「形式」を実践したものであったというのだ。

文中で谷崎は、直木三十五の歴史小説と比較してなされた「盲目物語」に対する批判が「純客観の描写と会話とを以て押して行く所謂本格小説の信者」によるものであることを指摘した上で、そういった「近代小説の形式に依つて本格的な書き方をしたものが、一番創作らしい感じがすること」に作家や読者が束縛されていることを問題視し、「会話のイキだとか、心理の解剖だとか、場面の描写だとかに巧緻を競」う文壇の現状への不満を洩らす。

> 一体、読者に実感を起させる点から云へば、素朴な叙事的記載程その目的に添ふ訳で、小説の形式を用ひたのでは、巧ければ巧いほどウソらしくなる。私は永井荷風氏の「榎物語」を正宗氏が推称する程には買つてゐないが、しかしあの作品が正宗氏を感動させたのは、主としてあの中に含まれてゐる実感のせゐであらうと思ふ。さうしてそれは、一にあの簡略な、荒筋だけを述べてゐる書き方に由来するのである。(…)あの作品なども、小説ではなくて小説の材料であるに過ぎない。
>
> (「春琴抄後語」)

谷崎は、永井荷風「榎物語」のような「筋書式」の作品のもつ「ほんたうらしさ」を、「「つゆのあとさき」のやうな大作」にはないものとして高く評価するのである。そして、ここに続けて、直木三十五の歴史小説に対する批判を展開していくのだ。

こうした歴史小説をめぐる材料と創作の問題について、例えば森鷗外「歴史其儘と歴史離れ」(『心の花』大正四・一)を想起することは容易だろう。歴史小説を創作する際、歴史学の蓄積による史料を尊重することと、そこで「史実」とされた事実性を作者の想像力と構成力によって虚構へと創造していくこととは、歴史叙述と歴史小説の間に横たわる避けがたい課題である。この二律背反について、やがて自らの歴史物を「史伝」へと展開し、歴史小説と一線を画させるようになる鷗外は、その過渡期において著したこのエッセイで次のように述べている。

わたくしは史料を調べて見て、其中に窺はれる「自然」を尊重する念を発した。そしてそれを猥に変更するのが厭になつた。これが一つである。わたくしは又現存の人が自家の生活をありの儘に書くのを見て、現在がありの儘に書いて好いなら、過去も書いて好い筈だと思つた。

（森鷗外「歴史其儘と歴史離れ」）

大正期に入って以降の鷗外は、乃木希典の殉死に影響を受けたとされる「興津弥五右衛門の遺書」（『中央公論』大正一・一〇）を皮切りに「阿部一族」（『中央公論』大正二・一）などの歴史小説の創作を開始した。「歴史其儘と歴史離れ」は、このような時期の鷗外が「山椒大夫」（『中央公論』大正四・一）執筆の際の創作余談として発表したものであり、史料の事実性に束縛された「歴史其儘」からの自己解放を試みる「歴史離れ」への移行宣言となっている。白眉の歴史小説論として、現在に至るまで歴史小説作家や文学史家に多大な影響を与えた著述である。

ここでは、歴史小説を創作する際の材料となる史料をどう扱うべきかという課題が扱われている。もともと「所謂 normativ な美学を奉じて」坪内逍遙との間で没理想論争をたたかわせた経験もある鷗外は、「小説はかうなくてはならぬ」という意識の強い作家であった。このエッセイの冒頭でも「材料を観照的に看た程度」で書いたとする「栗山大膳」（『太陽』大正三・九）を「小説」として発表するつもりがなかったことを明かしている。逆に言えば、「小説」である以上は、その材料を「観照的」に扱うだけでは済まされないはずだというのだ。このあたりには、「史料」という歴史的事実を小説の材料とすることに対する鷗外の躊躇とジレンマが窺えよう。引用箇所で鷗外が「　」付きで示している「自然」には、自然主義小説への強い意識が働いている。すなわち、「歴史其儘」であることは、このエッセイが書かれた当時の文壇において主流を占めていた自然主義系の小説群に見られた、事実を「小説」に加工する意識と通じるものにほかならないとする主張であった。後年、谷崎が「日常身辺の些事のみ描いて、それを兎や角と論議してゐる文壇」に対して、歴史小説を「過去を再現する文学」と位置づけてその可能性を論じた姿勢に通じるところがある。(4)

大岡昇平は、鷗外の主張が「歴史小説家の活動を束縛」すると同時に、「逆に「歴史離れ」の「美名」によって、恣意的な歴史小説製造の口実を与えた」(5)する。たしかに、鷗外以後の歴史小説は、多くその表現の場を大衆小説の領域に置くことになる。こうした歴史小説の位置と、昭和初期の谷崎が大衆文学を梃子にしながら既存の文学の価値を捉え直そうとしたことを考え合わせると、「春琴抄」が目指した「ほんたうらしい感じ」を目指す「形式」を歴史小説の問題に引きつけて考えようとしていることの意味は小さくない。それはまた、小説と歴史叙述の間に横たわる問題を注視することでもあった。

直木氏の歴史物についても同じことが云へると思ふ。氏が在来の軍記類や新史料を渉猟して、英雄豪傑の言語声色を再現し、大がゝりな小説の世界を展開した精力と手際とは、嘗て私も論じた通り敬服に値ひするけれども、もし「巧さ」と云ふことを離れて、扱はれた史実が人を感動せしめる力から云へば、平家や太閤記の記述の方がむしろ優つてゐるのである。私は石田三成の悲壮な生涯に多大の興味を覚える者ではあるが、それにしても氏の「関ケ原」を読む時よりは、却つて渡邊世祐博士の「稿本石田三成」を読む時に、一層感銘が深いのである。

（「春琴抄後語」）

谷崎は「心理の解剖だとか、場面の描写だとかに巧緻を競」うような「形式」では「読者に実感を起させる」ような「ほんたうらしい感じ」は表せないとし、大衆小説の代表的な作家の一人であった直木三十五の「歴史物」

を取り上げ、歴史小説を書く際の問題を論じるための引き合いとして『稿本』を賞揚するのである。

谷崎が注目しているのは「史実が人を感動せしめる力」である。むろんここでいう「史実」とは、過去の事象そのものを指しているのではない。物語化された〈歴史〉であり、「叙事的記載」とここで述べられているような形式にほかならないのである。

歴史学者の取捨選択と物語化によって〈歴史〉がつくられると考えるならば、『稿本』こそがその具体的な事例とされているのは、もはやいうまでもないだろう。後述するように、まさにこの書物は、さまざまな文献に基づいた「叙事的記載」が盛り込まれたものなのだ。これをもとに、谷崎は「聞書抄」を物語ることの実践において、〈歴史〉を今一度自らの言説において編集し直すことを目論んだ。歴史学者による整理と判断の向こうに、再び「叙事的記載」を置き直そうと試みているのである。ここから、「聞書抄」における『稿本』の言説との葛藤の様を捉えていくことにしよう。

## 2 新聞連載から単行本へ

まず、「聞書抄」というテクストの性格を捉えるために初出の新聞連載テクストから単行本化される過程を確認しておきたい。新聞連載終了から八年を経て創元社より刊行された単行本『聞書抄』には、次のような「はしがき」が付されている。

聞書抄が潤一郎六部集の中の一部として創元社から刊行される運びになつた。本来六部集は昭和十一年六月に第一集蓼喰ふ虫を出してから、第二集に盲目物語を、第三集に吉野葛を出し、今回の聞書抄を加へて漸く四部に達した訳で、なほ完成には二部を残してゐるのであるが、時局に鑑み、一先づこれを以て刊行を中止することにした。且今回は限定版とせずに普及版とし、型も規格のB五判に従つたので、前の三部集とはいくらか体裁の違ふものになつた。

（『聞書抄（第二盲目物語）』創元社、昭和一八・一二）

「潤一郎六部集」とは、昭和一一年以降に、谷崎自らが装幀を担当して、三百七十部の限定版として連続刊行した、趣味的な色合いの強い書籍シリーズである。『聞書抄』に先立って刊行された三冊はいずれも手のこんだ装幀で価格は一冊あたり十円であった。同時期に刊行された谷崎の書籍が一円五十〜九十銭程度であったことを考え合わせても、相当に贅の凝らされた書物であることが理解できよう。これらに対し、『聞書抄』は引用文中にあるように「普及版」として、価格が二円八十銭に抑えられ、発行部数も七千部に及んでいる。初出から初刊まで八年間ものタイムラグを経てこうした出版がなされた背景には、当時の谷崎の置かれていた状況が関係しているとみられる。

後述するように、「聞書抄」の新聞連載最終回の末尾で谷崎は、「聞書後抄」なる続編の発表を読者に約して筆を擱いている。作品が未完成だったことが、連載終了直後に単行本化されなかった理由として考えられるのである。しかし、予告された「聞書後抄」が書かれることはなく、連載が終了した年の九月頃から谷崎は、かねてより依頼されていた『源氏物語』の現代語訳に取りかかるのである。以来、現代語訳が完成する昭和一三年九月までの足かけ四年の間、「猫と庄造と二人のをんな」（『改造』昭和一二・一、七）を唯一の例外に創作から離れ、中央公論社がその生活を保障した。こうして完成した『潤一郎訳　源氏物語』全十三巻は、昭和一四年一月から昭和一六年七月にかけて同社から刊行され、好調な売れ行きをみせた。

昭和一八年になって、谷崎は「細雪」の『中央公論』誌上への連載を開始するが、同誌一月号および三月号に

第二回まで掲載したところで当局から連載中止を言い渡されてしまう。その後も密かに書き続け、翌昭和一九年七月には上巻を私家版として刊行するものの、これが発禁処分を受けた。この経緯については第3章で詳述したとおりであるが、『聞書抄』単行本が出版された昭和一八年一二月、谷崎はまさにこの渦中にあったのである。「聞書後抄」がついに書かれなかった理由は定かではないが、ともかく谷崎が、『聞書抄』を「普及版」として出版することで、まとまった印税収入を得たことは間違いない。

「聞書抄」が初出の新聞連載から初めて単行本化されるまで、すなわち昭和一〇年から一八年に至る八年間は、日中戦争が泥沼化し、ついには対米戦争へと踏み切っていく時期にあたっている。繰り返しになるが、この間の谷崎は『源氏物語』現代語訳に取り組み、その後、大作「細雪」の執筆にとりかかるものの、そのいずれもが、当局の干渉を受けた。こうした外的な状況は、〈歴史〉を物語るというこの作品の性格上、無関係ではないはずだ。しかし、ひとまずその点は措いて、「聞書抄」の物語に注目してみたい。

「聞書抄」の物語言説の位置を考えるために、初出の新聞連載テクストと単行本テクストとの違いを確認しておこう。

新聞連載終了時、最終回にあたる連載第73回（昭和一〇年六月一五日掲載分、以下、連載回は〔　〕で示す）は、高野山で自決した秀次の首が晒される前で、その一族が揃って刑死していく様が『太閤記』の記述を引用しながら描かれる。その末尾で、谷崎は連載終了に至る経緯の説明をした上で、続稿執筆の意欲を次のように書きつけている。

その日の河原が如何にきらびやかな地獄絵巻を繰りひろげたか、——私は実は、「聞書」が伝へる順慶の直話に依つてその光景を詳しく紙上に再現し、併せて順慶が、弓矢を捨てたのみか琵琶をも捨てゝ、或る時は悔い、或る時は怒り、或る時は悟り、或る時は狂ひつゝ、遂に一生恋ひしい人の幻影を盲ひた眼から消すことが出来ず、迷ひに迷つて塚守りになつたいきさつを物語りたいのであるが、いかにせん作者の根気が足らず、日々一定の分量を書き続けることが困難なため、新聞紙にも読者にも度々迷惑をかけてゐるので、近日「聞書後抄」と題し、某雑誌の誌上に於いて此の続篇を発表しようと思ふのである。終に臨み、長い間辛抱して下すつた読者諸君の寛容を謝するとともに、いづれその続篇の出た時は改めて御愛読あらんことを、お願ひ申しておく。

（「聞書抄」〔73〕）

傍線部の記述にも表されているように、この年の一月から始まった「聞書抄」の新聞連載は、最初の二ヶ月ほどは順調であったが、三月半ばあたりからとびとびになり、ついには四月一〇日から五月二〇日までおよそひと月半ほど不掲載となるなど、不定期の休載を繰り返しながらどうにか六月までこぎつけたものであった。谷崎は、こうした事態を読者に詫びながら新聞連載を続けていくことの負担を述べ、続きは「某雑誌の誌上で」と、メディアを雑誌に移した上で作品そのものを続けていくことを宣言していたのである。

この予告された続稿が書かれないまま八年後の単行本化を迎えることになるわけだが、この時谷崎は、全編にわたって語句の修正を行い、また、何箇所かの大きな改変を施している。順調とは言い難い新聞連載が物語るように、「聞書抄」は、全体の構想はあったものの、途中で試行錯誤を繰り返しながらどうにか内容を積み上げていったタイプの作品だったようだ。したがって、初出から初刊への細部の改変をみていくことで、この物語の〈全体〉が結果的にどのようなものとなったのか確認できるはずである。その意味で注目すべき単行本の結末部分は以下のとおりである。

その日の河原が如何にきらびやかな地獄絵巻を繰りひろげたか、——私は実は、「聞書」が伝へる順慶の直話に依つてその光景を紙上に再現し、併せて順慶が、弓矢を捨てたのみか琵琶をも捨てゝ、或る時は悔い、或る時は怒り、或る時は悟り、或る時は狂ひつゝ、遂に一生かのおん方の幻影を盲ひた眼から消すことが出来ず、迷ひに迷つて塚守になつたいきさつを、もつと委しく書き記したいのであるが、それらはいづれ「聞書後抄」と題し、他日筆硯を新たにして再び稿を続ける折もあるであらう。即ち茲に物語つたところのものは、纔かに源太夫が「聞書」の前半に過ぎないのである。

（『聞書抄』）

二つの引用に傍線を付した箇所が異同部分である。一見したところ内容的には大きな変更はないが、続稿執筆についてメディアの変更という具体的な方策まで示してあった初出テクストに対し、単行本においてはこの作品を「源太夫が「聞書」の前半」であると、ここまでをとりあえずはひとまとまりのものとしていることに留意すべきであろう。なぜなら、この記述は、傍線の前の部分の言説の質的な転換を意味するからだ。すなわち、初出テクストでは、順慶の書かれなかった後日譚を続稿で明らかにすることが予告されているのに対し、単行本テクストの内容は、「前半」とされてはいても、その後日譚を含まないかたちでの、これはこれとして完結した物語であることが明示されていると考えられるのである。

初出の新聞連載から単行本に移行する際、順慶の〈書かれなかった後日譚〉の質が転換することは、順慶が「聞書抄」の起源となる出来事の当事者であり、語りの連鎖を軸とするこの物語の中核に位置する人物であることを考え合わせると、単なる本文改変に伴う位置づけの変更というだけには留まらない問題を孕んでいるはずだ。以下、改変箇所を確認しながらこの問題を検討してみたい。

## 3　削除された冒頭部

初出テクストと単行本テクストを比較すると、最初に出遭う大きな改変は、冒頭部分である。単行本化に伴って、〔1〕から〔5〕までの五話分が全面的に削除されているのである。この大幅な改変は、単なる内容変更というよりは、むしろ、この部分を単行本テクスト——完成版「聞書抄」の内部に入れることを避けたとみる方が妥当であろう。この削除部分をテクストの内部と外部の狭間に位置づけて検討してみると、「聞書抄」の特徴を捉える上で示唆を得るところが少なくない。特にテクストの性格に関わる内容と思われる部分をいくつか取り上げてみよう。

〔1〕の冒頭、すなわち初出の書き出しは、「東海道線の汽車に乗つて安土から彦根のあたりを通るときにいつも感じることなのであるが、昔の大名、一国一城のあるじと云ふものは、何と云ふ見晴らしのよい場所に居館を構へてゐたことであらう」と始められているように、エッセイふうに琵琶湖の風景を愛でながら、かつてそれを所有した「昔の大名」の富と権力の強大さが現代の富豪との比較を施しつつ叙述されている。その上で〔1〕は以下のように閉じられている。

わたしは彦根の城の天守を仰ぐ毎に、徳川氏三百年の治世のあひだ此処で三十五万石の封禄を食み、湖光嗹影を我が物として暮らしてゐた井伊氏の代々を心に描いて、凡そ天下に此の城の主と生れた人ほど仕合せな者があるであらうか、井伊氏の祖先はいかなる善根に因つて斯かる恵みを児孫に及ぼしたのであらうかと、羨望の念が湧くのであるが、それと同時に、つい此の近所の佐和山城に住んでゐた石田三成の運命を考へ、自分が三成であつたならば、此の好風景を領有することに人生の愉悦を見出だして、由なき戦ひは起さなかつたであらうものをと思ふのである。

すなわち、〔1〕の末尾は、風景の中心に位置する彦根城の「井伊氏」と「石田三成の運命」が対照させられ、三成が「由なき戦ひ」を挑んだことは、現代の価値判断からすると到底理解を超えた行動であると評価しているのである。こうした感慨は、石田三成の行動をどう読みとっていくかという方向へと物語を導引する。果たして〔2〕以降、そうした内容で物語が編まれていくのであるが、〔2〕の冒頭は、参照された『稿本』の長い引用から始まっている。

今、渡邊世祐博士著の「稿本石田三成」を読むと、「(…引用部省略…)」とある。三成は少年の頃佐吉と云はれて太閤の座右に召使はれてゐたのが次第に出世をし、天正の末には江北四郡の代官となり、その後間もなく此処の主となつたのであるが、「三成に過ぎたるものが二つあり島の左近と佐和山の城」と云ふ落首が流行つたのを見ても、ほゞその城の規模をうかゞふことが出来る。

『稿本』から引かれているのは、石田三成の居城であった佐和山城の威容である。この引用された言説は、直後に現在の通説としての歴史認識と結びつけられてこの「城の規模」を表している。

この後には「犬上郡大瀧村地方に行はれるかんこ踊と云ふ童謡」の一節が引かれ、さらには「今日わづかに天守のみを存してゐる彦根の城でさへ、上り下りの汽車の旅客に忘れ難い印象を与へ、あの湖畔の眺望に少からぬ風趣を添へてゐるのであるから、天正文禄の昔、新たに修築された佐和山の城が湖に影を映しつゝ、層々と聳えてゐた有様はどんなであつたか」と、現存する「彦根城」を参照枠とした上での想像が語られる。すなわち、〈引用〉された歴史学者の言説は、〈歴史〉を語る上での超越性が与えられるのではなく、土地の「童謡」や彦根城といった現在も参照可能とされるものによって相対化され、様々な解釈を呼び込んでいく上での一つの可能性を示したものと位置づけられているのだ。

こうした佐和山城の印象は、〔2〕の末尾近くで以下のようにまとめられている。

而も地点が京都と東国との要衝に当り、人通りの多い天下の往還を扼してゐたことを考へれば、如何に旅人の眼をそばだてしめ、世上の噂に上つたであらう。蓋、城の景色は水を得た時に甚だ魅惑的であり、就中湖水を擁して立つてゐるものが最も詩情をそゝることは、かのシロン城の写真などを見てもその感を深くするのであるが、それにしても三成は若冠にして大名の列に加はり、まだ四十にもならないうちに近江半国の領主となつて、かくばかり風光明媚な城邑に封を受けながら、何故それを以て足れりとしなかつたのであらうか。

この部分の「世上の噂」が、先に置かれていた「落首」のもとになったものであることはいうまでもないであろう。そうした噂話の所在が再び示され、その一方で、湖水と城の結びついた景観は「シロン城の写真」などと結びつけられて「湖畔の城」として一般化される。そしてここでもやはり、〔1〕の末尾と同じく、これだけの風景と城を手に入れながら満足しなかった三成の行動の不可解さに対する疑問が呈示されている。こうした内容をみていくと、〔1〕において彦根城をとりまく風景と井伊家が結びつけて語られていたことと対の関係で〔2〕が構成されていることに気づくであろう。

注目したいのは、『稿本』と「童謡」の引用の間に挟まれている箇所である。ここには、一般認識あるいは通説としての石田三成および佐和山城が書き込まれており、その出典が明記されないまま、一般認識としての〈歴史〉との連続性に『稿本』が接続され価値づけられているのである。そしてそれはまた、土地に「今」も伝わるとされる「童謡」によって歌われる城の威容が示された後、現在目にすることのできる彦根城を参照枠とした判断が下されることとも連動している。ここには、現在の歴史・時代認識を前提に、「史書」や「口碑」という語りの現在時においても流通する言説を評価するといった、歴史叙述の上での転倒が認められる。それはまた、現実の地政学的な判断や、湖水と城の結びついた景観の美といった一般的な印象とも重なりながら、物語における〈歴史〉の価値を決定づけていくのである。そして、〔2〕の末尾において再び〔1〕の末尾と同様の三成の行動を疑問視する言説が出されるとき、物語は三成の内面をめぐる物語へと決定的に方向づけられることになるのだ。

こうした内容は〔3〕においても同様で、「杭州の西湖」というよく知られた湖上の風景をめぐる言説と琵琶湖の印象が重ねられ、またしても「此処に大名となる者の幸福」が強調される。その上で、以下のように語られるのである。

しかしながら、そんな風に思ふのは苟且偸安を事とする現代の小説家根性であつて、地下の三成に聞かせたら、英雄の心事を解せざる意気地なしの徒輩が何を云ふかと一笑に附するに違ひない。まことに、治部少輔三成は私のやうな弱虫ではなかつた。彼は戦国の武士として勇敢に戦ひ、潔く散つた。彼が関ケ原に於いて乾坤一擲の輪贏を争つたのは、豊臣氏の恩に報いるためであつたか、或は自ら取つて代らうとする底意であつたかは明かでないが、不幸にして折角の壮途も空しく、捕はれて累絏の辱めを受け、慶長五年十月一日、七条河原に斬られたことは歴史の記す通りであつて、眇たる故山の城地など、大志を抱く彼に取つては初めから問題ではなかつたであらう。

ここで三成の事跡が要約され、〔1〕および〔2〕の末尾で出された疑義への回答が出されるのだが、「眇たる故山の城地」を愛でるような「苟且偸安を事とする現代の小説家根性」をもつ「私」との比較の上でそれはなされている。こうした回答は、語られてきた土地や風景をめぐる印象の否定の上に成り立つものである。まさしく「歴史の記す通り」であり、ここに至って、物語の現在時における感覚が〈歴史〉によって相対化されるのである。

こうして語り手のもつ現代的な感覚と切り離された上で、物語は敗者たる三成の〈歴史〉へと展開する。引用部に続く以下の部分で〔3〕は結ばれる。

けれどもそれはそれとして、その後彼の居城であつた佐和山の城はどうなつたか、又彼の遺族の者共は如何なる成行きを辿つたか、此の物語は先づそのことから説き起すであらう。

ここには、佐和山城のその後、および、三成の遺族のゆくえといった二つの物語が設定されている。これら二つのテーマのうち、佐和山城落城の経過については〔4〕と〔5〕で詳述され完結する。もう一方の三成の遺族のその後が〔6〕以降で展開され、「聞書抄」の前半部分を成していくのである。

既に述べたように、初出テクストのうち〔5〕までの内容は単行本テクストからは削除されている。したがって、ここまで検討した内容も、また、〔4〕〔5〕で語られた佐和山城落城の顚末も、単行本テクストにはその痕跡もない。単行本テクストは、三成の遺族が落城後にどのようにして生きたのかというところから語り起こされているのだ。〔4〕〔5〕の内容は、既にその所在が明かされている『稿本』からの引用とコラージュによって成り立っている(6)。その一つ一つをここで確認することは控えるが、指摘しておきたいのはその言説の呈示の方法である。そこで、〔4〕の前半部分のみ次に引用し分析を加えておきたい。

「石田軍記」に曰く、「江州佐和山の城には三成関ヶ原出張の跡に父の石田隠岐守、兄石田木工助、同息右近並舅宇多下野守楯籠りしが、関ヶ原歿落の由を聞きて若し三成帰城あるべきかと城戸口に待窺へども其沙汰もなく、只不吉の説のみなれば、新参はいふに及ばず、年頃日頃の郎従までも頼み寡く思ひにけるにや、次第々々に落失するによりて、番を据ゑて制止しけれども、後には番聚も打連れて落行きければ、今は面々が譜代の侍計り、僅に卅四騎残りける」と。これは慶長五年九月十五日の夜から十七日の払暁に至る形勢であつた。蓋関ケ原に於いて両軍の雌雄が決し、西国方の全軍が総崩れになつて潰走したのが十五日の午後二時半頃であつたと云ふから、城では恐らく数時間後に敗報を聞いたであらう。当時、三成の留守を預かつて城の主将となつてゐたのは父隠岐守正継であつて、舅の宇多下野守はその子頼重、及び大坂から来援した弓鉄砲の物頭赤松則房、長谷川守知等と共に本丸を守り、兄木工頭正澄は右近と共に三の丸を堅め、老臣河瀬織部は搦手なる水の手口に、同じく老臣山田上野は大手の太鼓丸に詰めてゐた。さればこれらの人々が主人三成の安否を気づかひ、流言飛語に迷ひながら、或は城へ逃げ帰つて来ることもあらうかと心待ちにしてゐた様子は想像するに難くないが、その後杳として三成の消息は分らなかつた。関ケ原と佐和山との距離は約六七里、その間に磨針峠の難所があり、山路つゞきではあるけれども、江北の地は三成が生れ故郷のことでもあり勝手を知つてゐる筈であるから、城を志して落ちたとすれば、いかなる間道を通つてゞも帰れないことはないであらうに、とかくするうち、翌十六日には家康自ら軍を進めて佐和山の南野波村の正法山に陣し、鳥居本より二た手に分れた関東勢が大手と搦手とに向ひ、早くも城を包囲したので、もうさうなつては主人の帰りを待つ望みも絶えてしまつた。あはれ殿様は乱軍の巷に討死に遊ばされたであらうか、それとも戦場より何処かへ逃げ延び、厳しい詮議の眼を免れて野に伏し山に隠れつゝ、今も御無事でをられるであらうかと、城中の者共は胸を痛め、君の先途を見届けないのを心残りに思ひながらも、今は寄手の大軍を相手に快き一戦を遂げて最期を飾るより外はなかつた。

家康の麾下に属して城を囲んだ東軍の諸将は、井伊直政、小早川秀秋、脇坂安治、朽木元綱、田中吉政等であつたが、（…）

冒頭には、国史叢書に入った歴史書である『石田軍記』という、いわば〈歴史〉のスタンダードが引用され、関ヶ原敗戦前後の佐和山城内の状況が述べられている。

『石田軍記』引用の後には、この歴史書を前提とした語り手の判断が語られるのであるが、この後、より細かい情報が列挙されて事態が整理されながら引用部の内容が今一度語り直され、落城に至る寄せ手の状況へと接続されるのである。先に述べたように、語り手の言説は、ここでは明示されていないが『稿本』の記述がもとになって構成されたものである。特に引用文中の傍線を付した箇所がそれにあたっている。この部分のレトリックの特徴を捉えるために、以下に引いた『稿本』の言説と比較してみよう。

三成、さきに、大垣より佐和山に帰り、防禦の備をなし、父隠岐守正継を、これが主将となし、外舅宇多頼忠、その子頼重・及び、大坂より援軍として来りし弓鉄砲の物頭赤松則房・長谷川守知等と共に本丸に居らしめぬ。また兄木工頭正澄は、右近（正澄の子か）と共に三の丸を守り、老臣河瀬織部（さきに岐阜城に赴きし左馬助の父）は搦手なる水の手口に、老臣山田上野は大手の太鼓丸にありて、守備を厳にして敵の到るを待てり。（近江輿地志略 関ヶ原合戦志）家康は、九月十五日、井伊直政・小早川秀秋・脇坂安治・朽木元綱・及び、田中吉政等をして佐和山城に向はしむ。而して、翌日、親から本営地藤川台を発し、本隊を率ゐて、これに次ぎ、佐和山の南、野波村の正法山後勝山と云ふに陣せり。秀秋等諸将は鳥居本より分れて二軍となり、秀秋・及び、安治等の一軍は、大手に向ひ、吉政等は搦手なる水の手口に向へり。

（『稿本石田三成』）

これを見ると、「聞書抄」の傍線部が『稿本』の言説をほぼ逐語的に用いられたものであることが明らかであろう。こうした引用・コラージュに挟まれるようにして語り手による判断と解釈が配置されていることは、先の引用の波線を付した箇所の表現からも分かるはずだ。こうした積み重ねの上に、文中末尾の傍線箇所の前の部分「もうさうなつては……」以下で、「城中の者共」の内面までが想像／創造されているのである。

このように、『石田軍記』の〈引用〉を再構成した言説は、一見したところでは「私」の理解による語り直しであるかのように配置されている。しかしプレテクストを参照してみると、歴史叙述と解釈との間の微妙な差異を確認できるのである。このような表現は、第7章で検討した「盲目物語」の話型にも通じるものであり、歴史軍記物を谷崎が書く際に敢えて他者の言説を交差させる手法とみることができる。ただし、「盲目物語」と決定的に異なっているのは、『石田軍記』というプレテクストや、次の〔5〕において「「後世この位置を女郎隧と云ふ」と、「稿本石田三成」は記してゐる」とあるような、言説のもととなった歴史書の存在が明示されていることである。ほかにも、「歴史書の記すところに依れば……」とプレテクストの存在が示された上で三成の妻の自害の様子が描かれる。[7] すなわち、ここでの言説が、引用とコラージュが幾重にも繰り返された上に「私」＝語り手の歴史認識が呈示されたものであることが、読者にも伝わるかたちで示されているのだ。

〔5〕の末尾では、こうした歴史認識と物語との距離が以下のように説明されている。

尤も元亀天正より慶長元和の頃にかけて世に現はれた英雄豪傑の伝記と云ふものは、多く花々しい合戦の始終や武勇の逸話を物語ることに忙しくて、彼等の家庭生活や婚姻関係などについては、ごく稀にしか説いてゐないのが普通であるから、三成の如き敗将の遺族の事蹟を、誰あつて顧みる者もないのは当然であるかも知れない。しかしながら、彼等のうちの二三人の人々の成行きについては満更手が丶りがないのでもないから、私に分つてゐるだけのことを記してみよう。

かくして、「聞書抄」は敗残者の物語を紡ぐ方向に進んでいく。繰り返し述べたように、続く〔6〕からが単行本テクストということになる。〔5〕までの内容は、完成版の「聞書抄」からは抹消された部分に過ぎない。見てきたように、ここまでの部分は、大文字の〈歴史〉に含まれ得るような「英雄豪傑の伝記」に連なるものにほかならない。それがための削除であったと考えることもできるだろう。

しかしこの削除された冒頭部の言説には、それら「世に現はれた」〈歴史〉をコンテクストとして取り込む際の仕掛けと、その言説モデルを認めることができるのである。

## 4　単行本テクストにおける〈歴史〉

初出テクスト〔6〕以降、三成の遺族のその後が物語の中心となる。この単行本テクスト冒頭箇所には、まず、三成の嫡子である重家の「後日譚」が二つの歴史書が呈示されるかたちで展開されるのだが、最初に置かれた『豊内記』が該当箇所をほぼそのまま〈引用〉されているのに対し、その引き合いとされる『稿本』は語りの地の文に取り込まれながらやや要約的に参照されているにすぎない。これら二つのプレテクストの扱いの差に「聞書抄」の語りの特質が顕れている。
はじめに「聞書抄」（単行本テクスト）の記述を確認しておこう。

改定史籍覧第十三冊別記類の中に載つてゐる豊内記と云ふ書は、一名を秀頼事記と云ひ、大坂の滅亡を見届けた高木仁右衛門入道宗夢の物語を、桑原求徳が書き集めたものであると云ふが、同書上巻の一節に石田三成が嫡子隼人正重家の後日譚が見えてゐる。曰く、「（…引用部省略…）」と。此の話はいかにも哀れで、敗将の児の運命はかうもあつたであらうかと思はれ、一掬の涙を催さしめるが、しかし隼人正の生涯については諸書の所伝がまち〳〵であつて、必ずしも豊内記の説くところと一致しない。今試みに渡邊世祐博士の「稿本石田三成」に依つてそれらの異説を列挙すると、隼人正は関ヶ原合戦の当時佐和山にゐたのではなく、毛利輝元、増田長盛、長束正家等の嫡子と共に人質として大坂城内にゐたのであるが、一説には、九月十九日の夜、乳母や津山甚内と云ふ武士に扶けられて大坂を逃れ、京都に来て妙心寺の寿聖院に入つたので、寺からその旨を所司代奥平信昌に届け出たところ、やがて家康から助命の沙汰が下つた。依つて剃髪して宗享と号し、後には寿聖院第三世の大禅師となり、貞享三年閏三月八日を以て寂したと云ふ。（…）又岩淵夜話に依れば、宗享禅師は泉州岸和田の城主岡部宣勝に扶助せられて極老に及び、岸和田に於いて遷化したとも云ふ。尤も、古今武家盛衰記、諸家興廃記、翁草等の記すところは少しく趣を異にしてゐて、隼人正の大坂脱出を九月十七日の夜であるとし、津山甚内を乳母の父津山喜内と云ふ者であるとし、それともう一人和田千之助と云ふ武士が扈従して奥州へ落ち行き、津軽為信の内に知る人があつたのを頼つて密かにその家の客となり、幸運にも捜索の網を逃れて余命を完うすることが出来た、現に津軽家の旧臣に杉山氏を称する者があるのは三成の子孫であるとも云ふ。以上の諸説は孰れも隼人正が無事にながらへてゐたことを語つてをり、豊内記の哀話と相違してゐるけれども、戸田左門覚書にも三成の子の左吉と云ふ者が佐和山より逃れて高野に走つたことを記してゐると云ふから、隼人正と左吉を同一人なりや否やは明かでない迄も、誰か三成の遺児のうちに、豊内記が伝へるやうな悲劇に遭遇した者があることを想像せしめる。（『聞書抄』その一）

冒頭で『豊内記』が、「改定史籍集覧」[8]という歴史全書的な叢書に含まれる文献であることが明示され、この部分の〈歴史〉を語る上での卓越性が与えられていることに留意したい。『豊内記』の引用部には、関ヶ原敗戦後に一旦は自害を決意した重家が「後見ノ男」の勧めで佐和山城から高野山まで落ち逃れたものの、結局「逆徒ノ大将ノ子」として山から下ろされ、「武士ノ手ニワタ」され「アヘナク頸ヲバ刎ニケル」というところまでの経緯が記されている。

その一方で、初出テクストにおいては〔2〕の冒頭で佐和山城の当時の威容を説明するためにその本文が引用されるなど、三成に関わる叙述の最初に配置される重要な歴史書として扱われていた『稿本』は、単行本テクストでは『豊内記』に準じる位置に置かれている。単行本テクストにおける『稿本』は、『豊内記』の記述――大文字の〈歴史〉を相対化するための「異説」を集めた文献として取り上げられているに過ぎない。実際のところ『稿本』は、集められた様々な文献史料によって構成された書物である。[9]その点では、ここに示されたような多様な「異説」を列挙して物語る上で格好の参考文献と言ってよい。しかし、この部分の言説は、単に『稿本』を下敷きにして叙述されたものなのだろうか。以下、『稿本』の該当箇所をみていくことで、プレテクストとしての歴史文献がどのように「聞書抄」に組み込まれていったのか確認してみよう。

ここで参照された『稿本』本文は、「第二十八章　その一族」の「第二節　その子孫」の箇所である。この節は著者渡邊博士の「当時、及び、その後に成りたる記録・随筆等の中に就き、吾人の見たるところを綜合して、聊か、これを誌るさん」という決意表明のもとにまとめられている。前半は、「聞書抄」の先の引用の「一説には」以下に要約された内容が記されている。問題は、それに続く次の部分である。

（…）また岩淵夜話の説によれば、宗享禅師は和泉岸和田城主岡部宣勝に扶助せられて極老に及び、岸和田にて寂せしとも云ふ。霊牌日鑑 岩淵夜話

この外、重家に関しては、また、別に説あり。大坂の滅亡を見届けたりと云ふ高木仁右衛門なる人の物語を桑原求徳の書き集めし豊内記に、重家大坂城に居りしが、戸田左門覚書には三成の子左吉佐和山より高野に逃るとあり、重家と左吉とは兄弟なるや同人なるや詳ならず高野に逃れ、後に捕へられて殺されたりとあり。而して史料としては多少疑ふべき点ある霊牌日鑑・古今武家盛衰記などに、慶長五年九月十七日、土田外記が、佐和山城より逃れて、石田氏一族の菩提を弔ふために、高野山に走れりとあり。また三玄院過去帳に、石田主水正が、その十二月二日に死せし（殺されしか）とあり。この二つの事実をば豊内記は重家の事と混同して書きしものにあらざるか。

この外に異説とも思はるゝは、かの古今武家盛衰記・諸家興廃記・翁草等、これ等共に同じ材料に、よりて書きしものなれば皆史料としては、多少の疑ひあり、に三成の嫡子重家は、扈従和田千之助・並に、乳母の父津山喜内に伴はれ、慶長五年九月十七日の夜、大坂を忍び出でゝ、奥州に落ち行き津軽為信の内に知る人有りしかば、この処に忍び居て命を終へたりとも云へり。現に津軽家の旧臣に杉山氏あり、三成の子孫なりと云ふ。されど、その家には石田氏に関する書類は少しもなく、只先祖の一肖像あり。これ三成の肖像ならんと云ふ伝説あれども、この肖像は新らしきものにて、果して三成なるや否や頗る疑はし。（…）既に寿聖院霊牌日鑑・岩淵夜話等に依りて重家の事を説きたる通なれば、その奥州に逃れしと云ふ事は、信じ難し。

（『稿本石田三成』）

傍線を付した箇所は、「聞書抄」本文に、細かい語句の表現なども含めて、ほぼそのまま取り入れられている記述である。一方、一部の割注を含めて波線を付した部分は史料そのものに対する評価や疑義が唱えられている部分であり、これらのいずれもが「聞書抄」の叙述においては外されているのだ。

さらに注目すべきなのは、二重傍線を付けた二つの箇所である。

一つ目は、『豊内記』に関する記述である。「聞書抄」における叙述の前提となっていた〈歴史〉は、ここでは逆に、前半部分の記述を相対化する役割が与えられている。また、二つ目はたしかに「聞書抄」でも用いられていた「異説」という表現であるが、「聞書抄」においては『稿本』の内容全体を通して「異説」の「列挙」とされており、諸説の間に歴史的信憑性といった意味での序列はない。「聞書抄」ではその前に置かれたものに対して「少しく趣を異にして」とされた三文献の記述こそ、『稿本』で「異説とも思はるゝ」という評価が与えられたものだったのである。

一見、微細な異同に過ぎないと思われるようなこうした変更だが、歴史叙述という行為の意味を念頭に置くと、見逃してはならない問題を孕んでいる。すなわち、歴史書である『稿本』は明らかに一つの事実性を志向しているのであり、ここで取り上げられた諸文献は、引用末尾の箇所に「既に寿聖院霊牌日鑑・岩淵夜話等に依りて重家の事を説きたる通なれば」とあるように、前半部の叙述に対する真偽をめぐる歴史学者の判断と序列の上に配置されているのである。翻って、歴史小説である「聞書抄」においては、そうした序列が半ば無化され、正史ともいうべき大文字の〈歴史〉を相対化する「異説」として一括りにされているのだ。

こうしてみれば、『稿本』をもとに「聞書抄」を物語化する際の谷崎の意図は明らかであろう。先に述べたように、もともと『稿本』はさまざまな歴史文献を「綜合」して叙述された歴史書である。これ自体が引用とコラージュから成り立っているのだ。しかしその叙述は、ただ一つの真実の復原を志向する意識に裏打ちされた行為でもある。こうした歴史叙述における出来事をめぐる解釈や判断は「聞書抄」からは慎重に取り除かれ、それぞれの文献の叙述がせめぎ合う、異説と異説の交錯する場へと置き直されているのだ。ここにこそ、自らの表現において〈歴史〉から〈小説〉へと表現の形式を作り変えていく際の谷崎の構成意識を認めることができるであろう。「聞書抄」の物語は、ここから、三成の息女たちの行方をめぐる内容へと展開する。ここでもまた、『稿本』の叙述が、重家の「後日譚」とほぼ同じ方法で組み換えられ、質的転換を経て示されていく。「聞書抄」の書き手──谷崎は、『稿本』をある部分では〈引用〉し、あるいは〈参照〉し、さらには内容を〈要約〉〈削除〉し、といったようにさまざまな編集を施しながら、物語言説の中に取り入れている。

このようなプレテクストを用いた話型は、「聞書抄」の主軸を成す物語において、語りの特質そのものとも繋がっている。次節以降、語りの構造に注目しながら、この点について考察してみたい。

## 5──〈歴史小説〉を生成すること

本章冒頭で述べたように、「聞書抄」は、「盲目物語」の作者である「私」のもとに送られてきた『安積源太夫聞書』という書物をめぐる物語である。老年になった安積源太夫という男の手によって成ったという設定のこの写本は、四十年前に源太夫が京都で出会った老尼──石田三成の娘であるという──から聞いたとされるものなのだが、老尼の語る内容もまた、三成没後に偶然出会ったある不幸な盲人からもたらされたものなのである。まだ幼かった頃の老尼は、佐和山城落城後に乳母とともに京に逃れ、そこで父三成の刑死に遭遇する。処刑の後、弔いのために父の首が晒された三条橋の角を訪れた際に、この盲人と出会ったのである。関白秀次一族の墓守をしていたため「畜生塚の順慶」と呼ばれていたこの男は、もとは三成に仕えた武士であった。その当時、秀次と相克の仲にあった三成によって、内情を探るため盲人にやつして秀次の住まいであった聚楽第に送り込まれるが、やがて、武士としての義理や秀次夫人への想いから逃れようと、自ら目を突いて本物の盲目になったのだという。「聞書抄」の後半は、この順慶が直接関わった秀次一族の悲劇的な末路が語られていく。すなわち、偽りではあれ、盲人であるがゆえに歴史上の人物と直接関わりその裏面を伝える役割を担うことになるのだ。こうした語り手の位置は「盲目物語」の語り手・弥市と同様であり、「聞書抄」を「第二盲目物語」とする所以である。

前節までで、「聞書抄」において〈歴史〉がどのように扱われたか確認した。ここからは、この物語に〈歴史〉に関わる問題が接続されていくシステムを検討したいのだが、まず見ておきたいのは、書き手である「私」のもとにもたらされた写本の性格である。本文には、写本の送り手から届いたという手紙の一節が紹介されている。

「（…）自分は敢て、貴下の盲目物語よりも自分の珍蔵するもの丶方が優つてゐると云ふのではないが、しかし此の盲人の経歴を彼の盲人のそれに比べるに、その舞台の大がゝりで色彩に富む点に於いて、その悲劇異常にして深刻な点に於いて、必ずしも此れが彼に劣つてゐるとは信じられない。のみならず、もし此の物語を貴下が得意の霊筆に依つて彼の物語のやうな形式に書き改めるとしたならば、その人を感動せしめることはかの物語以上であらう乎。さうして見れば、小説家たる貴下に取つて此の書の歴史的価値の如何などは深く究めるに及ばないと思ふ云々」と。（…）

私は某氏も云ふ如く一介の小説作者であつて古文書の知識は皆無であるから、素より此の写本の真贋について判定を下す資格はないので、「于時天和二歳次壬戌如月記之、安積源太夫六十七歳」とある奥書を、兎も角も信ずるより外はなかつたと云ふだけを記しておかう。

（『聞書抄』その一）

この部分で、写本の持ち主は「私」の書いた「盲目物語」と引き比べながら、自らの提供する本の価値を説いている。一つ目の傍線部にあるように小説家である「私」の興味にまで踏み込んだ指摘をするという念の入りようである。また、引用末尾の傍線部は、その「某氏」の言を引き取って、「一介の小説作者」である自身の立ち位置を「写本の真贋」を判定できないという点から示している。

ここで傍線を付した二つの部分は、初出テクストからの改変が施された箇所でもある。引用部五行目以下の初出テクストを次に挙げ、改稿過程をみておこう。

［※□＝初出から削除された部分、【　】＝単行本で修正・加筆された部分を指す。傍線部は前の引用部に付したまま。］

……ことはかの物語以上であらう乎。旁々自分は斯様な書物が後人の偽作に成つたものであらうとは如何にしても考へられないのであるが【さうして見れば】、小説家たる貴下に取つて歴史的価値の如何などは深く究めるに及ばないと思ふ云々」と。（…）

私は某氏も云ふ如く一介の小説作者であつて古文書の智識は皆無であるから、素より此の写本の真贋についての判定を下す資格はないが、たゞしろうと眼に見たところでは、体裁、紙質、筆蹟、墨色等、いかにもその時代のものであると思はれ【ので】、「于時天和二歳次壬戌如月記之、安積源太夫六十七歳」とある奥書を【兎も角も】信ずるより外はない【なかつた】と云ふだけを記しておかう。

（「聞書抄」〔9〕）

削除されているのは、いずれも写本の物質的な側面について語られた部分である。いわば、書物をめぐる情報量において読者よりも直接写本を見たことの優位性が表されていたわけだが、単行本テクストにおいてこれらが削除されたことで、この写本の実在性や唯一性を相対的に下げることになる。すなわち、単行本テクストの言説配置において写本の実在性を読者レベルに合わせて示しているのだ。

この改変は、単行本『聞書抄』その二の冒頭部分、初出テクスト〔10〕からの大幅な改変へと繋がっている。その内容を見ると、『安積源太夫聞書』の物語における価値の変更に気づくことができる。こうした改変が単行本に書き換えられるなかで起きていることに着目すると、完成版としての「聞書抄」テクストの成立過程における谷崎の意図を捉えることができるはずである。相当に分量が多いが、以下で確認してみよう。

右写本の分量は美濃紙版で紙数約二百枚、それを五十枚ぐらゐづつ四巻に綴ぢてあるのだが、御承知の如く昔のさう云ふ本は割合に粗く書いてあるから、われ〳〵の四百字詰原稿用紙に換算したら百五十枚以下になるであらう。文体はかの小瀬甫庵が太閤記や信長記の如きものと同断であり、叙述の方法もその頃の軍記類と大差はないが、たゞ此の本の特異な点は、今も云ふ通り盲人の話が本筋になつてゐるのだけれども、而もわれ〳〵は、絶えず老尼の口を通して、或は老尼が身の上話の一部として、それを聞かされるのである。即ち此の聞書の筆者安積源太夫は、四十年前に嵯峨の草庵を訪ねた折の記憶を呼び起し、まのあたり膝を交へつゝ尼の語るのを聞いてゐる気持を、いかなる場合にも忘れてゐない。されば物語の中から又一個の物語が派生し、その派生したものゝ方が大部分を占めてゐながら、さうしてそれが、時にはダイレクト・ナレーション【直説法】として、時にはインダイレクト・ナレーション【間接法】として語られながら、結局その説話は、盲人から尼、尼から筆者と云ふ順序を経た又聞きの又聞きたるを免れず、その上筆者が尼に聞いたのが四十年前、尼が盲人に聞いたのが更に四五十年も前であるから、時間的にも可なりの隔たりを想像されるのであつて、尼も筆者も、それ〴〵に印象がうすれてゐたであらうし、記憶のあやまりもないとは云へないが、さうして又、慥かに書き方にたど〳〵しい節も見えるのであるが、さう云ふいろ〳〵の不確実性を含むに拘らず、今日私がそれを読んでも【何かしら】惻々として胸を打たれる感があるのは何故であらうか。【打つものがあり、】思ふにそれは古拙のうちに大まかな味ひのある文章のせゐではなくて、偏へに此の書が持つてゐる真実がさせる業なのである。その真実といふ意味は、たとひ事柄の細目については杜撰な個所があるとしても、盲人が話した悲劇の大体は恐らくほんたうのことであつたらうし、少くともそれを聞かされた尼、及び尼から聞かされた安積源太夫その人の感動は真実であつたに違ひなく、それが数百年を過ぎた後にも我等に伝はつて来るのである。故に私は、古文書学の智識はないが小説家としての観点から、やはり此の書が当時の「聞書」のまゝであることを信ずるに躊躇しないのであつて、もし後人の偽書だとすれば必ず何処かに作為の痕をとゞめるであらうに、さう云ふ与味は認められず、全体の運びが幼稚ながら素直に行つてゐるのである。又もし、安積源太夫なる六十七翁がおぼろげな記憶を辿りつゝ聞いた通りを思ひ起して書き綴つたものでないなら、斯くの如き蕪雑な叙述を以てして焉んぞ克く人を動かすことを得んや。その物語の進展に連れて沈痛な盲人の言語風貌が髣髴として現はれ来り、深く読者の肺腑に迫るものがあるのは、一に事実の力であると断ぜざるを得ない。それにつけても、私は斯くの如き書物の存在を教へてくれ、その一読を許してくれた某氏の好意を今も感謝してゐるのである。

（「聞書抄」〔10〕／『聞書抄』その二）

冒頭の削除部分は、やはり写本の物質的な特徴であり、直接触れることのできた者だけが感得できる要素である。先にも確認したこうした内容の改変は、写本のもつ「真実」性が繰り返し強調された後半部の大幅な削除部分と響き合っている。その「安積源太夫その人の感動」のもつ時間を超越した「真実」性、すなわち、「事実の力」こそが写本の価値であり、その前では、「又聞きの又聞き」による「四十年」「四五十年」という時間の隔たりによってもたらされた「記憶の誤り」さえも無化されることになるというのだ。

このような写本の真実性に関わる記述が、あり得たかも知れない他の〈歴史〉に対する写本の特権的優位性を生じさせることになるのは避けられないはずだ。単行本化すなわち「聞書抄」を完成させる際にこうした要素を削除したのは、〈歴史〉が志向する出来事の単一性を回避しようとする姿勢にほかならない。

既に見てきたように、「聞書抄」は、『石田軍記』や『豊内記』といった大文字の歴史を相対化することで、〈歴史〉を〈小説〉に置き直して物語ることが企図されたテクストである。とするなら、むろん、テクスト自らが叙述する〈歴史〉もまた、絶対化することが避けられなくてはならないのだ。書物の物質性／実在性を消去した物語られる言説の場で、〈歴史〉は物語の起源としての位置から、物語を構成する複数のテクストの一つへとその位置を変えていくことになるのである。

## 6　複数の声をめぐる物語

前節でみた〈歴史〉の単一性を攪乱する語りは、続いて写本の書き手である源太夫が尼と面会する場面（初出では〔11〕に該当する箇所）の叙述において別のかたちで顕れている。「聞書抄」は源太夫の叙述をいかにして複数の物語がせめぎ合う場へと連れ出し、そこに読者を導くのか。ここからは、面会の場面における叙述のレトリックを捉えるために、初出〔11〕の全文に当たる箇所の言説を対象に、段階を追いながら検討してみたい（引用は単行本テクスト（その二）に拠る）。

①が、盲人の話は後に説くとして、先づ尼のことに注意を向けよう。

冒頭、物語の起源となった順慶と尼の関わりではなく、写本の書き手である源太夫と尼の関わりがここから内容の中心に据えられることが示される。

②尼は慶長五年佐和山の城が陥つたとき、やう〳〵十歳になるかならずであつたと云ふ。然らば安積源太夫が嵯峨の草庵をおとづれたと云ふ寛永十八年の秋には五十一歳程になるのであるが、源太夫が見たところでは、色白く、目元すゞしく、さすがに賤しからぬ気品を備へ、顔の肌にはまだ若々しいつやがあつて、四十二三としか受け取れなかつた、さうして立居ふるまひのしとやかなことは申すまでもなく、ちよつとした体のしぐさや物腰にたとへやうもなくみやびなところがあつて、尼とは云ふものゝ、何処かに阿娜めいた、たゞ者ならぬ感じがした。

ここでは、「と云ふ」という伝聞表現が繰り返されることで、源太夫の聴き手／書き手としての役割が示され、その上で直接尼を「見た」位置から、その印象が年齢より若いとしか「受け取れなかつた」とあるような、源太夫の受けた印象が重ねられる。尼に対する「阿娜めいた、たゞ者ならぬ」という印象も、「感じがした」という源太夫の認識であることが示される。

③聞書の筆者はさう書いた後に、噂に依れば此の尼は一と頃宴席などにも出で、座敷の興を添へたことがあ

つたと云ふが、さらでだに寄る辺ない女の身の、まして謀叛人の娘として世に疎まれる境涯になつては、そんなことでもするより外にたつきの道はなかつたかも知れない、けれどもそれがほんたうだとすれば、定めし若い時分にはそのみめかたちを都の人々に騒がれたであらうと、さうも記してゐるのである。

②を受けて「聞書の筆者」すなわち源太夫の記述であることが明示されるが、すぐ後に「噂」からの伝聞が示されることで、この部分の「かも知れない」「定めし〜であらう」といった推量表現により、波線部分の内容はむろんのこと、遡って②の内容までもが、源太夫が直接受けた印象なのか、あるいは伝聞に基づく憶測にすぎないものなのか判然としなくなる。

④　そこで私は思ふのであるが、此の老尼こそかの老人雑話に見える三成が息女、舞妓常盤の後身ではなかつたのであろう歟。

③が憶測なのか直接の認識なのか曖昧なために、「そこで」と、写本の読み手＝「私」＝「聞書抄」作者の介入する余地が生まれるのである。「私」は『老人雑話』という文献を持ち出しながら、写本から得た情報にもとづいた独自の判断を呈示する。そして、「聞書抄」において既出であった歴史書のタイトルが挟まれることにより、読者は「聞書抄」を読んできた自らの記憶に接続してこの推測を受け取るよう促されるのである。

⑤　聞書はたゞ噂をしるすのみであつて、常盤と云ふ名を何処にも挙げてあるのではないが、何となくさう云ふ気がするのである。

歴史書という根拠を持つ「私」および読者という「聞書」の〈読み手〉が、「噂」を「しるすのみ」である写本の〈書き手〉に対して優位な位置に立つことになる。この時〈読み手〉側の「何となくさう云ふ気がする」という半ば無根拠な印象こそ、「常盤」という舞妓の名を知る者のもつ特権性に支えられた、源太夫よりも上位の情報をもつことの指標と言ってよい。

⑥ 源太夫が語るところに依れば、尼が草庵は嵯峨釈迦堂より艮の方、大沢の池へ行く路の傍の、とある藪かげにあつて、部屋は僅かに二た間しかない怪しげな藁家の、広い方の一と間を仏間に充てゝ、あさゆふ仏に仕へながら、十三四になる小女と二人で暮らしてゐた。都が近いとは云ふものゝ、至つて佗びしい場所であるから、日頃訪れる者もなく、尼も人に接することをあまり喜ばない風であつたが、筆者源太夫は尼について昔のものがたりを聞かんものと、ひとゝせの秋釈迦堂へ詣でたついでに、そこの坊さんの紹介で漸く会ふことが出来たのであつた。

この二文は写本の言説の要約であり、⑤で優位に置かれた〈読み手〉側の主体的な印象を再び〈書き手〉側に揺り戻す機能を果たしている。ここで再び源太夫は、尼に直接会って物語を直接聴いた立場を取り戻すのである。

⑦ 多分筆者は、その、思ひの外うら若く、残んの色香を墨染の袖に包んでゐる尼と狭い一室に膝をつき合はせ、彼女の孤独を慰めたり自分の無躾を詫びたりしながら、少しづゝ身の上話を手繰り出すやうにしたのであらう。

ここでまたしても、「私」の推測が挟まれる。しかし、ここでの推測の対象は尼ではなく、「筆者」に向かっていることに留意しなくてはならない。これは⑥の叙述に基づいた解釈とみてよいが、その解釈の対象に置かれてしまったことで、物語における源太夫の立場とその記述の真実性は、決定的に揺るがされることになるのである。

⑧ 最初のうちは、尼は何を尋ねられてもたゞお耻かしう存じますとのみで多くを答へず、物好きな人の眼を逃れたいと云ふやうにさしうつむいてばかりゐるので、とかく問答がとぎれがちであつたが、ふと心づけば、小さな如来を安置した仏壇の中に「江東院正岫因公大禅定門」と記した位牌がある、それぞ正しく三成の法名であつたから、源太夫乃ち起つてその前に至り、恭しく香を拈じて礼を作した。

前半は尼の受動的な姿勢が示され、それは「……と云ふやうに」といった推量表現がなされる。ここに至ると、この推測が「私」のものなのか、源太夫のものなのか、判断し難い。「ふと心づけば」の主体も、「私」が既に単なる受動的な読み手の位置から写本の言説を「聞書抄」での解釈において引き受ける位置に立っているため、心づいたのが源太夫なのか、あるいは、「聞書抄」の語り手である「私」による描写なのか、判然としなくなる。最後の源太夫の行動も、「私」の語りによる描写と捉えることも可能であろう。もはや、言説の発話主体は、源太夫なのか、「私」なのか、判断不能である。

⑨ その様子を見てから尼の態度がやゝ和らぎ、ぽつ〳〵問ひに応ずるけはひを示したとある。

この場面の末尾の箇所だが、「～とある」という文末に至って、ようやくここまでの言説がすべて写本の記述に拠るものであることが明示され、「私」と読者は、場面の外に出ることができるのである。「私」は、最終的には写本の叙述の外部に出て、その言説を〈読む〉位置に戻るのである。

以上みてきたように、尼をめぐるこの部分の話型は、源太夫による体験の記述なのか、「聞書抄」の語り手による解釈なのか、判断不能な状況を生み出すものである。こうしたレトリックによって、物語の起源が曖昧化されるのが、「聞書抄」でしばしば見られる語りの特徴である。こうした方法が、ここまで積み上げられてきた、単一の起源を志向しながら決してそこにたどり着くことはあり得ないといった〈歴史〉を物語ることのパラドクスに通じていることはもはや言うまでもないであろう。

繰り返し述べてきたように、歴史とは、〈史実〉という名の単一性を絶えず志向する営為である。その叙述には、語る者の主体を賭けた、すなわち、イデオロギーに裏打ちされた判断が常につきまとう。「聞書抄」の実践は、複数の歴史書を並列させることで単一の〈歴史〉を相対化し、内容の複数性それ自体を物語化しようとする試みであった。それはまた、内容のみならず語る行為においても、「聞き書き」というスタイルを選択することで、語る行為の複数性を開示すると同時に、聴く行為の複数性をも担保することになるのである。

こうした重層的な語りについて「聞書抄」では、以下のように語りの方法が対象化されている。

行者（順慶を指す——引用者注）はどんな際にも石田の一族に話してゐるのだと云ふ心持を忘れないで、これから以下に記すやうな回顧談をしたのである。けれどもそれが行者の口から語られたときは、断片的に、前後のつながりや順序もなしに、その日〳〵の気分の工合で偶発的に洩らされたのであつたかも知れぬ。恐らく或る時は問ひに応じて、又或る時は自分の方から興を湧かしてしやべつたことを、後に娘が成人してから一つの物語に組み立てたのであつたらう。聞書の筆者源太夫が嵯峨の尼から聞いたものは、即ち彼女が頭の中で一往編輯し直したところの説話であつて、順慶の直話ではないのであるから、そのつもりで読んで戴かねばならないが、しかし私はそれをもう一度現代の読者に取次ぐに当つて、いかなる形態を選んだらよいか迷ふのである。

（『聞書抄』その四）

この部分で「私」は、「尼が盲人と近づきになつたいきさつから、盲人自身の物語へ移る境目を際立たせないやうにしてすら〳〵這入つて行きたい」という思いから、このような「迷い」を抱いているのだと述べる。

こうして語られる「聞書抄」後半部の順慶が体験した挿話は、時に『太閤記』や『豊内記』の長文の引用がくり返されたり、あるいは、その一旦引用された箇所と同じ内容を再び物語ったり……、といったやや混迷ともみられる言説を含みながら展開される。しかし、ここまで述べてきたような出来事の事実性を複数の物語によって示すことは、複数の声がせめぎ合い、語る／聞くことの連鎖によってそれぞれの現場が生み出されるものであることを考え合わせるなら、一つの事実性をいかにして避けていくかといった解釈の複数性を体現する行為と考えることができるだろう。

こうしたシステムによって、単一の思想に裏づけられた〈史実〉ではなく、複数の事実性に留まろうとする姿勢は、「無思想の作家」という長く谷崎自身に貼りつけられてきたレッテルとも、あるいは、共鳴するかもしれない。しかしその一方で、昭和一〇～一八年という、世の中が単一の思想に染め上げられたこの時代に、複数の「事実性」を許容する位置に留まろうとする谷崎の姿勢は、逆説的に、すぐれて政治的な姿勢とみることもまた、可能なのではないだろうか。

## 注

（1）「聞書抄」というタイトルが、たとえば『鵙屋春琴伝』を検証したのが「春琴抄」であるのと同じく、『安積源太夫聞書』を検証したものという意味を表していることは言うまでもないが、同時に、この文献および物語の語りが〈聞き書き〉という行為の連鎖によって成り立っていることをも示唆していると考えられる。

（2）小森陽一『縁の物語―『吉野葛』のレトリック』（新典社、一九九二・一二）を参照。

（3）渡邊世祐『稿本石田三成』は、もと私家版として明治四〇年に刊行され、のち、昭和四年一月に雄山閣より改訂増補版として再刊行された。徳川時代に「奸と罵られ、邪と謗られたる石田三成」（はしがき）を再評価しようとする意図にもとづいて編纂されている。

（4）「直木君の歴史小説について」（『文藝春秋』昭和八・一一）

（5）大岡昇平『歴史小説の問題』（文藝春秋、一九七四・八）

（6）渡邊前掲書（3）の「第二十三章　佐和山落城」の部分にあたる。

（7）ここで示された内容は『石田軍記』の記述にもとづいている。

（8）「改定史籍集覧」は、「群書類従」に洩れた史書を集めて近藤瓶城によって編纂された「史籍集覧」（明治一四～一八刊行）を息子の近藤圭造が改定増補して明治三三～三六年に出版された歴史叢書である（近藤活版所、全三三冊）。

（9）野中雅行「「聞書抄　第二盲目物語」―その隠れたる一典拠と各節典拠の一覧表―」（『論輯』一〇、駒澤大学大学院国文学会、一九八二・二）は、本文中で取り上げられた史書の多くが『稿本』からの引用であることを指摘している。また、所在が明かされていない典拠として、渡邊世祐『豊太閤と其家族』（日本学術普及会、大正八・四）を挙げている。

# 第Ⅳ部

# 翻訳行為としての読むこと

# 第9章　古典と記憶
## ——「蘆刈」における〈風景〉のナラトロジー

君なくてあしかりけりと思ふにも
いと、難波のうらはすみうき

このいつかどこかで詠まれたはずの和歌は、作者が明示されることなく、『大和物語』をはじめとする幾つかの古典の物語世界の文脈において引用されてきた。それが「蘆刈」（『改造』昭和七・一一～一二）の冒頭に引用されるとき、読者はこの声の主体の不明確な和歌を自らの声で読み、同時にまた、和歌にこめられた個別の体験に思いを馳せることになる。このような意識の二重化は、和歌を、古典に連なる文脈と「蘆刈」の個別的世界との間の決定不能な両義的な世界に位置づけることになる。読者は、自らの記憶の中にそれをとりあえず留めておくしかない。「蘆刈」を読む行為において、冒頭の和歌をめぐるこのような読者の認識は、物語の前半部の語り手である「わたし」が多くの古典プレテクストの配列によって示された「蘆刈」の〈風景〉を捉えていく過程と同じ構造をもつ。

第Ⅲ部で、〈古典回帰〉における谷崎の文体変革について、〈歴史〉を直接扱った三作品における叙述の問題から再検討してきた。本章で扱う「蘆刈」は、それらとはやや趣を異にする作品である。一見したところ物語の大筋に〈歴史〉を叙述する要素はなく、多くのプレテクストに導かれた古典世界に彩られた、古典美・日本美といった審美的な意味でいわれるところの〈古典回帰〉が最も色濃い作品ということができる。本章での目論見は、敢えてこの〈歴史〉関連作品とは言いがたい「蘆刈」を谷崎の〈歴史〉意識に接続することで、物語における〈古典〉の機能を明らかにすることにある。

## 1 ― 読まれる〈風景〉のリアリズム

「蘆刈」の物語言説から〈歴史〉の要素を見出すとすれば、物語における主要なプレテクストが『増鏡』という後鳥羽院をはじめとする実在の人物を扱った歴史書であることは、重要な意味を持つはずだ。問題は、歴史叙述における事実性あるいは唯一性に対する志向が、どのような仕掛けによって導かれているか、また、いかにしてそこから遠ざかるかということである。

物語の内容は二つの部分で構成されている。前半は、後鳥羽院ゆかりの水無瀬宮跡を訪ね、それから淀の中洲に渡って男と出会うまでの「わたし」の散策が語られる部分であり、後半は、中洲で「わたし」が出会った男の語る、男の父とお遊という女性の物語である。

土地に関わる古典作品が紹介され、あるいはその一節が引用されるのは、前半部分に集中している。「わたし」は、離宮跡である水無瀬神宮に到る道筋で、眼前の風景と関連させながら『増鏡』をはじめとするいくつもの古典プレテクストを思い浮かべ、その印象を語っていくのである。まず、この語りがどのような構造をもつものなのか、検討してみよう。

物語冒頭、水無瀬神宮に行くことを思い立った「わたし」は、『増鏡』の一節を思い出しつつその場所に思いを馳せる。『増鏡』の三首の和歌の詠まれた経緯が原文のまま引用されて、後鳥羽院が水無瀬離宮で王朝の「遊び」に興じる様が描き出されている。この引用文は、ひと繋がりの文脈を成しているかに見えるが、実際は『増鏡』原文から途中の部分が長く削除されており、二つの部分のコラージュによって成り立っているのである。ここでの問題は、語り手によって構成し直された言説を、おそらく読者はそうと知らずに読むことになるという仕掛けそのものにある。このことの意味を考えない限り、このやや冗長な引用部は、谷崎のペダンティズムの顕れであるとか、読者を限定しようとする姿勢、などといった方向に意味づけてしまいかねないのである。[1]

注目したいのは、引用された『増鏡』本文そのものではなく、長い引用文に直接続く次の箇所である。

（…）といふ記事の出てゐる後鳥羽院の離宮があつた旧蹟のことなのである。むかしわたしは始めて増鏡を読んだときから此の水無瀬のみやのことがいつもあたまの中にあつた。見わたせばやまもとかすむ水無瀬川ゆふべは秋となにおもひけむ、わたしは院のこの御歌がすきであつた。あの「霧に漕ぎ入るあまのつり舟」といふ明石の浦の御歌や「われこそは新島守よ」といふ隠岐のしまの御歌などゐんのおよみになつたものにはどれもこれもこゝろをひかれて記憶にとゞまつてゐるのが多いがわけて此の御うたを読むと、みなせがはの川上をみわたしたけしきのさまがあはれにもまたあたゝかみのあるなつかしいもの、やうにうかんでくる。

傍線を付した二箇所の部分に注目すると、いずれにも〈読む〉という行為が含まれていることに気づくであろう。これらは「わたし」が『増鏡』を読んだ時に抱いた印象として語られていることに留意する必要がある。つまり、ここに書かれているのは、この日——すなわち水無瀬を歩く日の「わたし」の印象ではなく、初めて『増鏡』を読んだときのものなのである。この段階ではまだ「わたし」は現実の風景を見ていない。したがって、ここで思い浮かべている水無瀬川の印象は、どこかにあるけれども、まだ自分の知覚体験としては経験していない〈風景〉にほかならないのだ。とすれば、この時点の「わたし」と、この直前に引用された『増鏡』を読んだ読者とは、『増鏡』への距離においてほぼ同じ条件にいることになるはずである。ここに、『増鏡』本文が、コラージュであることを隠して、原文テクストそのままであるかのように〈引用〉されていることの意味がある。

すなわち、水無瀬宮を目指す「わたし」と読者は、出発点では同じように『増鏡』の本文テクストを〈読む〉経験をするのだ。重要なのは、その与えられたテクストの印象が、引用部末尾の「みなせがはの川上をみわたしたけしきのさまがあはれにもまたあたゝかみのあるなつかしいもの、やうにうかんでくる」という「わたし」の語りによって直ちに方向付けられていることである。冒頭の『増鏡』の本文引用を読んだ読者は、半ば強制的に、語り手の印象と同じ立場で物語の〈風景〉に入りこむことになる。語り手にとって眼前にひろがる現実の風景は、『増鏡』の印象とのせめぎ合いの中で知覚される印象という設定だが、現実の風景を直接目にすることの出来ない読者にとっては、『増鏡』の印象を、「わたし」が目にしたとする風景に置き換えて「蘆刈」の〈風景〉として認識するしかない。

こうした古典引用をもとにした語り手の印象と読者の認識レベルの差を考えるために、さらに次の部分を見てみたい。

すこしゆくとみちがふたつにわかれて右手へ曲つてゆく方のかどに古ぼけた石の道標が立つてゐる。それは芥川から池田を経て伊丹の方へ出るみちであつた。荒木村重や池田勝入斎や、あの信長記にある戦争の記事をおもへばさういふせんごくの武将どもが活躍したのは、その、いたみ、あくたがは、やまざきをつなぐ線に沿うた地方であつていにしへはおそらくそちらの方が本道であり、この淀川のきしをぬつてすゝむかいだうは舟行には便利だつたであらうが蘆荻のおひしげる入り江や沼地が多くつてくがぢの旅にはふむきであつたかも知れない。

京阪電車の駅から水無瀬神宮までの道筋において「古ぼけた道標」を目にした「わたし」は、その内容から『信長記』の記述を想起して、街道のイメージと意味を把握してゆく。知覚した印象と古典プレテクストとの記憶が交差するところから〈風景〉を解釈するのである。

しかし、一般レベルの知識からすると、傍線部の「信長記にある戦争の記事をおもへば」という一節を読んで、その具体的な内容をイメージできる読者がどれほどいるだろうか。昭和初年代の谷崎が大衆読者を視野に入れながら文体変革を試みようとしていたことを考えれば、高い古典の教養をもつ読者に限定しているとは考えにくい。むしろ、『信長記』にあるとされているような古典風景に引っ張られて眼前の風景を見ているといった、「わたし」の意識の有り様を比喩的に表そうとしているのではないか。つまり、歴史叙述の問題に引きつけて読者の意識を説明するなら、この部分はコンテクスト抜きで固有名のみが突出した表象ということになろう。この直後に語られる〈風景〉によって、後追い的に固有名――空白の意味内容を埋めてコンテクスト化することが要請されていると考えるべきである。

冒頭で『増鏡』を実際に〈読む〉ことを促された読者は、それを読んだときの「わたし」と重なる位置に立ち、次の段階では、タイトルのみが示されたプレテクストと出会って（「蘆刈」の）物語世界のイメージでその空白のコンテクストを埋めることになる。このようにして、古典プレテクストと物語とは、〈読む〉行為において相補的に意味づけ合うのだ。そして、『増鏡』のイメージは、水無瀬神宮における描写部分において、再び「わたし」の意識に浮上する。

目的地である水無瀬神宮にたどり着いた「わたし」の最初の印象は、「いまはそこに官幣中社が建つてゐるのだが、やしろのたてものや境内の風致などはりつぱな神社仏閣に富む此の地方としてはべつにとりたてゝしるすほどでもない」といった程度のものである。

たゞまへに挙げた増かゞみのものがたりをあたまにおいてかまくらの初期ごろにこゝで当年の大宮人たちが四季をり〳〵の遊宴をもよほしたあとかとおもふと一木一石にもそゞろにこゝろがうごかされる。わたしは路傍にこしかけて一ぷくすつてからひろくもあらぬ境内をなんといふこともなく往つたり来たりした。

このように、眼前にある水無瀬神宮の印象は『増鏡』によって書き換えられるのである。神宮の境内を逍遙する「わたし」の認識は、直接体感する眼前の印象と『増鏡』の物語記述の印象とのせめぎ合いの裡にある。こうした記述は、読者の〈読む〉行為における認識にどう働きかけるのだろうか。(2)

引用部の「まへに挙げた増かゞみのものがたりをあたまにおいて」という一節は、読者にとって、冒頭に置かれた『増鏡』引用部を読んだ経験を呼び起こさせるにちがいない。その意味で『増鏡』の表す〈風景〉は、語り手だけのものではなく、読者にも体験済みのものとして再び想起されるはずだ。

しかし、物語に引用され読者が読んだ『増鏡』の記述は、秋のひとときを描いたものだったはずである。したがって、読者が水無瀬神宮で「大宮人たちが四季をり〳〵の遊宴をもよほした」様をイメージするためには、記憶の中の『増鏡』の断片に対して、この部分の〈風景〉の記述が後追い的にコンテクストを構成するしかない。この印象は、先の固有名のみのプレテクストの内容を物語の文脈によって後から補っていったことと同じ構造と言ってよい。こうした、物語の中でコンテクストが作られて、ある出来事の体験が生み出されていくような認識過程は、現実に目の前にあるものを知覚することとは異質のリアリティを生み出すであろう。

以上のような「蘆刈」の〈風景〉をめぐる表現と、読書行為によるリアリティの獲得過程は、この物語における認識のレッスンとでも言うべきものである。ここまで積み上げた情報と〈風景〉に対する認識は、最終的に次の箇所に結実してゆく。

それにつけてもゆふべは秋と何思ひけむと後鳥羽院が仰つしやつたやうにもし此のゆふぐれが春であつてあのおつとりとした山の麓にくれなゐの霞がたなびき、川の両岸、峰や谷のところ〴〵に桜の花が咲いてゐたらどんなにか又あた丶かみが加はるであらう。思ふに院のおながめになつたのはさういふけしきであつたに違ひない。（…）わたしはおひ〳〵夕闇の濃くなりつ丶ある堤のうへにた丶ずんだま丶やがて川下の方へ眼を移した。そして院が上達部や殿上人と御一緒に水飯を召しあがつたといふ釣殿はどのへんにあつたのだらうと右の方の岸を見わたすとそのあたりはいちめんに鬱蒼とした森が生ひしげりそれがずうつと神社のうしろの方までつゞいてゐるのでその森のある広い面積のぜんたいが離宮の遺趾であることが明かに指摘できるのであつた。のみならずこ丶からは淀の大川も見えてゐて水無瀬川の末がそれに合流してゐるのが分る。たちまちわたしには離宮の占めてゐた形勝の地位がはつきりして来た。院の御殿は南に淀川、東に水無瀬川の水をひかへ、此の二つの川の交はる一角に拠つて何万坪といふ宏荘な庭園を擁してゐたにちがひない。いかさまこれならば伏見から船でお下りになつてそのま丶釣殿の勾欄の下へ纜をおつなぎになることも出来、都との往復も自由であるから、ともすれば水無瀬殿にのみ渡らせ給ひてといふ増鏡の本文と符合してゐる。

水無瀬神宮を出た「わたし」は、淀川べりの堤に出て、そこに至った道筋を振り返りながらその〈風景〉を意味づける。この箇所の初めと末尾の二重傍線部に、物語冒頭にあった『増鏡』の一節が再び引用されていることに留意したい。ここまで、物語の〈風景〉をめぐる様々なレベルの言説を読み重ねてきた読者も、冒頭で読んだ『増鏡』の一節と再び出会うのである。『増鏡』からの二箇所の引用部に挟まれた部分は、『増鏡』から切り出した内容（傍線部）と、この場の知覚体験の印象が交わるかたちで示されており、全体としてこの場の〈風景〉を構成するものとなる。

水無瀬神宮を出て、いよいよ後半の物語の舞台である淀の中洲に進もうとするこの場面、「蘆刈」における歴史叙述に不可欠であった引用に加えて、地の文の語りに置き直された＝〈翻訳〉された言説、そしてそれらを伴った「わたし」の語りによって、ここまで積み重ねられた認識が今一度意味づけ直されている。すなわち、古典という他者の言葉、そしてまた、「蘆刈」の物語とは無関係な文脈を持っていた言説は、〈風景〉を語るという目的の上に配置され、物語の中に溶かし込まれているのだ。こうした言説と言説の衝突がもたらす印象は、「蘆刈」後半のお遊をめぐる表象への導線となっているのである。

## 2　淀の中洲、幻想の舟行

ここまで述べたように、「蘆刈」における〈風景〉は、『増鏡』の記憶を通した揺らぎの裡にある。そうした〈風景〉の不確定さは、現実の地勢をめぐる語りにおいて、さらに突出したかたちで現れる。

渡船場までの路は聞いたよりは遠い感じがしたけれども、辿りついてみると、なるほど川のむかうに洲がある。その洲の川下の方の端はつい眼の前で終つてゐるのが分るのであるが、川上の方は渺茫としたうすあかりの果てに没して何処までもつゞいてゐるやうに見える。ひよつとすると此の洲は大江の中に孤立してゐる嶋ではなくてこゝで桂川が淀の本流に合してゐる剣先なのではないか。

この中洲は、現実の地勢からいえば淀川と桂川が合流する地点であり、正しく「剣先」にほかならない。しかし、ここでは「何処までもつゞいてゐるやう」だと推量表現で語られ、「ひよつとすると」などとされているために、まるでこの〈風景〉が「わたし」の一回的な印象にすぎないものであるかのような認識を読者にもたらす。しかし結局、この中洲が「嶋」なのか「剣先」なのか、についての最終的な判断は下されないまま、この場で想起する『澱川両岸一覧』に描かれた風景へと、「わたし」の語りは移行する。そして「まことに此処は中流に船を浮かべたのも同じで月下によこたはる両岸のながめをほしいまゝにすることが出来る」とあるように、この「嶋」／「剣先」を一隻の船に見立てることで、絵本の作者と同じ視点に「わたし」が立つことが確認され、実景でも虚構でもない、絵本を介しての「蘆刈」の〈風景〉の中に読者は誘われるのだ。

しかし、ここでの〈風景〉の中心である「月」の描写は、図像としての月に加えて、景樹の歌と其角の句を並置することで行われている。つまりここでの「月」とは、「絵本の作者が見た月」という一義的な意味に陥るのではなく、景樹、其角、「わたし」、そして読者が「月」という言葉から喚起するイメージといった、それぞれの〈風景〉としてしか存在しないはずの「月」なのである。

このように、「蘆刈」の〈風景〉を読む過程において読者は、語り手である「わたし」が歩き続ける以上、その歩行の途中で知覚する〈風景〉に、確定した認識の枠組みを与えることができないまま、ただ意識の中に積み上げておくほかはない。読者が身を委ねる「わたし」の歩みはすなわち目的地への歩みであり、「わたし」が立ち止まる時にしか、そこに至る過程での認識に何らかのベクトルを見出すことはできないのだから。その意味では、「わたし」が当初目的とした「水無瀬宮」は、最終的な目的地ではない。「わたし」は、そこに着いてもなお「境内を往つたり来たり」し、絶えず周辺の〈風景〉を語り続けていたのだ。「わたし」の歩行の中断、それは、彼が捉え、語る〈風景〉の中断と同義でなければならない。そして、「わたし」が歩行をやめ、眼前の実景に対して多義的な語りを開始するのが、まさに「中洲」の剣先で「蘆の生えてゐる汀のあたりにうづくまつた」時なのである。

この時「わたし」は、自らの立つ「中洲」を船に見立てている。それは、虚構と現実の狭間で揺れ漂いながらする移動——舟行の開始を意味する。彼の身体はその場にとどまっても、その意識は依然として移動し続け、語り続けるのだ。(3) ただし、ここでの語りは、それまでのものとは明らかに異なり、眼前の淀川を「ゆふがたのあかりの下で見たよりもひろ〴〵と」したものと捉えていることでも分かるように、知覚による枠組みを自ら与えた中で行われているのである。その情景は、まるで中国の大河のようなものとして認識されたのであろうか、「洞庭湖の杜詩や琵琶行の文句や赤壁の賦の一節など」の「耳ざはりのいゝ漢文のことばがおのづから朗々たるひゞきを以て唇にのぼつて来る」のである。

「わたし」は、それらの漢文のうちから『琵琶行』を選んで吟じはじめる。「酔ひの発するまゝに」吟じた「こゑ」は、そのまま自身に「耳ざはりのいゝ」ものとして届いたはずであり、その文句からの連想と同時に見据えている両岸、すなわち水無瀬離宮と橋本遊郭から喚起された〈風景〉によって、「わたし」の意識は、「大宮人」と「遊女」の間に交わされた物語へと移っていく。こうした枠組みで「わたし」が遊女を想起することは、遊女をたとえば娼婦のようなイメージで意味づけるのではなく、古典世界の中で、かつて貴族たちに愛された「よろづの遊びわざ」に長けた女としてあらためて意味づけようとする試みともいえよう。

このようにして「わたし」の語りは、歩行によって〈風景〉を見出そうとするものから、舟行によって「遊女」を見出そうとするものへと移行する。ここでもやはり、大江匡衡、大江匡房、西行といった、かつての様々な言説による記憶の断片の間を漂い続けるのである。すなわち、ここでの「わたし」の語りは、身体がその場にとどまり、実景から「大宮人」「遊女」という意味を切り取り再構成された〈風景〉に基礎づけられたものであるにもかかわらず、意識のみが依然として移動し続け、語り続けているのである。

この〈風景〉のなかで、やがて「わたしはあたまの中に一つ二つ腰折がまとまりかけたのでわすれないうちにと思つて」手帳にそれを書きつけていく。ここで「わたし」が書く行為に移行したことは、語り続ける「わたし」の混沌とした認識の本質的な中断を意味する。書く行為は、「わたし」の「あたまの中」の、何の序列もない断片一つ一つに意味を与え、それをある繋がりにおいて捉え直そうという試みにほかならない。

「わたし」が考え続け、「腰折」として書くことで枠組みを与えようとしたのが、先に述べた淀川における「遊女」への幻想である。しかし、「わたし」の書く行為は、酒を飲むという行為と同時進行的に行われ、酒の最後の一雫を飲み終え、「罎を川面へはふり投げ」るとき、「わたし」は書く行為そのものをも放棄してしまうのである。書くことによる「遊女」の、あるいは自らの意識の意味づけを放棄した「わたし」は、さまざまな感覚によって、身体を蘆の汀の空間に溶かしこむ。その時「わたし」がつかみ取ったものは、「葦の葉がざわ〳〵とゆれるけはひ」であり、「おと」である。身体の触覚や聴覚によって得たこれらの情報をもとに、「わたし」は、いよいよその方向に目を注ぐ。そこで視覚が捉えたものは、自身と見まがう「影法師のやう」な「男」の存在であった。そして「男」が語り始めるとき、「わたし」は物語における自らの機能を語り手から聴き手へと移行させるのだ。

ここから物語は、〈風景〉をめぐるものから、お遊をめぐる内容へと移行していくのだが、伝え聴き語り継ぐ連鎖における「男」と「わたし」の果たす機能について考えてみると、ここからの語り手である「男」もまた、かつては聴き手であったことを見逃してはならない。

わたくしはまだ父のいふことがじふゞんには会得できませなんだがそれでも子供は好奇心が強うございますし父の熱心にうごかされて一生懸命に聴かう〳〵といたしましたのでかうなんとなく気分がつたはつてまゐりましておぼろげにわかつたやうなかんじがしたのでございます。

この部分は、毎年十五夜の晩に生垣の隙間からお遊を覗き見た後、巨椋堤を歩きながら「父」が語る「お遊さま」についての話に耳を傾ける、「男」の様子である。

「父」は「男」に対して、「子供にこんなことをいつてきかせても分るまいけれども」と言いながら、大人になるまで「よく己のいつたことをおぼえてゐてそのときになつておもひ出してみてくれ」とことわってから語っている。そして「己もお前を子供だとは思はずに大人に」聞かせるつもりで話すと言うのである。つまり、「父」は自らの語りの聴き手として、成人した「男」を想定している。そのため、話す態度も「自分とおなじ年ごろの朋輩を相手にしてゐるやうなもの丶いひかた」になっているのだ。

初めてこの話を聞いた時、「男」はまだ「七つか八つ」で、「父」の想定している聴き手としてはまだ幼かったのであるが、彼の「一生懸命に聴かう〳〵と」する態度が、「父」の語りの支えになっていたことはまちがいない。そしてこのことは、聴き手が、語り手に言説を作り出させる機能を担う存在であることを明示しているのである。(4)

ところが、「男」の聴覚によって捉えられた「父」の言説は、「会得」すべき「父のいふこと」、つまり意味としての表象に向かわずに、「つたはつて」くる「気分」として捉えられている。それは、ある特定の認識の枠組みで括ることで「わかる」という、あるいは「わかろう」とする意識のレベルとは明らかに異質な、「わかつたやうなかんじ」として認識されるものなのである。だから、「男」が「お遊さん」を「わかる」ためには、その前提として、ここことは別の「父」の語りや、「叔母」の語りに耳を傾け、それら個別の言説の断片を自らの記憶の中に一旦は積み上げておかなければならない。だからこそ「父」は、「己のいつたことをおぼえてゐて」くれと懇願するのであるし、毎年のように繰り返して自分と「お遊さま」との関わりを語って聞かせているのである。つまり、聴き手としての「男」の身体は、「父」や「叔母」といった直接お遊と関わった人間たちによる、別々の場所や時間で語られた言説を同時空間的に累積させていく場としての機能を、まずは果たしているのである。

語られた内容を聞き統合する場としての「男」が、改めて「お遊さん」を認識していくためには、そのバラバラになっている断片に因果論的あるいは時間論的な繋がりを持たせることで、意味づけていかねばならない。この個別的組み替えこそが「男」の語る行為なのである。したがって「男」は、かつて「父」の言説を単純に支える存在であった聴き手としての役割から、自身の個別的体験の中で「お遊さん」を紡ぎ直そうとする語り手へと変貌し、その言説の聴き手として「わたし」は位置づけられることになるのだ。

そして、この沈黙の主体である聴き手としての「わたし」の身体を通して、読者である我々は「男」の語る物語世界を垣間見ることになる。我々が読みつつ発する自身の言葉に耳を傾けるこの時、文字を介在させることによってしか知りえない読者としての位置から聴き手にすり換わり、より濃密な個別的世界としての物語のただ中に身を置くことが可能となるのである。

## 3　お遊表象のゆくえ

物語の後半は、淀の中洲で「わたし」が遭遇した「男」によってもたらされた、「男」の「父」とお遊という女性との物語である。「男」の「父」は、一目惚れしたお遊への想いが遂げられず、お遊の妹であるお静と結婚する。やがて、夫婦とお遊という三者の奇妙な生活がはじまるのである。

「男」によって語られるお遊の表象は、「父」の語りを引き継いで「わたし」にその人となりが示されたものだが、そのイメージはどのようにして読者レベルで再現されるのだろうか。この問題を考えるとき、物語前半の、〈風景〉を語るために歴史書を引用しながらその〈歴史〉認識の構造を語りのシステムの中に取り込んでいた方法との繋がりが見えてくるはずだ。

「男」が「父」のいう「お遊さん」を直接知覚した対象として語るのは、「男」の語りの冒頭に置かれた、「父」に連れられて訪れた巨椋池の「大家の別荘のやうな邸」の生垣から覗き見る場面のみである。しかし、「生憎とすゝきや萩のいけてあるかげのところに白がかくれて」いるために、「その人柄が見えにくい」。つまり、そのイメージの中心となるべき顔は、「生け花」という、個別の美しい花を恣意的に構成したものにとって換わられているのだ。だから「男」は、「髪のかつかう、化粧の濃さ、着物の色あひなど」といった、周辺の枠組みから「判じて」「まだそれほどの年の人とは思はれない」という類型を語るに過ぎない。また、「男」は聞こえてきた「こゑ」についても語るが、微妙な距離を隔てているために「語尾だけが」「こだま」していて、その中心となるべき「意味」が聞き取れず、「余情」や「ひゞき」といった「声のかんじ」を受け取ることしかできないのだ。

このような「男」の直接の知覚対象をめぐる語りは、逆に、顔のコピーであり視覚以外の知覚が排除されている写真をめぐる語りにおいても、ほぼ同様である。お遊の写真は輪郭のみが「ゆたかな頬」「円いかほだち」といった具体的な形状によって「男」の印象が語られるのだが、顔の中心である「目鼻だち」については「父」のいう「目鼻だちだけならこのくらゐの美人は少くない」という、いわゆる「美人」としての類型にあてはめられているにすぎないのである。

ただ、唯一「お遊さんの顔」の個別性として「父」があげているのが、全体的な「皃の造作」を指して述べた「何かうぼうつと煙つてゐるやうなもの」である。つまり、「目鼻だち」はありがちな類型として受け手の抱く個々の認識に委ねられていたはずなのに、全体として見ると、「うすものを一枚かぶつたやうにぼやけて」はっきりしなくなるというのだ。したがって、個別的な「お遊さんの顔」は、統合された「皃の造作」と、分節化された「目鼻だち」の間で揺れ動く運動のうちに見出す他はない。そして、視覚表象として認識しようと試みた途端に「じいつとみてゐるとこつちの眼のまへがもや〲と翳つて来」て、たなびいている「霞み」という、極めて曖昧な、意味づけ不可能なものになってしまうというのである。したがって「お遊さん」の「皃の造作」は、「声のかんじ」と同様、意識の中の知覚の位相とは異なった、外部志向と自己作用が未分化で両義的な世界との関わりを開示する気分という位相で捉えるべきものなのだ。

こうして「父」―「男」の間で捉えられる「お遊さん」は、中心の意味が空白なまま、結局、その枠組みのみが「むかしのもの、本」からの引用である「蘭たけた」という言葉に収斂されていく。そしてそれこそが「お遊さん」の「ねうち」であるとされるのである。したがって、写真を見た「男」の「成るほどさう思つてみればさう見える」という言葉は、「父」の語りの聴き手としての捉え直しであり、その語りを聴く「わたし」にとっても、「男」が気分で捉えたはっきりしない表象が、ある個別性を伴ってそこに顕在化する瞬間なのである。

「父」はお遊に一目惚れであったことを繰り返し強調するのだが、二度目にお遊を見る琴のおさらいの会において「父」が特に「かんどうした」のは、彼の趣味である「御殿風」という類型に見合う「裲襠」姿よりもむしろ、お遊のうたう琴唄の方であったという。この点に注目して、「お遊さんのこゑ」をめぐる「男」の語りを考察するとき、「男」がいかにして「お遊さん」を自らの関係性の中で捉えているかが判然とする。

ところでお遊さんのこゑのよいことは前にも申しましたやうにわたくし自身も聞いたことがございましてよく存じてをりますのでその人柄を知つてそのこゑをおもふと今更のやうに奥床しさをおぼえるのでございますが父はそのときにはじめてお遊さんの琴唄をきいて非常にかんどうしたのでございます。

「男」の知る「お遊さんのこゑ」とは、巨椋堤で聞いた「声のかんじ」のことであり、それは特定の意味とは異なる、意識の中の気分という位相で捉えられていた、揺れ動く認識だったはずである。

　それがこの場面において、「よく存じてをります」と語り得るのは「その人柄を知つ」た現在から、当初の認識を意味として捉え直しているからに他ならない。「男」がお遊の「人柄」を知るには、彼の父や叔母といった直接彼女と関わった人間の話を聞くしかない。既に述べたように、「男」はこういった人間たちの語りの聴き手となり、自らの身体を記憶の場とすることで、それぞれの個別体験に基づく情報を自身の中に積み上げ続けていたのだ。

　したがって、お遊の「人柄」を知るということ、そして「そのこゑをおもふ」ということは、「父」の声で語られた伝聞の記憶を、「父」の表象と等価にするために、あたかも自分が直接聴覚で捉えたかのように、語る現場において再創造することなのだ。その行為が次の「今更のやうに」という自身の記憶の相対化を引き起こす。すなわち、ここで「おぼえる」「奥床しさ」とは、かつて直接聞いた「お遊さんのこゑ」を、改めて知覚の記憶と伝聞の記憶の狭間において想起する、〈いま、ここ〉の瞬間における認識なのである。

　こうしてみれば、「お遊さんのこゑ」をめぐって「男」が「わたくし自身も聞いたことが…」と、「父」の「かんどう」よりも先に自らの経験を語ることは、自分にとっての「お遊さん」の強調であり、つまり、かつてお遊を見た人間として「父」と同列であることを強調していると考えられる。長い年月をかけてお遊の物語を聴き続けていた「男」が「父」の声と言葉に自分の声と言葉を重ね合わせながらそれを語るとき、彼の意識の中にも、

「父」によって占有されていたはずの「お遊さん」が息づいていることが分かるのである。「男」の記憶は、「父」がお遊と過ごした時間の記憶と重なり合い、あたかも「男」自身がお遊と直接関わった人間であるかのような錯覚を聴き手に抱かせることになるであろう。

このような「男」にとっての「お遊さん」が、「わたし」という新たな聴き手によって捉えられ、文字によって書かれるとき、その言説は「父」あるいは「男」という二人の声と言葉の狭間で揺れ動きながら、我々読者の認識をその言葉の運動の場へと導く。その場における認識の横断それこそが「蘆たけた」とここで語られている、お遊の価値そのものにほかならないのである。

## 4 劇化する主体

一生お遊を「ひそかに心の妻としておきたい」と念じ続けていた「父」——芹橋がお静との結婚を決心したのは、「あゝいふ人を弟に持つたら自分も嬉しい」と芹橋の妹（すなわち「男」の叔母）に言ったという、妹の夫として芹橋との関係を既存の倫理の中で規定するお遊の言葉に拠っている。ところが婚礼の晩、お静は、自分のことを「うはべだけの妻」と語り、芹橋とお遊の「仲が堰かれ」ないように芹橋の「妹にしてもらふつもりで嫁入り」したというのである。芹橋の心情をもふまえたこのお静の言葉は、彼にとって、姉・お遊への想いと妹・お静との結婚という、既存の倫理規準の枠内において全くの対極に位置するはずの行為を結びつけることになる。このお静の言葉によって芹橋は、「心の妻」の義弟であり「うはべだけの妻」の義兄でもあるというふうに、二つの意味に切り裂かれた存在となるのだ。そして見落としてはならないのは、この三者の関係性が、存在を前提としていながらその場に参加していないお遊の逆説的な主体によって生み出されている点である。

ここで芹橋に対する気持ちさえ「姉さんしだい」と語るお静は、恋する人がいても再婚することのできない状況にいる姉の「身代り」として嫁いできたのだが、関係性を生み出すための単なる媒介項としてその存在を捉えるべきではない。お静は姉の犠牲になったわけではなく、むしろ「身代り」となることで自身の主体性を獲得しているのだ。ここでの「姉さんしだい」という言葉は、嫁入りを勧めるお遊の「一種の熱」のこもった様子という、お静が悟った感覚に基づいており、そこにはお遊の言葉は一言も介在させられていない。にもかかわらず、お遊は、お静が語る言葉によって、ある実体となって芹橋の中に積み上げられたのである。

かくして、芹橋とお静の夫婦関係を「うはべだけの」ものとして、「心の妻」お遊を加えた三人の関わりを続けてゆくのであるが、当初は芹橋とお遊の関係は物語の表面には浮上しないような構成をとっている。例えば、芹橋がお遊の乳を飲む場面でも、三人でいるはずなのに、〈お静―お遊〉あるいは〈お静―芹橋〉といった会話で場面が成り立っており、芹橋とお遊の直接の関わりが語られることはない。つまり、出来事は基本的にこの両者の間で起きているのに、お遊の存在と芹橋との関係は夫婦の関わりの向こうにほの見えているに過ぎないのである。お遊と芹橋の関係はお静がいて初めて成り立っているのだ。

この三者関係において、お遊が自身の内面を語ることはほとんどない。お静と芹橋の二人がやがて「お遊さま」と呼ぶようになる、いわば「腰元」的な存在として仕えるような関係が、お遊の存在の位置と価値を決定するのである。

自分たちが身代りになつてもその人には浮世の波風をあてまいとする。おいうさんは、親でも、きやうだいでも、友だちでも、自分のそばへ来る者をみんなさういふ風にさせてしまふ人柄だつたのでござります。

「男」が「叔母」から聞いたというお遊の「人柄」は、このようなものであり、そうしたあり方こそが芹橋の理想とする女性像と一致していたのである。このようなお遊の「人柄」と、「夫婦のはからひ」を知ることで〈芹橋―お遊〉の関係性に生じた変化とは無関係ではない。

「男」の語る物語の前半においてお遊が頻繁に芹橋の家に通っていたのは、芹橋を義弟とみなし、「妹夫婦」の家としてそれを見ていたからである。それは既存の倫理の枠内で保証される関係性であり、その中ではお静の言うような芹橋への想いがお遊にあったにせよ、彼女はあくまでも二人の姉としての節度を守らなければならなかったはずである。しかし、真実を知ったお遊が「こゝろづくしを知つてか知らずかそのまゝに受け入れるやうなぐあひ」になって変化が顕著になり、「お遊さま」と呼ばれ始めるころから、芹橋との関係性の上においてのみ、にわかにその存在を現しはじめるのだ。

「お遊さま」という呼称は芹橋にとっての「お遊さんの人柄」に見合うものとして、お静との会話の中から生み出されたものであるが、お静の「姉さんといふのはおよしなさい」という言葉は、芹橋とお静の「夫婦のはからひ」における〈芹橋―お遊〉の関係が、〈義弟―義姉〉を否定した上に新たに生じていることを示している。そして、お遊もまた、〈芹橋―お遊〉の関わりそのものを表す呼称として、それまでの「姉さん」よりも「お遊さま」を「気に入つて」「二人のときはさう呼ぶのがよい」とするのだ。

つまり、「お遊さま」によって表される〈芹橋―お遊〉の新しい関係性は、お静とお遊の両者による、既存の倫理規準に基づく芹橋の位置を連続して否定する中から、その個別性が与えられているのである。そしてこの関係性は、物語の上で結婚後初めてお遊から直接「父」に発せられた「いつでも人がたいそうらしく扱つてくれたら機嫌がよい」という言葉によって、はっきりと規定されるのである。

このようにして芹橋は、姉妹の両方から、「お遊さま」という呼称を用いる男として、お遊を取り巻く者たちの中に存在することを許されるのである。この後に語られている「お遊さんのいかにも子供らしい我がま丶の例」は、すべて二人の関係の中での行為として描かれており、そこにお静の存在はない。ここに至って芹橋は、お静という「身代り」を必要としない、いや、その徹底して「身代り」でしかなかったお静の、積極的な否定の主体性によって生み出された、「お遊さま」との二人だけの個別の関係の上での主体性を獲得するのである。

　こうした関係を積み重ねた結果、芹橋――すなわち「男」の「父」は、「おしづとおいうさんとの違ひは何よりもおしづにさういふ芝居気のないところにあつた」と語り、本来の意味からすれば個別性とは相反するはずの「芝居気」を「お遊さん」の個別的価値の中心としているのである。そして、お静とお遊両者の比較によって「芝居気」が個別的価値と結びつくことからすれば、この「芝居気」こそ、両者の「お姫さまと腰元のちがひ」の根拠となっていた「蘭たけたかんじ」とほぼ同義であるとも考えられよう。まさにそれは、「おしづとおいうさん」の両者の、同一性と差異の戯れの中にこそ生まれるものなのだ。

　つまり、「芝居気」とも言い換え可能な「お遊さん」の「蘭たけたかんじ」とは、その主体を無前提に据えることで考えるべきものではないのである。それは、芝居という言葉で示されるように、現在の位置の否定と社会制度の否定という二重の否定によって支えられた関係性の積み重ねの中にこそ現れる真実なのだ。

　ここでさらに注目すべきなのは、お遊のもつ芝居気が、周囲の人間にも伝播し、彼女に関わる人間たちを「腰元」的な存在にしている、ということである。この後に語られる「三人ぎり」の旅は、「三人のくわんけいをとりかへまして言葉づかひなどもきをつけ」たりする中で行われている。すなわち、お静や芹橋もまた、「妹」あるいは「妹の夫」「愛人」……といった、既存の制度を前提としながら同時にその主体を悉く否定する、幾重にも重ねられた芝居の中でのみ、お遊との個別的関係性における主体を保ち得ているのだ。

　こうした彼らの演じる「たのしいあそび」が、『増鏡』における大宮人たちの「いにしへ」の模倣としての「よろづの遊びわざ」に通じるものであることを見逃してはならない。なぜなら、近代において宮廷貴族を模倣する存在は近世以来の豪商たちだからである。そしてその中にあって「お遊さん」とは、自身のもつ芝居気のゆえに「いにしへ」に通じる女性、つまり、「わたし」が〈風景〉の中の「中洲」で見出した「遊女」に連なる女性として造型されていると考えることができるのである。

## 5　記憶の中の「遊」女

「男」にとっての「お遊さん」の実体は、「父」に言われて「長じゅばん」にふれた知覚の記憶と、「父」の語りを「言葉どほりに記憶いたしてをりましてふんべつがつきますにしたがつてだん〴〵とその意味を解い」たという伝聞の記憶、それらの狭間において想起可能なものである。つまり、この対象の不在を前提とした「お遊さん」の表象は、繰り返して想起するほどに、「父」の言葉から遠ざかり「男」のものとなっていくものなのだ。すなわち、「お遊さまのことをわすれずにゐておくれよ」という「父」の言葉に対して、「男」が「お遊さん」という呼称で「わたし」に語ることは、それぞれの関係性の差異を明示し、そこに現れる彼女の差異を表すものである。したがって、「男」もまた、「お遊さん」を個別的主体として、自分との関係性の上に見出していることが分かるのである。

このように、語る行為――一回性の他者に対する自己の言説の投企が、そこに同一性と差異性を同時に生み出すことは避けられない。こう考えてみれば、「蘆刈」というテクストの読者にとって、「男」が誰の子であるか、といった問いかけは[5]全く無効となるのである。なぜなら、ある言説に従って特定した途端に、別の言説によってただちに否定されて、別の認識にとって換わられてしまうからである。むしろ、そのような同一性に対する問いかけ自体が無効化される語りの方法によって、この物語は編まれている、と考えるべきであろう。

さて、ここまで述べたような芹橋――「父」のお遊に対する関わり方は、お遊の再縁話がもちあがり、「父」が恋をつらぬくか否かの選択をしなければならなくなった時点においても一貫している。

「父」はお遊の「普通のをんなゝら恋に死ぬのがあたりまへかもしれない」という状況の中で、それは「福や徳」という「お遊さま」の「ねうち」を捨てることだと語り、お遊を「きらびやかな襖や屏風のおくふかいあたり」に押し込め、恋の成就を諦めるのである。この時の「父」の心情、そして〈父―お遊〉の関係を裏づけるのが、お遊の対応を「父」の目を通したかたちで「男」が語る、次の部分である。

さうしたらお遊さんは父のことばをだまつてきいてをりましてぽたりと一としづくの涙をおとしましたけれどもすぐ晴れやかな顔をあげてそれもさうだとおもひますからあんさんのいふ通りにしませうといひましたきりべつに悪びれた様子もなければわざとらしい言訳などもいたしませなんだ。父はそのときほどお遊さんが大きく品よくみえたことはなかつたと申すのでございます

ここでお遊の流す「一しづくの涙」は、物語においてほとんど唯一のお遊の主体的関わりを表すものであり、それは、「あたりまへ」なら「恋に死ぬ」べき「普通のをんな」であろうとすることの現れにほかならない。しかし「父」の、「あなたは私のやうな者を笑つてすて、しまふほど」の人だという言葉は、お遊が「普通のをんな」として存在することを許さないのである。つまりここには、既存の恋愛関係においてお遊と関わる主体となることを主体をかけて拒む、否定の主体性を前提とした「父」の姿がある。したがってお遊の「あんさんのいふ通りにしませう」という意志は、「腰元」的存在としてお遊と関わり続けた「父」にとって恋の成就以上に価値のある

福音として響いたはずなのである。

果たしてこの後、「父」やお静そして「男」の家が「ろうじのおくの長屋にすむやうなおちぶれかた」をしたにもかかわらず、お遊は「相変らず田舎源氏の絵にあるやうな世界のなか」に身を置き続ける。そして、そこの生け垣の蔭から毎年「父」が「お遊さま」を垣間見るとき、彼の心に沸き上がったものは、没落したかつての「大宮人」たちが遊女との「よろづの遊びわざ」の中に見出した、「いにしへ」という古き良き時代に対するあこがれに通じるものだったに違いない。ここで述べる「いにしへ」の模倣とは、過去に遡行することではないし、まして、未来につながるものではありえない。それは先にも述べた、現在の位置と社会制度の二重の否定による、お遊との関係の上にのみ現れる周囲の人間たちの主体と同様、〈いま、ここ〉という一瞬間の閃きの中にこそ存在しているのだ。

それは〈語る—聴く〉という一回性の行為における現象とも相通じるはずである。したがって「男」が語り終え消えることは、「お遊さん」という呼称を与えられた女の一回性の主体の消滅を意味し、また、プレテクストの積み重ねによって結ばれた「わたし」の幻想の終焉を意味するのである。

そして「わたし」が書き手となって、文字を介在させた形で物語を引き継ぐとき、「男」の語りの聴き手であった「わたし」は、自身を空洞化することによって、我々読者をお遊と個別の関係性をもつことのできる位置へと導くのである。それは、自筆本[6]というメディアを採用することで、より個別的な記憶の場に読者を導き、物語におけるさまざまな声に耳を傾けさせようとした、谷崎の戦略そのものでもあろう。

さらに「わたし」は、「お遊さん」「お遊さま」「おいうさん」……といったさまざまな呼称によって、彼女の多層的な意味を表そうとしている。また、この論考において「男」の語りに従って用いた「父」という関係性を示す呼称は、それと対照的な「母」と呼ばない二人の女との多層的な関わりの物語を開示するものでもある。

すなわち、どの声を選び、どのような呼称で呼ぶべき関係性を得るか、ということは、我々不特定多数の読者にそれぞれ委ねられているのである。このことに気づくとき、それが我々の幻想の始まりであり、「遊」という名の女との個別的でかつ類型的な、その両義性の狭間に漂う関係性の始まりでもあるのだ。

## 6――物語の他者

ここまでみてきたように、お遊をめぐる「男」の知覚体験は「父」の語ったイメージとずれつつ、しかし、ある部分では相補的に結びつきながら浮かび上がってくる。知覚体験の空白を異なったレベルの言説によって補うのである。我々読者にとって、その戯れの中に生じた物語言説の中から「お遊さん」の意味をそれぞれの個別的な読む行為において見出そうとすることは、物語前半での「わたし」がたどった道筋における、〈歴史〉のコンテクストを知覚情報に置き換えながら埋めつつ、さまざまなプレテクストの相関関係の中から「遊女」の意味、あるいはテクストの〈風景〉を探っていった行為に通じている。それはまた、お遊を見なかった記憶が、その唯一性への志向によって別のレベルにあるはずのイメージに取って替わられることでもある。対象の不在こそが、想像の中のイメージを喚起させることになるのだ。

「男」だけではない。お遊と直接関わったはずの「父」――芹橋の場合でさえ、お遊のイメージは記憶の中で一つの像に結ばれることを拒んでいる。「皃の造作が、眼でも、鼻でも、口でも、うすものを一枚かぶつたやうにぼやけて」おり、「むかしのもの丶本に「蘭たけた」といふ言葉があるのはつまりかういふ顔のことだ」などと語られるような「蘭たけた」という表現で示されるお遊の印象が、むしろその価値の中心に据えられていたことは既に確認したとおりである。

お遊のイメージがこうした形式で表される以上、物語が、〈「父」—「男」〉から〈「わたし」—読者〉へ、と語りの連鎖で繋がるものの、読者が「男」と「父」いずれの認識にシフトしたとしても、唯一のイメージにたどり着くことはない。お遊は、唯一の対象でありながら空白であるという、そんな存在を志向し追い求める過程の裡にしか浮かび上がっては来ないのだ。お遊を求めるこうした営為が、起源や史実といったものに駆り立てられる過程を物語化したという意味での〈歴史〉と構造的にパラレルであることは、あらためて述べるまでもないだろう。

このような語りの〈現在〉と想像されるイメージとの交差が劇的なかたちで描かれるのが次の箇所である。

あなたはそのゝちも毎年あそこへ月見に行かれると仰つしやつたやうでしたね、げんに今夜も行く途中だと云はれたやうにおぼえてゐますがといふと、左様でござります、今夜もこれから出かけるところでござります、いまでも十五夜の晩にその別荘のうらの方へまゐりまして生垣のあひだからのぞいてみますとお遊さんが琴をひいて腰元に舞をまはせてゐるのでござりますといふのである。わたしはをかしなことをいふとおもつてでもゝうお遊さんは八十ぢかいとしよりではないでせうかとたづねたのであるがたゞそよ〳〵と風が草の葉をわたるばかりで汀にいちめんに生えてゐたあしも見えずそのをとこの影もいつのまにか月のひかりに溶け入るやうにきえてしまつた。

語り終えた「男」が蘆の間から姿を消す、「蘆刈」の結末場面である。この部分、「わたし」がお遊の現在の年齢と容姿の変化を尋ねた途端に、「男」は姿を消す。物語は、お遊の〈今〉、もしかしたらありえないかもしれない、いや、あるとすればお遊とよく似た女性を「男」は見ているに違いないといった、一つになり得ないイメージを単一の意味に回収することを拒むのだ。むしろお遊とは、物語が語られるたび、物語を受け取るそれぞれの〈現在〉において志向され創られてゆくものでなければならないのだ。その意味において、この結末は、かつて聴き手であった「男」が語り手になり、あらたな聴き手としての「わたし」へと物語が受け渡され、「わたし」もまた、読者に対して物語を語る位置へとその身をずらすであろうことを予感させるのである。

最後に再び〈歴史〉の問題に戻ろう。〈歴史〉と、それにまつわるコンテクスト、そしてそこから遠ざかること。「蘆刈」という物語は、〈風景〉と一人の女性をめぐるイメージのリアリティを〈語る―聴く〉という語りの現場における不在の表象として描き出しながら、受け手側の想像力を制禦する方法を実践したテクストとみることができるのである。

昭和初年代、様々なレベルで〈歴史〉を物語る際のレトリックを文体模索の方法として用いようとした谷崎は、「蘆刈」発表の翌年、次のように述べている。

私は歴史物を以て文学の正統だと主張する訳ではないが、作家も批評家も一向その方へ注意を払はず、日常身辺の些事をのみ描いて、それを兎や角と論議してゐる文壇が、いかにも限界が狭小で、びつこの発達をしつゝあるやうに思はれてならなかつた。現代を正視する文学も勿論必要ではあるけれども、過去を再現する文学も決して等閑に附すべきではない。

（「直木君の歴史小説について」『文藝春秋』昭和八・一一）

ここには、物語の芸術性を心境小説的なものにのみ求めて閉塞していた既成文壇への批判が込められている。谷崎が〈歴史〉を通して構想していたのは、「過去を再現する」場を如何にして文学的営為のうちにつくり出すか、という問題ではなかったか。それは〈語る―聴く／語る―……読む〉という連鎖のダイナミズムそのものであった。この時、翻訳され、あるいは引用された〈古典〉のディスクールは、語りの言説に織り込まれた他者のことばとして〈歴史〉《イストワール》としての物語に揺さぶりをかけるものとなっていたのである。

## 注

（1）ただし、同時代読者にとって『増鏡』は「なじみ深い作品」であった。三島潤子「谷崎潤一郎『蘆刈』の構造―古典回帰の内実―」（『國語國文』二〇〇八・一）は「当時はほとんどの中学国語教科書が『増鏡』を収録」していたことを指摘している。

（2）大石直記「〈近代〉的時間との抗争、あるいは、〈美的モデルネ〉問題―谷崎潤一郎「蘆刈」に即して―」（『文學藝術』第三一号、二〇〇八・二）は、『増鏡』が語り手の読書体験から選び取られたものであることを指摘、水無瀬神宮で抱いた〈水無瀬の宮〉のイメージに、書き手の現在とかつての「わたし」の生きた現在との重なり、および、過去と現在の境目の喪失と融解を読むなど示唆に富む。

（3）笠原伸夫は『谷崎潤一郎―宿命のエロス』（冬樹社、一九八〇・六）において、この意識の移動を「まなざし」（傍点原文）とそれを支える「想像力」の移動であるとしているが、本論ではこの移動を中洲に至る歩行と対置する意味で、想像上の「舟行」として捉え、それぞれの移動における意識の共通性と差異性を考察し、物語の〈風景〉の変質する契機を探る。

（4）ここで述べる、言説における聴き手の役割については、小森陽一『縁の物語―『吉野葛』のレトリック』（新典社、一九九二・一二）を参考にした。ただし、氏の論考では、物語における「聴き手」の統辞論的役割、および、「聴き手」から「語り手／書き手」へと変貌する際の物語行為の変質について言及されているのだが、ここでは、「聴くこと」の不確定さが新たな物語の発信源となっていく過程を考察した。

（5）従来の「蘆刈」の論考にこの問題を扱ったものは多い。代表的なものをあげれば「お遊の子」説の秦恒平「お遊さま―わが谷崎の『蘆刈』考」(『谷崎潤一郎―「源氏物語」体験』筑摩書房、一九七六・一一)、「語り手「わたし」からあくがれでた魂」とする野口武彦『谷崎潤一郎論』(中央公論社、一九七三・八)などだが、いずれも最終的には証明できていない。永栄啓伸は「「蘆刈」論―その構造と内実―」(『谷崎潤一郎論―伏流する物語』双文社出版、一九九二・六)の中で、これらをはじめとする多くの論考の整理を行うと同時に、「男」が「お静の子」を主張し続けることの意味について考察している。

(6)「蘆刈」の最初の単行本として、昭和八年四月に『潤一郎自筆本　蘆刈』が創元社より五百部限定で出版されている。定価十円で刊行されたこの書籍は、北野恒富による口絵・挿画を付して、谷崎自身によって全文が草書体で書かれた菊判横和綴本である。桐の函のなかに収まった本体は別に紙の函に収まっているが、そこに記された「お願ひ」によると、「本文の用紙雁皮紙は特に本書に使用する為に別に漉かせたものであり」また「表紙の古代モミ紙、見返しの染紙、書名紙の黄紙すべて谷崎先生の好みによつて別漉にしたもの」であるという。印刷の際も谷崎は印刷所に出向いて「申分のない墨色が出ますまで幾度でも刷換へさせ」るなど、念を入れた「監督」のもとで作り上げたことが明かされ、さらにこの末尾に「著者の希望により、御買上の後は必ず此の紙函をお棄て下さい。」などとあるように、徹底したこだわりが示されている。

# 第10章　文体と古典——『源氏物語』へのまなざし

谷崎潤一郎と『源氏物語』の関わりは、その生涯において三度にわたる現代口語訳を試みたことからも窺えるように、非常に深いものがある。[1]谷崎自身は第一高等学校在学中に「湖月抄」を初めて全文通読したということだが、その作品に与えた影響については、おもに内容的側面から度々指摘されてきた。たとえば、「母を恋ふる記」（『大阪毎日新聞』大正八・一・一八〜二・一九、『東京日日新聞』同・一・一九〜二・二二）以来、「吉野葛」（昭和六）、「蘆刈」（昭和七）を経て、晩年に近い時期の「夢の浮橋」（『中央公論』一九五九・一〇）に至るまで、谷崎作品の主要なテーマと目されてきた、いわゆる〝母恋い〟のモチーフを、美しい母の面影を藤壺や紫の上に求める光源氏の意識を投影したものとすることは、ほぼ定説となっている。また、「痴人の愛」（大正一三〜一四）において、少女ナオミを引き取って、自分の好みの女性に育て上げようとする河合譲治の思惑が、紫の上を育てる光源氏になぞらえられることもある。さらには、「細雪」（昭和一八〜二三）の優雅な作品世界を『源氏物語』で描かれた王朝世界を下敷きにしているとする見方も、しばしばなされてきた。[2]

元秘書であり谷崎の口述筆記を務めたことで知られる伊吹和子は、谷崎が『源氏物語』に「耽溺」したとか、それを「愛読」していたとかいったことを繰り返し否定し、『源氏物語』が谷崎作品に「影響」を与えたとする見方に対して疑義を呈している。伊吹は、谷崎と直接関わった自身の体験や、「源氏物語の現代語訳について」(『中央公論』昭和一三・一二)における谷崎の言説をもとに、「『源氏物語』とは、「谷崎文学に影響を与えた」ものではなく、逆に、ある時は文体を、ある時は表記の方法を、ある時は物語の構成を、「谷崎」の側から、素材として、かつアイディアを提供するものとして、貪欲に利用される存在であったのではなかろうか。いかなる時も主体は自分であり、自己の文学が最上位であって、『源氏物語』といえども超えることは許さないとするものであった」(3)と述べているのである。

「影響」か「素材」かという議論はひとまず措くとしても、谷崎が『源氏物語』を一面においてはそれほど高く評価していなかった、という指摘は興味深い。こうした指摘が新鮮に感じられるほど、『源氏物語』と谷崎との影響関係は、従来、ほぼ無前提に信じられてきたのである。今、あらためて両者の関係について考えるなら、まずはその神話性から捉え返さなくてはならないはずである。そこで本章では、谷崎が『源氏物語』について述べた言説を取り上げ、それらが置かれた文脈について検討を加えてみたい。ここを起点として、『源氏物語』に対する谷崎の位置を考えてみたいのである。

## 1　源氏への「にくまれ口」

『源氏物語』に対する谷崎の評価は、比較的早い時期から断片的に行われているものの、その内容に対する好悪の感情が率直に述べられているのは、その最晩年に書かれ、没後に発表されたエッセイ「にくまれ口」(『婦人公論』一九六五・九)をほぼ唯一のものとみてよい。『婦人公論』掲載時に編集者によるものであろうか「多年『源氏物語』の口語訳に力をそそいできた文豪が、はじめて明らかにした男性「光源氏」批判」といったコメントが付されているように、光源氏を現代的な意味での「男性」と見なす立場から、ほぼ一貫して『源氏物語』を「批判」した文章であり、当時の読者をひどく驚かせたという。

三度目の現代語訳を手がけた直後のこの時期に、『源氏物語』についての言及がなされるのは自然であるとも言えようが、ここでは自身の現代語訳についての話題が慎重に避けられている。この短いエッセイの大半で、谷崎は、光源氏が女性に対して「出まかせの嘘」を述べる様を具体的に挙げて筆誅を加え、さらには光源氏の口車に簡単に乗ってしまう女房たちをも批判するのである。「源氏」は「物のあわれ」を書いたものであるから是非善悪の区別を以て読むべきではないとする本居宣長の説に同意しつつも、光源氏の女癖の悪さや不義の数々に対して嫌悪感を抱かざるを得ないし、紫式部が「源氏贔屓」であることにも反感を覚える、というわけである。さらには、その行為を許容するかのような「物語に出てくる神様」に対してまで、その不満がぶつけられているのだ。

掲載誌『婦人公論』の女性読者を意識したであろうことを差し引いても、「にくまれ口」の批判にはやや執拗というほかない印象がある。論難の矛先が光源氏という架空の作中人物や、時代も立場も異なった、その実態さえ明らかでない作者・紫式部に向けられている点を考えると、谷崎の態度はいささか子供じみてさえいる。こうした過剰ともとれる姿勢を額面通りに取り上げるよりも、むしろ、光源氏や紫式部を介することで、『源氏物語』に対する自らの立ち位置を示すことにこそ、このエッセイの目的があったとみるべきではないだろうか。(4)

ここには、たとえば京都での住まいであった潺湲亭が多くの女性たちと光源氏が暮らした六条院になぞらえられたり、あるいは、自身の作品への影響を繰り返し指摘されたりしてきたことに対する、強い違和感の表明を認めることができるのである。だからこそ、自身との重なりを言われてきた光源氏と、創作者としての立場からみた紫式部の両者を、ともにその批判の対象に選んでいるのだ。これほどに嫌っている光源氏を作品のモチーフにするはずはないし、また、物語作者としての紫式部の影響下に自身を置くなどけしからぬ、といったところであろう。

「にくまれ口」での批判を単なるパフォーマンスとして捉えるなら、むしろ、谷崎の『源氏物語』評価の核心は、このエッセイの末尾に置かれた次の一節にこそ求めなければならないはずである。

それならお前は源氏物語が嫌いなのか、嫌いならなぜ現代語訳をしたのか、と、そういう質問が出そうであるが、私はあの物語の中に出てくる源氏という人間は好きになれないし、源氏の肩ばかり持っている紫式部には反感を抱かざるを得ないが、あの物語を全体として見て、やはりその偉大さを認めない訳には行かない。昔からいろいろの物語があるけれども、あの物語に及ぶものはない、あの物語ばかりは読む度毎に新しい感じがして、読む度毎に感心するという本居翁の賛辞に私も全く同感である。

昔鷗外先生は「源氏」を一種の悪文であるかのように言われたが、思うに「源氏」の文章は最も鷗外先生の性に合わない性質のものだったのであろう。一語一語明確で、無駄がなく、ピシリピシリと象眼をはめ込むように書いて行く鷗外先生のあの書き方は、全く「源氏」の書き方と反対であったと言える。

ここで谷崎は、光源氏の「人間」性や紫式部の筆致に対する「反感」と対置する形で、物語「全体」の「偉大さを認めない訳には行かない」として肯定的な評価を与えている。そして、評価すべき物語「全体」とは、「読む度毎に感心する」とされているように、読書行為の際の判断であることを明らかにしているのだ。それはまた、後半で鷗外の評価を引き合いにしながら、「文章」の表現レベルの問題とも接続されている。すなわち、鷗外が認めるような「一語一語明確で、無駄がなく、ピシリピシリと象眼をはめ込むように」書かれていないこと。そうした表現こそ『源氏物語』の価値の中心であるというのである。

考えたいのは、作中人物の性格設定や作者の姿勢とは全く別のレベルに置かれた、『源氏物語』評価がどのような発想に基づいているかという点である。表現全体における文の組み立ての問題から文学表象に対する谷崎の意識を明らかにするためには、このエッセイが発表された時期から四十年近く遡った昭和初年代の言説に立ち返る必要がある。

## 2　構造的美観と『源氏物語』

小説の価値をめぐる谷崎の発言は、大正後半から昭和戦前期に集中している。ここでもまた、本書でたびたび取り上げてきた「饒舌録」（昭和二）を見てみたい。

繰り返し確認したように、谷崎は芥川との論争における自らの主張する小説の価値の中心に「構造的美観」を据えていた。芥川に否定された「筋の面白さ」とそれを結びつけながら、「文学に於いて構造的美観を最も多量に持ち得るものは小説」であり、「筋の面白さを除外するのは、小説と云ふ形式が持つ特権を捨てゝしまふ」ことになると主張していた。「日本の小説に最も欠けてゐるところは、此の構成する力、いろ〳〵入り組んだ話の筋を幾何学的に組み立てる才能」である、というのだ。この前提において、中里介山「大菩薩峠」を評価し、「筋で売る小説」として高い水準を持った「真の大衆文芸」であると絶賛していたのである。

谷崎の反論に対する芥川の「文芸的な、余りに文芸的な」での反々論（『改造』昭和二・四）に対し、谷崎はさらなる応酬をする。その中で、論争の冒頭から言及していた「構造的美観」をめぐる議論をさらに展開するのであるが、そこで引き合いに出されているのが『源氏物語』なのである。

構造的美観は云ひ換へれば建築的美観である。従つてその美を恣にする為めには相当に大きな空間を要し、展開を要する。俳句にも構成的美観があると云ふ芥川君は茶室にも組み立ての面白さがあると云ふだらうが、しかし其処には物が層々累々と積み上げられた感じはない。芥川君の所謂「長篇を絮々綿々書き上げる肉体的力量」がない。私は実に此の肉体的力量の欠乏が日本文学の著しい弱点であると信ずる。

失礼ながら私をして忌憚なく云はしむれば、同じ短篇作家でも芥川君と志賀君との相違は、肉体的力量の感じの有無にある。深き呼吸、逞しき腕、ネバリ強き腰、――短篇であつても、優れたものには何かさう云ふ感じがある。長篇でもアヤフヤな奴は途中で息切れがしてゐるが、立派な長篇には幾つも〳〵事件を畳みかけて運んで来る美しさ、――蜿蜒と起伏する山脈のやうな大きさがある。私の構成する力とは此れを云ふのである。

源氏物語は肉体的力量が露骨に現はれてゐないけれども、優婉哀切な日本流の情緒が豊富に盛り上げられてゐて、首尾もあり照応もあり、成る程我が国の文学中では最も構造的美観を備へた空前絶後の作品であらう。しかし馬琴の八犬伝になると、支那の模倣であるばかりか大分土台がグラついて来る。徳川時代の歌舞伎劇の中には随分複雑な筋を弄した作品もあるが、たゞ徒らに込み入つてゐるだけで、事件の発展が自然でなく、幾何学的にシツカリ組み合はされてもゐない。

（「饒舌録」『改造』昭和二・五）

この箇所は、「構成力」について「谷崎氏の議論のもう少し詳しいのを必要と」する、という芥川の要請を受けて述べられている。ここで谷崎は、小説を建築の空間に見立てた上で、細部の「組み立て」の重要性を指摘する。「美」を発現するためには、「物が層々累々と積み上げら」れるための「大きな空間を要」するという。それはまた、別の箇所で「幾つも〳〵事件を畳みかけて運んで来る美しさ」「蜿蜒と起伏する山脈のやうな大きさ」とも述べられている。『源氏物語』は、そうした意味での「構造的美観を備へた空前絶後の作品」として、最大級の評価を与えるべき作品であるというのである。

谷崎は、「構造的美観」を有する文学形式として一定の長さの長編小説をイメージしている。しかし、それは単なる分量の問題ではないであろうし、「肉体的力量」という表現で示されているような身体性の問題は、作家の身体的な問題ではもちろんない。「深き呼吸、逞しき腕、粘り強き腰」といった「肉体的力量の感じ」(傍点引用者)は、あくまでも作品を読み取る際の読者側の身体感覚において測定される問題でなくてはならないはずだ。

第6章で確認したように、谷崎は読書過程における直観的な読書経験を重視している。芸術は「部分は全体を含み全体は部分を含まねばならない」「一箇の有機体」であるべきだとし、文章の「組み立て」こそ、読書行為を牽引する力となるものであるとしていた。そうした「組み立て」を豊富に有するための空間的な広がりと展開を保持すること。その全体を「構造的美観」としていたのである。こうした文体は、具体的な読書過程においてどのように経験し得るのだろうか。

## 3　「谷崎源氏」への過程

昭和一四年一月から刊行された『潤一郎訳源氏物語』(昭和一〇~一三にかけて訳出、以下、「谷崎源氏」)の「序」(「谷崎源氏」巻一、中央公論社、昭和一四・一)には『源氏物語』現代口語訳・出版に至る経緯が明かされている。それによると、「中央公論社の嶋中社長から、源氏物語を現代文に直してみたらと云ふ相談を最初に受けたのは、昭和八年頃であつた」、さらに「昭和九年の末頃からぽつ〳〵そんな心積りをし、昭和十年の九月から実際に筆を執り始め」「昭和十三年の九月に至つて、兎も角も第一稿を書き終へることが出来た」という。谷崎が「実際」

に執筆に入ったのは「昭和十年九月」からであることが明記されているのだが、現代口語訳の要請は「昭和八年頃」に行われており、谷崎自身も「昭和九年の末頃」から「心積り」をしていたという点は確認しておいてよい。もっとも、同じ昭和九年二月一六日付の嶋中雄作中央公論社社長宛の書簡に「五千円を保証して頂けるならまあやつても宜敷存ます《ママ》(5)」とあり、「谷崎源氏」序文に示された時期より一年ほど前から『源氏物語』訳業への意識が固まっていたとみることも可能であろう。この嶋中社長宛書簡で、谷崎は、既に刊行されていた与謝野晶子訳(6)をはじめとする訳業を向こうにまわして、「梗概でなく全訳といふことになれば全く文章上の技巧のみの問題になりますから此の点は大いに自信があります、現代文を以て充分源氏の心持ちを出せるつもりです」と、その意気込みのほどを表明している。文章表現に対するこの大いなる「自信」の裏づけは、昭和初年代における古典文脈を意識した文体への取り組みとその達成（感）にあったと考えられる。

　この昭和九年、谷崎は、七～八月に塩原の笹沼家別荘にこもって『文章読本』を書き下ろし、一旦脱稿した後、校正刷りを見てから一〇月に改稿を加え、一一月に中央公論社より上梓した。『文章読本』の執筆過程において、『源氏物語』訳業が谷崎の意識にあったことは言うまでもないだろう。

　こうした文章表現をめぐる視点をもって谷崎の昭和初年代を俯瞰するなら、前節で取り上げた「饒舌録」（昭和二）―「古典回帰」作品群における実作（昭和初年代）―『文章読本』（昭和九）―「谷崎源氏」訳業（昭和一〇～一三）、という一繋がりの軸が浮かび上がってこよう。そして、この時期に通底していた谷崎の問題意識は、現代口語文に対する違和感と、『源氏物語』にみられる和文脈を重視した文体の模索といった二点に集約することができるのである。

　そこで、谷崎が取り組んでいた試みがどのような発想に裏打ちされているかについて、『文章読本』を中心に検討してみたい。

その序文で、「いろ〳〵の階級の、なるべく多くの人々に読んで貰ふ目的で、通俗を旨として書いた」とし、「専門の学者や文人」のための書物ではなく、「「われ〳〵日本人が日本語の文章を書く心得」を記した」、と断り書きされているように、『文章読本』は、一般読者向けの文章指南書、といった体裁の書物である。

しかし実際は、谷崎自身の文章観、ひいては日本語という言語に対する認識が高い水準で展開されており、参照すべき引用文のレベルも含めて、必ずしも一般人向けとは言い難い。むしろ、「通俗」向けという立場をとることで、「文章」をその実用レベルで検討するという姿勢を打ち出し、問題視していた現代口語文と対峙することを目論んだと考えるべきであろう。『文章読本』は、文章の「実用性」を担保に、自らの理想とする文体を模索し、あるいはその過程を記した、谷崎畢生のマニフェストとも言うべきものなのである。

この書物の中で、谷崎は『源氏物語』について以下のような評価を与えている。

一体、源氏と云ふ書は、古来取り分けて毀誉褒貶が喧しいのでありまして、これと並称されてゐる枕草紙《ママ》は、大体に於いて批評が一定し、悪口を云ふものはありませんけれども、源氏の方は、内容も文章も共に見るに足らないとか、支離滅裂であるとか、睡気を催す書だとか云つて、露骨な悪評を下す者が昔から今に絶えないのであります。さうして、それらの人々に限つて、和文趣味よりは漢文趣味を好み、流麗な文体よりは簡潔な文体を愛する傾きがあるのであります。

蓋し、我が国の古典文学のうちでは、源氏が最も代表的なものでありますが故に、国語の長所を剰すところなく発揚してゐると同時に、その短所をも数多く備へてをりますので、男性的な、テキパキした、韻《ひゞき》のよい漢文の口調を愛する人には、あの文章が何となく歯切れの悪い、だら〳〵したもの、やうに思はれ、何事もはつきりとは云はずに、ぼんやりぼかしてあるやうな表現法が、物足らなく感ぜられるのでありませう。そこで、私は下のやうなことが云へるかと思ひます。**同じ酒好きの仲間でも、甘口を好む者と、辛口を好む者とがある、左様に文章道に於いても、和文脈を好む人と、漢文脈を好む人とに大別される、**即ちそこが源氏物語の評価の別れる所であると。(…)**一番手ツ取り早く申せば、源氏物語派と、非源氏物語派になるのであります。**

(「二　文章の上達法」)

この箇所は、森鷗外が「源氏物語の文章にはあまり感服してゐ」なかったという逸話をもとに、その文体について言及している箇所である。鷗外を引き合いに出しながら『源氏物語』の特徴を述べている点は、先にみた「にくまれ口」末尾の一節に通じている。『文章読本』全体において『源氏物語』に関する記述は必ずしも多くはないが、この書物が和文脈を現代の口語において生かす方法を模索したものである点を考えると、文体そのものを検討する過程で『源氏物語』を取り上げていることは注目に値するはずである。

『文章読本』序文には、「文章を作るのに最も必要な、さうして現代の口語文に最も欠けてゐる根本の事項のみを主にして、此の読本を書いた」として、谷崎をしてこの「読本」執筆に向かわせた動機が「現代口語文」への違和感にあることが明記されている。たしかに、『文章読本』の一面は、その先年に発表されていた「現代口語文の欠点について」(『改造』昭和四・一二)で展開していた問題意識の延長線上にある。

日本語にしても今日の翻訳体を改めて、その本来の伝統的な語法を復活しさへしたら、ずゐぶん細かい心の動きや物の動きを表現することが、——或は気分に依つてゞも感じさせることが、——出来るのである。

(「現代口語文の欠点について」)

このように谷崎は、現代の口語文体の陥穽が、明治期以来の漢文翻訳体をも含めた西洋的文体の影響に起因するものであることを『文章読本』に先立つエッセイで繰り返し言及していたのである。

全体が三章で構成された『文章読本』もまた、「文章とは何か」という章を冒頭に掲げ、言語そのものをめぐる問いかけによって日本語の文章の特質を検討するところから始められている。ここには、『文章読本』全体の中核を占める言語観が述べられているのだ。

この章は、「言語と文章」「実用的な文章と芸術的な文章」「現代文と古典文」「西洋の文章と日本の文章」といった四つの節から成っており、この四点は、そのまま現代口語文に対する谷崎の問題意識の枠組みを示している。これら四点の切り口は単に並置されているのではなく、それぞれの問題領域を重ね合わせながら、言語あるいは文章に対する概説的な立場表明から、次第に実践的なレベルの各論へと展開されている。そして、章の末尾近くに引用され、西洋的な文体と対置されているのが、ほかならぬ『源氏物語』なのだ。ここでは、須磨の巻の冒頭に近い一節が取り上げられている。

かの須磨は、昔こそ人のすみかなどもありけれ、今はいと里ばなれ、心すごくて、海人《あま》の家だに稀になむと聞き給へど、人しげく、ひたたけたらむ住ひは、いと本意なかるべし。さりとて都を遠ざからむも、古里覚束なかるべきを、人わろくぞ思し乱る〻。よろづの事、きし方行末思ひつゞけ給ふに、悲しき事いとさま〲〵なり。

この一節は、光源氏の配流先である須磨の物寂しげな情景を描写している箇所である。この引用文の後に、

「英人アーサー・ウェーレー氏の英訳(7)」が原文のまま引用され、「西洋の文章」の特質を示すためのモデルとされている。この書物で問題としているのは、西洋の文章そのものの特徴ではなく、西洋的な日本の文章なのだから、『源氏物語』英訳を事例として取り上げることで、内容的な側面よりもその形式面の特質を抽出することが企図されている。

この箇所で谷崎は、西洋の文章と日本の文章の違いを分量の差に求めている。しかしそれは、原文と英語の文章を単純に行数で比較したり、言語の数の増加を見たり、といったレベルで取り上げられているに過ぎない。むしろ興味深いのは、ウェーレーの英訳とともに、谷崎がその英訳を日本語に「直訳」したとする訳文が掲載されていることである。以下に引用しておこう。

須磨と云ふ所があつた。それは住むのにさう悪い場所でないかも知れなかつた。寔にそこには嘗て若干の人家があつたこともあるのである、が、今は最も近い村からも遠く隔たつてゐて、その海岸は非常にさびれた光景を呈してゐた。ほんの僅かな漁夫の小屋の外には、何処も人煙の跡を絶つてゐた。それは差支へのないことであつた、なぜなら、多く人家のたてこんだ騒々しい場所は、決して彼の欲するところではなかつたのであるから。が、その須磨さへも都からは恐ろしく遠い道のりなのであつた。さうして彼が最も好んだ社交界の人々の総べてと別れることになるのは、決して有難いものではなかつた。彼のこれまでの生涯は不幸の数々の一つの長い連続であつた。行く末のことについては、心に思ふさへ堪へ難かつた!

ここで谷崎は、一旦英文を通り抜けたかたちでの『源氏物語』の一節を示すことで現代口語文の問題点を取り上げ、その上で『源氏物語』の文体的な特質と価値を評価する。確認したいのは、谷崎が英文を迂回することで示そうとした、日本語の一形式と「谷崎源氏」の文体との距離である。

そこで、再び『源氏物語』の同じ箇所が取り上げられている「三　文章の要素」における「調子について」という節に移ってみよう。ここには先に引用した須磨の巻の一節を「原文のなだらかな調子を失はないやうに」して訳したという現代口語訳が載せられている。

あの須磨と云ふ所は、昔は人のすみかなどもあつたけれども、今は人里を離れた、物凄い土地になつてゐて、海人《あま》の家さへ稀であるとは聞くもの丶、人家のたてこんだ、取り散らした住まひも面白くない。さうかと云つて都を遠く離れるのも、心細いやうな気がするなどときまりが悪いほどいろ〳〵にお迷いになる。何かにつけて、来し方行く末のことゞもをお案じになると、悲しいことばかりである。

この口語訳は「つなぎ目がぼかされてゐる」点において、「原文を生かした」ものとされた文章である。また、「口語体を以て長いセンテンス」を書くことを実践してみせた点で、後に訳される「谷崎源氏」の文体に近いものと考えてよい。一方、この訳をもとにして作ったと思しき、「現代の人」が「普通」書くであろう口語訳も載せられている。

あの須磨と云ふ所は、昔は人のすみかなどもあつたけれども、今は人里を離れた、物凄い土地になつてゐて、海人の家さへ稀であると云ふ話であるが、人家のたてこんだ、取り散らした住まひも面白くなかつた。しかし源氏の君は、都を遠く離れるのも心細いやうな気がするので、きまりが悪いほどいろ〳〵に迷つた。彼は何かにつけて、来し方行く末のことを思ふと、悲しいことばかりであつた。（傍線原文）

傍線を付した箇所が、現代人の陥りやすい文章体の特徴とされている。ここでは、先に引用した訳文と比較しながら、その差異が以下の三点にまとめられている。

イ　敬語を省いたこと
ロ　センテンスの終りを「た」止めにしたこと
ハ　第二第三のセンテンスに主格を入れたこと

谷崎が『源氏物語』をはじめとする日本の文章体の「美点」と「力説」しているのは「関係代名詞のない日本文でも、混雑を起すことなしに、幾らでも長いセンテンスが書き得る」ということである。それでも脈絡が通るのは、敬語が機能しているためであるという。一方、ここで挙げた「現代人の陥りやすい文章体」は、敬語を省いたためにセンテンスを切らざるを得なくなっている。また、そうして作ったセンテンスが「た」で止められていることで「調子」が切れ切れになり、かつセンテンスの主格を示したために、この文章が三つのセンテンスによって構成された文章であることがより明確に示されてしまっているのである(8)。

『文章読本』に引用された『源氏物語』のこの箇所は、三つのセンテンスの「つなぎ目」をぼかした文体がきわめて有効に機能しているという。そのシステムについて確認するために、「谷崎源氏」の当該箇所を次に引用して、検討を加えてみよう。

あの須磨と云ふところは、昔こそ人の住家《すみか》などもあつたもの丶、今はたいそう人里を離れた、物凄い土地になつてゐて、海人《あま》の家さへ稀であると聞いておいでになるけれども、あまり人間の出入りの激しい、おほびらな辺《あたり》に住まひをするのは不本意であるし、さうかと云つて都を遠く去つて行くのも、故郷《ふるさと》のことが気がゝりであらうしなどゝ、はたの見る眼もきまりが悪いほどお迷ひ遊ばして、来し方のことや、行末のことや、よろづのことをお思ひつゞけになり、さま〴〵の悲しみが胸一杯におなりになる。

（「須磨」「谷崎源氏」巻五、中央公論社、昭和一四・六）

先に引用した『文章読本』で「理想」とされた現代口語訳の形式をさらに進めて、この部分の全体が一つのセンテンスで書かれていることに、まず留意したい。ウェーレーの英訳を直訳したものを含めて、『文章読本』には三つの口語訳が載せられているが、それらの試みを通り抜けた後の、とりあえずの到達点と見なしてよいであろう。(9)

「あの須磨と云ふところは」という書き出しが明示しているように、この一文は「須磨」の情景を表象しようとする目的で書かれており、読者も、まずは「須磨」の表象を読み取ろうとする意識を抱くはずである。しかし、「須磨」を文章の主格として仮に捉えてみると、それに直接対応する述部を文面から取り出すことは容易ではない。むしろ、文末の「さま〴〵の悲しみが胸一杯におなりになる」という箇所に至ると明らかなように、この文章全体の主格は文中に明記されていない光源氏の内面ということになるのである。すなわち、『源氏物語』全体の「主人公」としてあらかじめ与えられた光源氏の内面表象となるのだ。

このように考えるなら、この文章中の個々の断片は、須磨の情景を描写したものなのか、あるいは光源氏の内面を表したものなのか、判断不可能となる。むしろ、両者を不可分なものとして描き出していると捉えるべきであろう。すなわち、ここでは、三つのセンテンスをひと繋がりの情景描写とすることで、須磨の情景の物寂しい様が、都を追われた光源氏の内面を投射したものとして受け取られることになる。読者の位置からすれば、光源氏の内面を想像することが須磨の情景をリアルに読み取ることになるだろうし、また、そうした須磨の情景を以て、光源氏の内面を想像することになるのである。情景と人物の内面とが不可分で相互補完的な表現が達成されているのだ。

先にも述べたように、『文章読本』で『源氏物語』の文体について言及されているのは「文章の要素」のうちの「調子について」論じられた箇所である。ここで谷崎は、文章の「調子」を「最も人に教へ難いもの、その人の天性に依るところの多いもの」であるとする。「調子」を作家の「天性」としながらも、『源氏物語』の原文を異なった文体で書き表したのは、複数の文体を示すことで、理想とする文体を模索した試行錯誤の過程を示したかったからではないだろうか。そうした昭和初年代の文体模索は、実作レベルでは、日本語文体への回帰、あるいは自らの創作にそうした文体を選択することに他ならなかった。その果てに「谷崎源氏」の現代口語訳があったとすれば、以前の文体との訣別と異なった表現形式へのこうした転換もまた、広義の〈翻訳〉とみることが可能であろう。

昭和初年代、〈古典回帰〉と呼ばれる作品群を通して、そうした試みを繰り返した谷崎は、『文章読本』で自らの文体を含む現代口語文体と向き合い、さらには『源氏物語』の現代口語訳を経て、現代口語文体と古典文体との融合を志向した。「谷崎源氏」の訳出作業に取り組んでいた三年余りの期間、谷崎は、「猫と庄造と二人のをんな」（昭和一一）をほぼ唯一の例外として、創作行為から遠ざかる。以後、例えば「盲目物語」（昭和六）「蘆刈」（昭和七）でみせたような、仮名表記の多用、会話を地の文に括り込む、などといった実験的な文章の試みは後退し、より高次の、和文体の香りを残した文章体を構築するに至ったのである。その到達点が「細雪」であることは論を俟たないであろうし、戦後になって大正〜昭和初期の諸作品が相次いで再刊行される際の改稿過程にも、その痕跡を認めることができるのである。

谷崎が『源氏物語』から直接何かを学び取ったかどうか。それを正確に捉えるのは容易ではない。しかし、『源氏物語』を傍らに置いてその文学的実践を俯瞰すると、理想とした文体への谷崎の飽くなき追究の姿勢を窺うことができるのである。この時、『源氏物語』は、谷崎文学における文章表現の特質を捉えるための一つの指標とみなすことができるのだ。

**注**

(1) 谷崎潤一郎は、『源氏物語』の現代口語訳を三度にわたって行っており、いずれも中央公論社から刊行されている。以下に(西暦刊行年・月)とともにまとめておく。

・『潤一郎訳　源氏物語』(一九三九・一～一九四一・七)

・『潤一郎新訳　源氏物語』(一九五一・五～一九五四・一二)

・『谷崎潤一郎新々訳　源氏物語』(一九六四・一一～一九六五・一〇)

(2) 主なものとしては、「細雪」を「源氏物語「蘆屋の巻」」とした折口信夫「『細雪』の女」(『人間』一九四九・一)、秦恒平『谷崎潤一郎―〈源氏物語〉体験―』(筑摩書房、一九七六・一一)など。また、池田和臣「谷崎潤一郎と源氏物語」(『解釈と鑑賞』二〇〇一・六)が、作品内容、表記と文体、語りの方法など、多岐にわたってその影響関係をまとめている。

(3) 「「谷崎源氏」と呼ばれるもの」(『源氏物語の鑑賞と基礎知識』二〇〇三・六)。なお、伊吹は、谷崎潤一郎キーワード事典『源氏物語』(千葉俊二編『谷崎潤一郎必携』学燈社、二〇〇一・一一)で、松田修「谷崎における古典主義時代とは何か」(『解釈と鑑賞』一九八三・五)の、谷崎にとって「古典は、その最高のものでさえ道具であり、手段であり、所詮素材であった」とする説への共感を表明している。ここでの説も同様の立場によるものとみてよい。

（4）例えば昭和初年代に同じ『婦人公論』に発表された「恋愛および色情」（昭和六・四〜六）では、「源氏物語の主人公は、大勢の婦女子を妻妾に持ったのであるから、形から云へば女を玩弄物扱ひにしたことになるが、しかし制度の上で「女が男の私有物」であったと云ふこと、男が心持の上で「女を尊敬してゐた」と云ふことゝは必ずしも矛盾するものでない」といった筆致で述べている。

（5）水上勉編『谷崎先生の書簡　ある出版社社長への手紙を読む』（中央公論社、一九九一・三）による。

（6）当時刊行されていた与謝野晶子訳『新訳源氏物語』（金尾文淵堂、明治四五・二〜大正二・一一）は抄訳である。なお、晶子は谷崎よりやや早い時期から新しい現代語訳に取り組んでおり、やがて『新新訳源氏物語』（金尾文淵堂、昭和一三・一〇〜一四・九）として刊行された。

（7）Arthur Waley 翻訳、一九二五〜三三にかけて刊行された The Tale of Genji を指す。全六巻。

（8）文章における主格の問題については、前掲「現代口語文の欠点」でも、『源氏物語』の特徴として、「「桐壺」から「花の宴」迄を調べて見ても、冒頭のセンテンスに主格のあるのは、「桐壺」、「帚木」、「紅葉賀」の三篇だけで、その他の五篇は悉く省略してゐる」ことを指摘し、「末摘花」と「空蟬」の冒頭を引用した上で、「もし学校の綴り方の時間に生徒がこんな文章を口語体で書いて出したら、必ず訂正されるであらう。しかしながら、それが日本文である限り、口語体であらうと昔の和文体であらうと、此の書き方は文法的に正しいのである。主格を入れても勿論誤まりではないが、どちらかと云へば入れない方が美しい」と述べ、脈絡を読み取る上での敬語の果たす機能が指摘されている。

（9）戦後再び取り組んだ『潤一郎新訳　源氏物語』においては、当該箇所は以下のように訳されている。

あの須磨は、昔こそ人の住家などもありましたものゝ、今はたいそう人里を離れた、荒れ果てた感じになつてゐまして、海人の家さへ稀であると聞いておいでになりますけれども、あまり人の出入りの激しい、賑かな辺に住むのは本意ではありませぬ。さうかと云つて都を遠く離れるのも、故郷のことが気にかゝるであらうと、人聞きが悪いほどお迷ひになります。来し方のこと、行末のこと、よろづのことをお思ひつゞけになりますと、悲しいことが実にいろ〳〵とあるのです。(『潤一郎新訳　源氏物語　巻三』中央公論社、一九五一・八)

新訳ではその序文において「一、文章の構造をもつと原文に近づけて、能ふ限り単文で行くやうにすること、一、旧訳ではなほ教壇に於ける講義口調、乃至翻訳口調が抜け切れてゐないと云ふ批難があつたのに鑑み、今度は一層、実際に口でしやべる言葉に近づけること、一、旧訳では敬語が余りに多きに過ぎ、時とすると原文よりも多いくらゐであつたのは、確かに欠点と云ふべきであるから、今度は敬語の数を適当に加減すること」という「三つの原則」を立て、「此の原則に添ふために、旧訳の文体を踏襲することを断念し、新しい文体に書き改める決意をした」旨が述べられている。

# あとがき

谷崎潤一郎という作家の特徴を一言で説明するように言われたら、迷わずに述べることがある。それは、この作家が、明治末のデビュー以来、昭和四〇（一九六五）年に歿するまでおよそ五十五年間もの長きにわたって、ほぼ途切れることなく作品を世に問い続け、一貫してトップセラー作家であり続けたという事実である。こうした作家は、すくなくとも日本の近代以降では、ほかに例を知らない。初期の「悪魔主義」という評価から始まって、耽美派、女性拝跪、マゾヒスト、映画人、モダニスト、日本回帰、大谷崎……まだまだほかにも、谷崎という作家を示す表現や評価は、いくらもある。しかし、個人的な関心も含めて言うなら、生涯にわたって読者を一定数獲得し続けた作家。これに勝る特徴はないのではないか。

では、なぜ、谷崎は売れ続けることができたのか。……この問いに答えることは容易ではない。作家生活の中で、絶えず関心を新たにし、時代を先取りする意識を保ち続けたことは確かだ。そのためにならば、作り上げた自身の文体を変革することも、作品内容を刷新して新たなテーマに取り組むことも厭わなかった。だから、常に鮮度を保った〝新しい作家〟であり続けられたのだろう。それはまた、読者に対し、自らが理想とする享受者とすべく、働きかけ駆り立てていくことにおいて具体化していたと考えられる。本書における私の谷崎への関心は、こうした〝読者への接近〟の方法を考えたいという、その一点に尽きる。

こうしてみると、大正から昭和初期における〝時代〟に対する批評意識と文体変革の一端を追った本書の試みは、長期間に多くの作品を世に出した作家のごくわずかな側面を扱ったものでしかない。ただ、テクストを精読し解釈に挑むことで、物語とディスクールの内側から食い破るような批評の力を取り出したいという、そんな夢想に支えられて取り組んできた。しかし、本書に収めた十章それぞれの試みのいずれもが、論じた上でなお割り切れない何かを残し続ける作業であった。本書をまとめるそんな過程であらためて思ったのは、やはり、谷崎はいつも私にとって〝新しい作家〟であるということだ。

しかし考えてみれば、長い間、「谷崎を専門に研究している」というふうに自らの研究者としてのアイデンティティを表明することに躊躇があった。大学院生になってまがりなりにも文学研究ということを意識し始めた一九九〇年代前半は、テクスト論からカルチュラルスタディーズへの転換が文学研究シーンにおいて果たされようとしていた頃でもあり、何も今さら作家の個人名を挙げて「専門家」を名乗る必要もなかったし、また、そうすることにひどく時代遅れのような感覚さえ抱いていた。だから、大学院を出るまで、谷崎以外の作家の論文をほとんど書いたことがなかったのにもかかわらず、「専門は何ですか」と問われても、決して「谷崎」の名を最初に口にすることはなかった。

そんな私が、一人の作家の「専門家」であることを引き受けようという気持になったことには大きな転機があった。

数年前になるが、二〇〇七年三月二二日から二四日の三日間にわたって、フランス国立東洋言語文化大学（INALCO）を会場として開催された、谷崎潤一郎研究パリ国際シンポジウム「谷崎潤一郎——境界を超えて」に参加したことがそのきっかけだった。

INALCO日本研究センターが主催し、国際交流基金の後援を得た、谷崎研究にとってはその十一年前にヴェネチアで開催された国際シンポジウムに続くイベントだった。このシンポジウムに、主催者側の代表アンヌ・バヤール坂井氏、および、ともに日本側の窓口を務めた、明里千章氏、千葉俊二氏、藤原学氏らと企画立ち上げの段階から関わらせてもらった。このシンポジウムの模様を記しながら、この時感じたことを述べてみたい。

シンポジウム開催の直前、『朝日新聞』紙上に「谷崎文学語る国際シンポ」という見出しで次のような記事が掲載された。

谷崎潤一郎の文学の現代性を、日本の枠をこえて考えようという国際シンポジウムが今月二二～二四日、パリのフランス国立東洋言語文化大学（ＩＮＡＬＣＯ）で開かれる。九五年にイタリアで開かれた国際シンポに続くもので、フランスや日本のほかイタリア、米国、イギリスなどから一八人の研究者が発表する予定だ。

フランスでは九七～九八年、二巻本の谷崎潤一郎選集がガリマール社のプレイヤード双書から出版された。これは国際文学の殿堂入りを意味し、谷崎文学の価値は広く認められるようになった。ＩＮＡＬＣＯのアンヌ・バヤール坂井教授は「谷崎ほど日本という枠を離れて、文学の斬新さを発揮できる作家はいないのではないか。いま文学のグローバル化が取りざたされるが、真の意味での現代性を問いなおし、確認したい」と期待している。

（『朝日新聞』二〇〇七・三・二〇夕刊）

この短い記事には、シンポジウムの趣旨や価値づけがうまくまとめられている。総括テーマである「境界を超えて」（仏語訳は、Tanizaki Jun. ichirô, ou l'écriture par-delà les frontiers.）には、西洋を見なかった作家である谷崎を現代にどう位置づけていくかといった問いかけが込められていたのである。企画段階からあったその問題意識を、パネリストそれぞれの研究の立場や関心領域から自由に発言しやすいように、ある程度の間口の広さを保持する方向で設定したテーマだったのだ。すなわち、それぞれが独自の切り口で設定した〝境界〟を超えるものとして谷崎文学を捉えてもらいたいといった目論見があったのである。ちなみに、他に「境界を超えるもの」「境界の谷崎文学」などいくつかあった候補の中から、仏語に訳した場合に最もスッキリするとの坂井氏の意見で、このテーマに落ち着いた。

シンポジウム初日と二日目は、パリのほぼ中心、リール街のＩＮＡＬＣＯ本部が会場だった。冒頭、ＩＮＡＬＣＯ学長の開会挨拶、坂井氏による趣旨説明を経て、アドリアーナ・ボスカロ氏および千葉氏による基調講演が行われた。その後、千葉氏を含んだ第一セッションから、二日目夕方の第七セッションまで、一部変更を余儀なくされたところもあったが、十七名（一名が欠席）のパネリストが、事前に提出した発表要旨に基づいてグループ分けされたセッションごとに研究発表と討議を行った。

このシンポジウムの模様は、既に論集『谷崎潤一郎　境界を超えて』（千葉俊二、アンヌ・バヤール坂井編、笠間書院、二〇〇九・二）にまとめられているので、詳細はそちらに譲るが、以下に各セッションのタイトルを掲げることでパネリストがどのような〝境界〟をめぐって討議したか、その概要を紹介しておこう。

（1）谷崎潤一郎、モダンの超克
（2）谷崎潤一郎、表象を超えて
（3）谷崎潤一郎、古典の彼方
（4）言語境界を超えて
（5）叙述、または語りの境界
（6）小説性の境界
（7）「細雪」の世界

会場は、収容人数として聞いていた七十名を優に越えて、百名におよぶ来場者がびっしりとひしめく、たいへんな熱気であった。しかも、午前のセッションから夕方まで、聴衆の出入りもほとんどなかった。たとえばフランス流ワイン付きの昼食会を終えた後も速やかに会場に戻って、パネリストの発表に耳を傾け、あるいは質疑に参加するといった、よい意味で緊張した雰囲気が最後まで続いた。

　こうした充実したシンポジウムとなった要因に、パネリスト個々の水準の高い発表を置くべきであるのは言うまでもない。しかし、それ以上に否定できないと感じたのは、このシンポジウムが、谷崎潤一郎という一人の〈作家名〉のもとで行われたイベントだったからこそ、粒揃いの発表が可能となり、また、聴衆を最後まで引きつけることができたのではないかということである。そのようなことに強く思い至ったのは、会場をＩＮＡＬＣＯ本部から、パリ市内の西、一六区のドーフィヌ校舎に移して行われた三日目の全体討議においてであった。

　この日は、若手主体のワークショップが設定されていたが、それに先立って、谷崎研究の「課題と展望」として前日までのシンポジウムをふまえた総括討議が行われた。冒頭、シンポジウムのパネリストの一人でもあった鈴木登美氏によるまとめのスピーチが行われた。鈴木氏は、研究発表の多くが、谷崎文学をめぐる広義の「ジャンル」をどう考えるかというところにあったと指摘、小説ジャンルの特質と他ジャンルとの葛藤の問題や、時代性や歴史性の問題など、作品言説に即しながら、カテゴリー化（境界の設定）しつつ、それをずらし、あるいは乗り超えることが目指されたものであるとした。その上で、パネリストが目論んだのは、単に「谷崎」という統一性において問題を括るのではなく、そこからの逸脱をも含めた意味での「行為体《エージェンシー》」としての読みの可能性の追究であり、そうした読みを、テクスト内部の構造と外部の状況とを接続する試みの中で展開したものであったとまとめた。

　この提題を受けて、以後は、パネリスト相互のディスカッションが、予定された時間ぎりぎりまで活発に繰り広げられた。その内容は、ナラトロジーの新たな組み換えに関するもの、作品の読みの妥当性をめぐる議論、ポストモダン的な批評理論との接続等にみられる現代的な価値、さらには、各国言語に翻訳する立場から谷崎文学を見た場合の問題点など、多岐にわたるものであった。そして、そのような多様な読みに堪える、すなわち、その場での坂井氏の言を借りれば「さまざまなかたちでの正当性を許容する」ところにこそ、時代・国境をはじめとする様々な境界を超えて存在する、谷崎文学の価値と可能性を見出すことができるのではないかといったことが確認された。

シンポジウムを通して得られたこうした評価を、たとえば「谷崎文学の普遍性」といった固定した表現で括る気には到底なれない。個人的には、あの国際シンポジウムの場に身を置くことで得た最大の収穫は、谷崎の作品言説を様々な言語に置き換え得るものとして措定し直すことができたことである。国外の研究者との様々な語らいを通して、異なった言語との相対性の中で谷崎文学を享受する彼らに近い位置に、知らず識らずのうちに自分も立たされていたのだ。

先にも述べたように、一九九〇年代以降の文化研究的転回《カルチュラルターン》を経て、文学研究のあり方は大きく変化し、作家個人の価値を無前提に認めるところから出発するタイプの作家研究は成り立ちにくくなった。それならば、遠くパリで開催されたこのシンポジウムは、〈作家名〉のもとに集った者たちによる、その作家の芸術性を言祝ぐための祝祭となったのだろうか。

答えはむろん、否である。シンポジウムでの私のように日本語で読み日本語で発表した者も含めて、複数の言語の間を揺らぎながら、〈翻訳〉行為に限りなく近い位置から〈作家名〉を志向するとき、それは、多様な研究方法や関心（言うまでもなく作家論的アプローチも含む）の集結するプラットフォームの様相を呈するだろう。あるいは、こうした場における弾力性こそが、今日、〈作家〉の価値を測定する際の指標といえるのかも知れない――。

私にとっての〈谷崎〉とは、活字となって出会う物語の向こうにほの見える、複数の言説をその名においてまとめる指標のようなものである。したがって、その存在はどこまでも言葉の姿以外で認識することはない。しかし、この〈作家名〉を伴った言説にぶつかってみると、そのたびごとに自らが抱く文化的・政治的・文学的な発想や関心、思考が鍛えられる。それは確かだ。とすれば、私にとってアプローチすべき谷崎の読者とはほかならぬ私自身である、と言わねばならない。

そうした実感とともに、もう一度繰り返しておきたい。そんな谷崎潤一郎のディスクールは、だからこそ、いつも新しい何ものかなのだ。

＊　＊

本書は、二〇一三年に名古屋大学に提出した博士（文学）学位請求論文「谷崎潤一郎における文学消費システム構築の研究」（番号／論文博第一四九号）に基づいている。学位審査にあたっては、主査を務めてくださった坪井秀人氏はじめ、委員の石原千秋氏、大井田晴彦氏、日比嘉高氏、藤木秀朗氏にお世話になった。公開審査会でいただいたあたたかいご批正と励ましにどれだけ応えられているか心許ないが、どうにか出版に漕ぎつけたことをまずはご報告したい。

本書はまた、私にとって初めての単著である。なんとか四十歳ぐらいまでにはひと区切りつけたいと考えていたこともあったのに、研究をまとめるのがこんなにも遅くなってしまった。作業が大幅に遅れたことで、偶然にも、二〇一五年という谷崎没後五十年のメモリアルイヤーの出版になった。また、これも偶然だが私個人にとっても、大学受験予備校に通うために上京して以来、大学院を出た後のいわゆるポスドクまでの十四年半を東京近郊で暮らした後、二〇〇〇年一〇月に奈良教育大学に就職してちょうど同じ年月を関西で過ごした、そんな折り返しのタイミングに当たっている。不充分ながらも自分の研究をまとめたことで、新たなスタート地点に立つことが、やっとできた。

もともと成城大学文芸学部の芸術学科に籍を置いていた私が国文学科への移動を特別に許してもらって（当時はまだ「転学科」などいう制度自体がなかったのだ）から大学院文学研究科に在籍した十年余り、そして、現在に至るまで、三人の師匠に公私にわたってお世話になりご指導いただいてきた。小森陽一先生、東郷克美先生、石原千秋先生である。先生方それぞれから教わった事柄は、どれほど言葉を費やしても充分に言い表すことができない。先生方の旺盛な仕事ぶりと研究に対する真摯な姿勢は、私にとって大きな道標であった。そして、お一人ずつと直接向き合う際には、そろってやさしさにあふれるご指導を賜った。先生方が期待を込めてかけてくださった数えきれないほどの励ましの言葉は、いつも私が進むべき未来の姿であったと思う。先生方に、拙いながらも続けてきた私の仕事をまとめてお届けできることは、本書を書き上げたことの一番の喜びである。

研究をスタートした成城大学での大学院生時代には、ゼミ内外でともに学んだ仲間たちとの濃密な時間があった。毎回のゼミの後、夕暮れの迫る成城の街の喫茶店や居酒屋に立ち寄って文学や研究について語り合ったあの日々を忘れることはない。

大学の外でも、院生の頃から様々な方と研究する機会に恵まれ、関西に移ってからも同様に、数々の読書会や研究会、いくつか関わった科研費等の研究プロジェクトや学会の場で、出身・所属の垣根を超えた実にたくさんの方々から、言い尽くせないほどの刺激を受け、多くのことを学ばせていただいた。また、奈良教育大学での同僚の先生方やゼミ生をはじめとする学生たちとの語らいや、客員教授としてお世話になったメキシコ大学院大学（El Colegio de México）およびタイのチュラーロンコーン大学の先生方や学生諸君との関わりが、研究を続けてゆく上での重要なモチベーションであることは言うまでもない。一人一人のお名前を挙げることは控えさせていただくが、これまで歩いてきたなかで出会った方々に心から感謝申し上げたい。

本書をまとめるにあたっては、双文社出版の小川淳氏にお世話になった。飯田祐子氏・日比嘉高氏とともに編んだ『文学で考える〈日本〉とは何か』（双文社出版、二〇〇七・四）・『文学で考える〈仕事〉の百年』（同、二〇一〇・三）の刊行以来、単著出版の声をかけてくださり、遅々として進まない執筆過程においても何度もあたたかい励ましを賜った。本書の細かい点に至るまでのお力添えに対し、記して感謝申し上げる。

最後に、何かと心配をかけ通しの両親に。そして、妻と二人の息子に。いつまでも未熟な人間であること、そんな私の勝手をいつも許してくれていることに、心からのお詫びと深い感謝を捧げたい。

二〇一五年七月

日高佳紀

※作品および資料の引用文中などに、今日の人権意識に照らして不適切と思われる表現があるが、著作者原文を尊重しそのまま記した。

## 初出一覧　※抄録を含めて、全ての論文に大幅な加筆修正を施した。

序　章　書き下ろし

第1章　「蒐集家の夢／眼差しの交感―『秘密』におけるトランスジェンダーの構造―」（『奈良教育大学国文―研究と教育』第二五号、奈良教育大学国文学会、二〇〇二・三）

第2章　「谷崎潤一郎『お艶殺し』の図像学―〈通俗〉からの回路―」（『奈良教育大学国文―研究と教育』第二九号、奈良教育大学国文学会、二〇〇六・三）

第3章　「谷崎と山村耕花―コラボレートする表象―」（『谷崎潤一郎と画家たち』芦屋市谷崎潤一郎記念館、二〇〇八・三）

第4章　「谷崎潤一郎『武州公秘話』と読者―メディア戦略とその不可能性―」（『日本近代文学』第六六集、日本近代文学会、二〇〇二・五）

第5章　「非在の身体／「雪子」という記号」（『成城国文学』第七号、成城国文学会、一九九一・三）

第6章　「有閑マダムの戦中と戦後―谷崎潤一郎『細雪』―」（『国文学』臨時増刊号『発禁・近代文学誌』學燈社、二〇〇二・七）

「〈改造〉時代の学級王国―谷崎潤一郎『小さな王国』論―」（『日本近代文学』第五九集、日本近代文学会、一九九八・一〇）

「『痴人の愛』における〈教育〉の位相」（『日本文学』第四六巻第五号、日本文学協会、一九九七・五）

「歌声の近代―『痴人の愛』・書かれなかった〈音楽〉―」（『研究紀要』第一七・一八号、獨協中学・高等学校、二〇〇〇・三）

「方法としての〈大衆〉―谷崎潤一郎・『乱菊物語』の構想―」（『成城国文学』第一二号、成城国文学会、一九九六・三）

第7章　「「小説ではない」物語―『「九月一日」前後のこと』―」（『奈良教育大学国文―研究と教育』第二七号、奈良教育大学国文学会、二〇〇四・三）

「歴史叙述と小説―「盲目物語」をめぐって―」（『谷崎潤一郎　境界を超えて』笠間書院、二〇〇九・二）

第8章　書き下ろし

第9章　「『蘆刈』論―記憶の中の「遊」女―」（『日本近代文学』第五〇集、日本近代文学会、一九九四・五）

「〈古典回帰〉再考―谷崎潤一郎「蘆刈」と歴史叙述―」（『文学・語学』第二〇一号、全国大学国語国文学会、二〇一一・一二）

第10章　「谷崎源氏、あるいは〈翻訳〉というレッスン」（『潤一郎訳　源氏物語考』芦屋市谷崎潤一郎記念館、二〇〇七・三）

「谷崎潤一郎からの「源氏物語」」（『講座源氏物語研究　第六巻　近代文学における源氏物語』おうふう、二〇〇七・八）

あとがき　書き下ろし

「或る〈作家名〉のもとに集うこと―谷崎潤一郎研究パリ国際シンポジウムに参加して―」（『昭和文学研究』第五五集、昭和文学会、二〇〇七・九）

# 鼎書房版へのあとがき

本書は、二〇一五年一〇月に双文社出版より刊行した『谷崎潤一郎のディスクール　近代読者への接近』の再刊書である。

旧版の「あとがき」に記したように、二〇一三年に名古屋大学に提出した博士論文をもとにつくりあげた私の初めての単著であり、最初の論文から二十年余りの間に書き綴った論文をまとめた、私の研究生活の区切りとなる書物であった。

ところが、刊行してからわずか数日後に、経営者急逝に伴う版元の廃業という、まさに青天の霹靂としかいいようのない事態に直面することになった。出版取次を通して最初の配本がなされ書店に並び始めたところで、流通が全く止まってしまった。

なんとか、刷り上がった書物を再び流通にのせようと、担当編集者とともにさまざまに試みたが万策尽き、以後は、インターネットや口コミなどを通してご連絡くださった方々に、直接お届けする以外に方法がなくなった。長い時間をかけて書きあげ、ようやく出版に漕ぎつけたにもかかわらず、一般書店での販売がなくなったことの失望感は、いかようにも言い表せないものだった。

——あれから、四年が経とうとしている。

谷崎潤一郎没後五十年の二〇一五年、生誕百三十年にあたる二〇一六年の二年間に、中央公論新社から決定版『谷崎潤一郎全集』が刊行され、私もいくつかの谷崎関連の雑誌特集や出版企画に関わった。ほとんど流通しなかった本書だが、東京と関西で二度にわたって合評会を開いていただき、じつに多くの方から、本書に対するご批正とともに、あたたかい祝辞や励ましを受け、また、いくつかの学会誌等に書評を掲載していただいた。それらを通して、手元にあった本が少しずつ片づいていった。心が折れそうになりながらも、単著出版をやり遂げたという実感と矜恃をぎりぎり保つことができたのは、多くの関係者、研究仲間や友人たちのおかげにほかならない。みなさまに、心から御礼を申し上げたい。

本書の再刊行については、もう少し時間をおいてからということも考えたが、もとより一般に流通することの少なかった本であるし、できることなら少しでも早く出版し直したい気持ちもあって、もとの双文社出版からの刊行の際に編集を担当してくださった小川淳氏に相談を持ちかけたところ、再刊に向けた編集と鼎書房からの出版へのサポートをご協力くださることになった。

この四年のうちに書いたいくつかの谷崎関連の論文を加えて「増補版」のようなかたちにすることも検討したが、あらためて全体を読み直してみて、これはこれでまとまりをつけた方がよいと判断し、明らかな誤記や引用ミス、文章がうまく通っていない箇所を最低限手直しするのみとした。装幀を一新したが、デザインは、前回に続いて椋本完二郎氏にお願いした。

私の希望をかたちにしてくださったお二人に、感謝の意を表したい。

最後に、厳しい出版不況下にもかかわらず、本書刊行を快く引き受けてくださった鼎書房代表・加曽利達孝氏のご厚意に、心から感謝申し上げる。

二〇一九年七月

日高佳紀

本書は二〇一五年一〇月、双文社出版より刊行された。

装幀　椋本完二郎

著者紹介
**日高　佳紀**（ひだかよしき）
一九六八年島根県生まれ。成城大学大学院博士後期課程単位取得退学。博士（文学）、名古屋大学。日本学術振興会特別研究員（PD）を経て、奈良教育大学に勤務、現在、同大学教授。専門は日本近代文学。メキシコ大学院大学（El Colegio de México、メキシコ合衆国）、チュラーロンコーン大学（Chulalongkorn University、タイ王国）にて客員教授を務める。
著書に、『スポーツする文学 1920-30年代の文化詩学』（共編著、青弓社、二〇〇九）、『認知物語論キーワード』（共著、和泉書院、二〇一〇）、『谷崎潤一郎読本』（共編著、翰林書房、二〇一六）、『建築の近代文学誌 外地と内地の西洋表象』（共編著、勉誠出版、二〇一八）ほか。

**谷崎潤一郎のディスクール**
近代読者への接近

発　行——二〇一九年九月三十日
著　者——日高佳紀
発行者——加曽利達孝
発行所——鼎　書　房
〒132-0031 東京都江戸川区松島二-十七-二
電話・FAX 〇三-三六五四-一〇六四
印刷所——シバサキロジー・TOP印刷
製本所——エイワ

Ⓒ HIDAKA Yoshiki, Printed in JAPAN
ISBN978-4-907282-58-5